Dites-leur que je suis un homme

Du même auteur :

Autobiographie de Miss Jane Pittman

Colère en Louisiane

D'amour et de poussière

Une longue journée de novembre

Maquette de couverture : Bleu T
Illustration de couverture : Théodore Géricault, *Portrait de Noir (Joseph)*. 1818-1819, Malibu, J. Paul Getty Museum
Titre original : *A Lesson Before Dying*

Ernest J. Gaines

Dites-leur que je suis un homme

Traduit de l'américain
par Michelle Herpe-Voslinsky

Ouvrage traduit avec le concours
du Centre national du livre

Liana Levi

1

Je n'étais pas là, et pourtant j'y étais. Non, je ne suis pas allé au procès, je n'ai pas entendu le jugement, parce que j'avais toujours su ce que serait le verdict. Et pourtant j'étais là. J'étais là autant que les autres. J'étais assis derrière sa marraine et ma tante, ou à côté d'elles. Ce sont des femmes corpulentes, mais sa marraine est la plus forte des deux. Elle est de taille moyenne, un mètre soixante ou soixante-cinq, mais elle pèse près de cent kilos. Ma tante et elle se sont installées à la deuxième rangée derrière la table à laquelle il était assis, avec son avocat désigné d'office, et ensuite, sa marraine n'a pas plus bougé qu'une grosse pierre ou qu'une souche de chêne ou de cyprès comme on en trouve dans nos champs. Elle ne s'est pas levée une seule fois pour boire de l'eau, ni pour descendre aux toilettes au sous-sol. Elle restait assise, les yeux fixés sur sa tête aux cheveux ras, là où il était assis avec son avocat. Même lorsqu'il est sorti pour attendre le verdict du jury, elle a continué à regarder dans cette direction. Elle n'a rien entendu de ce qui se disait dans la salle du tribunal. Ni les paroles du procureur, ni celles de l'avocat de la défense, ni celles que lui chuchotait ma tante. (Oh si, elle a entendu un mot, bien sûr, le mot « porc »). C'était ma tante qui suivait des yeux le procureur quand il arpentait le tribunal, en tapant du poing dans sa paume, ou parfois sur la table sur laquelle étaient étalés ses papiers, ou sur la rampe qui séparait les jurés de la salle. C'était elle qui suivait tous ses mouvements, pas la marraine. Elle n'écoutait même pas. Elle s'était lassée d'écouter. Elle savait, comme nous le savions tous, comment ça finirait. Un Blanc avait été tué au cours d'un cambriolage, et même si deux des voleurs avaient été abattus sur place, le troisième s'était fait prendre, et lui aussi devait mourir. Il avait beau nier. Il n'avait rien à voir avec tout ça, disait-il, il se dirigeait vers le White Rabbit Bar quand Brother et Bear avaient arrêté la voiture à côté de lui et lui avaient proposé d'aller faire un tour avec eux. Il est monté, et ils lui ont demandé s'il avait de l'argent. Quand il leur a répondu qu'il n'avait pas un sou vaillant, Brother et Bear ont commencé à parler de crédit, le vieux Gropé, selon eux, ne verrait pas d'inconvénient à leur faire crédit pour une demi-bouteille, il les connaissait bien, il savait que la saison du broyage approchait et qu'ils pourraient le payer à ce moment-là.

Il n'y avait personne dans la boutique, sauf Alcee Gropé, le vieil épicier, assis sur un tabouret derrière son comptoir. Il a parlé le premier. Il a demandé à Jefferson des nouvelles de sa marraine. Jefferson lui a dit que sa nan-nan allait bien. Le vieux Gropé a hoché la tête.

– Souhaite-lui le bonjour de ma part, a-t-il dit à Jefferson.

Il a regardé Brother et Bear. Mais il ne les aimait pas. Il n'avait pas confiance en eux. Jefferson l'a lu sur son visage.

– Vous voulez quoi, les garçons ? a-t-il demandé.

– Une bouteille de votre Apple White, monsieur Gropé, a dit Bear.

Le vieux Gropé a pris la bouteille sur le rayon, mais il ne l'a pas posée sur le comptoir. Il voyait que les garçons avaient déjà bu, et il se méfiait.

– Vous avez de l'argent, les gars ? a-t-il demandé.

Brother et Bear ont étalé sur le comptoir toute la monnaie qu'ils avaient dans les poches. Le vieux Gropé l'a comptée des yeux.

– Ça suffit pas, a-t-il dit.

– Allons, monsieur Gropé, ont-ils protesté, vous savez que vous toucherez votre argent sitôt que le broyage commencera.

– Non, a-t-il répondu. L'argent se fait rare partout. Apportez-moi l'argent, vous aurez votre vin.

Il s'est tourné pour remettre la bouteille sur le rayon. L'un des garçons, celui qui s'appelait Bear, a voulu passer derrière le comptoir.

– Arrête-toi, lui a dit Gropé. Retourne devant.

Bear avait bu, ses yeux brillaient, il marchait d'un pas incertain, et en contournant le comptoir, il souriait tout le temps.

– Retourne devant, a répété Gropé. C'est la dernière fois que je te le dis. Retournes-y.

Mais Bear ne s'est pas arrêté. Gropé a gagné la caisse en vitesse, il en a sorti un revolver, et il a commencé à tirer. Bientôt, des coups de feu sont partis d'une autre direction. Quand le calme est revenu, Bear, Gropé et Brother étaient tous les trois à terre. Seul Jefferson était encore debout.

Il voulait s'enfuir, mais il ne pouvait pas. Il était incapable de penser. Il ne savait pas où il était. Il ne savait pas comment il s'était retrouvé là. Il ne se souvenait même pas d'être monté dans la voiture. Il avait oublié tout ce qu'il avait fait ce jour-là.

Il a entendu une voix appeler. Il a cru qu'elle provenait des rayons de bouteilles. Puis il s'est rendu compte que le vieux Gropé n'était pas mort, que c'était lui qui appelait. Il s'est forcé à marcher vers le bout du comptoir. Pour mieux voir le marchand, il a dû se pencher par-dessus le corps de Bear. Tous les deux gisaient entre le comptoir et les rayonnages d'alcool. Plusieurs bouteilles avaient éclaté. Le plancher et les corps étaient couverts d'alcool et de sang. Il est resté là, la bouche ouverte, à regarder le vieil homme affalé contre le rayon de gallons et de demi-gallons de vin. Il ne savait pas s'il devait s'approcher de lui ou se sauver de la boutique. Le vieil homme continuait à appeler.

– Mon garçon ? Mon garçon ?

Jefferson a commencé à paniquer. Le vieux était toujours vivant. Il l'avait vu. Il allait le dénoncer. Il s'est mis à bredouiller :

– C'était pas moi. C'était pas moi, monsieur Gropé. C'est Brother et Bear. Brother vous a tiré dessus. Moi j'ai rien fait. Ils m'ont forcé à les accompagner. Faudra le dire à la police, monsieur Gropé. Vous m'entendez, monsieur Gropé ?

Mais il parlait à un mort.

Il ne s'est toujours pas sauvé. Il ne savait pas quoi faire. Il ne pouvait pas croire ce qui s'était passé. De nouveau il ne se souvenait pas comment il était arrivé là. Il ne savait pas s'il était venu avec Brother et Bear, ou s'il était entré et avait découvert le massacre après coup.

Son regard allait d'un cadavre à l'autre. Il ne savait pas s'il devait téléphoner à quelqu'un ou s'enfuir. Il n'avait jamais touché un téléphone, mais il avait vu d'autres gens s'en servir. Il ne savait pas quoi faire. Il restait debout près du rayon chargé d'alcools, et tout d'un coup il s'est rendu compte qu'il avait besoin de boire un verre, un besoin urgent. Il a attrapé une bouteille sur l'étagère, en a arraché la capsule et l'a retournée, le tout du même geste. Le whisky l'a brûlé comme du feu – la poitrine, le ventre, les narines. Les larmes lui sont montées aux yeux ; il a secoué la tête pour s'éclaircir les idées. A présent il commençait à réaliser où il était. Il commençait à comprendre vraiment ce qui s'était passé. Il fallait qu'il sorte de là, il le savait. Il a fait demi-tour. Il a vu l'argent dans la caisse, sous les petites griffes de métal. Il savait que ce n'était pas bien de prendre de l'argent. Sa nan-nan lui avait recommandé de ne jamais voler. Il ne voulait pas voler. Mais il n'avait pas un traître sou en poche. Et il n'y avait personne, alors qui pourrait le dénoncer ? Pas les trois cadavres, en tout cas.

Il était au milieu de la boutique, l'argent fourré dans la poche de sa veste, la demi-bouteille de whisky à la main, quand deux Blancs sont entrés.

C'était sa version de l'histoire.

Celle du procureur était différente. Il prétendait que Jefferson et les deux autres étaient allés là avec la ferme intention de voler le vieil homme et ensuite de le tuer pour qu'il ne puisse pas les identifier. Après la mort du marchand et des deux autres, celui-là – ça prouvait bien quel animal il était en réalité – avait fourré l'argent dans sa poche et célébré l'événement en buvant devant les corps qui saignaient encore.

La défense, de son côté, répliquait que Jefferson était innocent de tous ces crimes, que sa seule faute était de s'être trouvé au mauvais endroit au mauvais moment. Il n'existait pas la moindre preuve qu'il y ait eu conspiration entre lui et les deux autres. Le simple fait que monsieur Gropé n'ait tiré que sur Brother et Bear prouvait l'innocence de Jefferson. Pourquoi monsieur Gropé aurait-il tiré deux fois sur l'un des garçons et pas une seule sur Jefferson ? Parce que Jefferson n'était qu'un témoin innocent. Il avait bu du whisky pour se calmer les nerfs, pas pour célébrer. Il avait pris l'argent parce que c'était tentant, et par pure bêtise.

– Messieurs les jurés, regardez ce... ce... garçon. J'allais dire cet homme, mais je ne peux pas. Oh, bien sûr, il a déjà vingt et un ans, l'âge où nous, gens civilisés, considérons que les garçons atteignent l'âge d'homme, mais franchement, est-ce que vous appeleriez ça – ça – un homme ? Pas moi. Pour moi c'est un gamin, et un idiot. Un idiot n'est pas conscient du bien et du mal. Un idiot fait ce que les autres lui disent de faire. C'est un idiot qui est monté dans cette automobile. Un homme doué d'un minimum d'intelligence aurait vu que ces deux voyous ne nourrissaient pas de bonnes intentions. Mais pas un idiot. C'est un idiot qui est monté dans cette voiture. Un idiot qui les a accompagnés à l'épicerie. Un idiot qui est resté là à regarder le drame se dérouler, sans même avoir l'idée de se sauver.

« Messieurs les jurés, regardez-le – regardez-le – regardez-moi ça. Est-ce que vous voyez un homme assis là ? Je vous demande, je vous supplie de regarder attentivement – est-ce que vous voyez un homme assis là ? Regardez la forme de ce crâne, ce visage aussi plat que la paume de ma main – regardez bien dans ces yeux. Y décelez-vous une trace d'intelligence ? Voyez-vous là un être susceptible de projeter un meurtre, un cambriolage, de préméditer quoi que ce soit ? Un animal traqué capable de frapper par peur, un trait hérité de ses ancêtres du fin fond de la jungle d'Afrique – oui, oui, c'est possible, mais d'échafauder des projets ? D'échafauder des projets, messieurs les jurés ? Non, messieurs, il n'y a pas de projets dans ce crâne. Ce que vous voyez ici, c'est une chose qui agit sur ordre. Une chose faite pour tenir le manche de la charrue, charger vos balles de coton, creuser vos fossés, couper votre bois, récolter votre maïs. C'est ça que vous voyez ici, et non un individu capable de préparer un cambriolage ou un meurtre. Il ne connaît même pas la taille de ses vêtements, de ses chaussures. Demandez-lui les noms des mois de l'année. Demandez-lui si Noël arrive avant ou après le 4 juillet. Parlez-lui de Keats, de Byron, de Scott, et observez si ses yeux montrent un signe de reconnaissance. Demandez-lui de décrire une rose, de citer un passage de la Constitution ou de la Déclaration des droits. Messieurs les jurés, cet homme, préméditer un cambriolage ? Oh, pardonnez-moi, pardonnez-moi, je ne voulais certainement pas insulter votre intelligence en employant le mot “homme” – je vous prie d’excuser une telle méprise.

« Messieurs les jurés, qui souffrirait, d’après vous, si vous preniez cette vie ? Retournez-vous vers la deuxième rangée. S’il vous plaît, regardez. Je voudrais que les douze membres de cet honorable jury tournent la tête et regardent la deuxième rangée. La femme que vous voyez là a tout été pour lui, mère, grand-mère, marraine, tout. Regardez-la, messieurs les jurés, regardez-la bien. Prenez-lui son garçon, elle n’aura plus de raison de vivre. Nous ne voyons peut-être pas grand-chose en lui, mais il est sa raison d’être. Pensez à ça, messieurs, pensez-y.

« Soyez cléments, messieurs les jurés. Pour l’amour de Dieu, soyez cléments. Il est innocent de toutes les accusations portées contre lui.

« Mais supposons qu’il ne le soit pas. Supposons-le un seul instant. Quelle justice y aurait-il à prendre sa vie ? Quelle justice, messieurs ? Enfin, autant placer un porc sur la chaise électrique !

« Je vous remercie du fond du cœur, messieurs, pour votre patience. Je n’ai rien à ajouter, sauf ceci : nous devons vivre avec notre conscience. Chacun d’entre nous doit vivre avec sa conscience. »

Le jury s’est retiré, et il a rendu son verdict après le déjeuner : coupable de cambriolage et d’assassinat. Le juge a félicité les douze hommes blancs d’être parvenus si vite à un juste verdict. C’était le vendredi. Il délivrerait sa sentence le lundi.

A dix heures du matin le lundi, Miss Emma et ma tante ont repris les sièges qu’elles avaient occupés le vendredi. Le révérend Mose Ambrose, le pasteur de leur église, les accompagnait. Miss Emma était assise entre ma tante et lui. Le juge, un petit homme au visage rouge, aux cheveux d’un blanc de neige et aux épais sourcils noirs, a demandé à Jefferson s’il avait quelque chose à dire avant que la sentence soit prononcée. Ma tante racontait que Jefferson, qui regardait le plancher, a secoué la tête. Le juge a déclaré à Jefferson qu'il avait été reconnu coupable des accusations portées contre lui ; personnellement il ne voyait pas de raison pour qu'il ne paie pas pour le rôle qu'il avait joué dans cet horrible crime.

Mort par électrocution. Le gouverneur fixerait la date.

2

A mon retour de l'école cet après-midi-là, j'ai vu ma tante et Miss Emma assises à la table de la cuisine. Je regrettais à présent d'être rentré directement à la maison, car Miss Emma était la dernière personne que j'avais envie de voir. Comme tout le monde dans les quartiers, je savais quelle serait la sentence, et je n'avais pas envie de la regarder en face. Je me suis dépêché d'entrer dans ma chambre avec ma serviette pleine de devoirs, que j'avais apportés de l'école pour les corriger le soir. Après avoir posé ma serviette sur la table qui me servait de bureau, je me suis assis sur le lit aussi doucement que possible. Ni ma tante ni Miss Emma ne m'avaient vu, mais elles savaient que je rentrais toujours à cette heure-là. J'ai cherché un moyen de faire une courte apparition dans la cuisine, par politesse, puis de m'éclipser. Je ne voulais pas regarder ce visage en face plus longtemps que ce n'était nécessaire.

On était à la fin du mois d'octobre, et même avec une chemise de laine sous ma veste j'avais un peu froid. Je me suis dit que ce serait agréable d'être au Rainbow Club à Bayonne. J'avais beaucoup de travail, mais je n'avais pas envie de rester, pas tant que Miss Emma serait dans la maison. Je n'entendais aucun bruit en provenance de la cuisine. Je me suis demandé si je pourrais me faufiler dehors avant que ma tante m'aperçoive. Je me suis levé du lit, et j'étais près de la porte quand j'ai entendu des pas dans sa chambre. Je me suis dépêché de retourner à la table et j'ai sorti des devoirs de la serviette. Quand elle est entrée, j'étais assis au bureau et je faisais semblant de lire. Elle est restée debout à me regarder.

– Tu vas pas parler à Miss Emma ? a-t-elle demandé.

– Si, j'allais justement le faire. Je parcourais seulement quelques copies.

– Elle veut te parler.

– De quoi ? ai-je demandé.

– Elle te le dira.

– Il faut que j'aille à Bayonne, Tante Lou. Pour l'école.

– Je suis sûre que ce sera pas long.

– La boutique ferme à cinq heures, Tante Lou. Il est presque quatre heures maintenant.

– Tu as bien quelques minutes, a dit ma tante. Surtout un jour comme aujourd'hui.

Elle n'a rien ajouté. Ce n'était pas nécessaire. Elle était sûre que je savais ce qui s'était passé.

Nous nous sommes regardés un instant, puis j'ai baissé les yeux sur la copie de l'élève que j'avais sortie de la serviette. Une écriture de cours moyen, presque illisible, mais même si le devoir avait été tapé à la machine je n'aurais pas pu me concentrer assez longtemps pour le lire. Ma tante, toujours plantée derrière moi les yeux sur ma nuque, savait que je ne lisais pas.

J'ai repoussé les devoirs et je l'ai suivie à travers sa chambre pour passer dans la cuisine à l'arrière de la maison. Miss Emma était assise à la table, le regard tourné vers le jardin. J'ai commencé à lui parler, mais je n'étais même pas sûr qu'elle soit consciente de ma présence.

– Assois-toi, Grant, m'a dit ma tante.

– Je peux rester debout, Tante Lou.

– Assois-toi, a-t-elle répété.

Elle s'est assise la première, à côté de Miss Emma, de sorte que j'ai dû m'asseoir en face d'elles. Comme ça, elles pouvaient me regarder toutes les deux en même temps, ou à tour de rôle.

– Comment allez-vous, Miss Emma ? ai-je demandé.

– Ça peut aller, a-t-elle répondu.

Elle regardait dans le jardin, ma tante avait les yeux baissés sur la table, et j'ai attendu, n'osant même pas imaginer ce que Miss Emma pouvait bien avoir à me dire.

Miss Emma avait dans les soixante-treize, soixante-quatorze ans ; ma tante plus de soixante-dix ans, et d'après moi elles étaient à peu près du même âge. Les cheveux de Miss Emma étaient gris, tirés vers le haut et épinglés au sommet de sa tête. J'avais remarqué son chapeau de feutre mou et son manteau sur le lit de ma tante en me rendant à la cuisine.

Elle s'appelait Emma Glenn, mais personne, à part ses plus proches amis et les Blancs qui habitaient près de la rivière, ne l'appelait autrement que Miss Emma. Son mari, disparu à présent, l'avait toujours appelée Miss Emma, et elle lui donnait du « monsieur Oscar ». Et en grandissant sur cette plantation, nous avions toujours utilisé ces noms. Sauf Jefferson. Lui, il appelait Miss Emma « Nan-nan », et Monsieur Oscar « Parrain ». C'étaient son parrain et sa marraine.

Miss Emma continuait à regarder dans le jardin, mais j'étais sûr qu'elle ne voyait rien dehors. Il n'y avait rien à voir, que des orties et du chiendent, et les rangées de canne parallèles au jardin, à une trentaine de mètres de la cuisine où nous nous trouvions. Miss Emma ne voyait rien de tout ça. Elle se souvenait, elle pensait ; elle ne regardait pas.

– Porc, il l'a appelé.

Elle a dit ça, et le silence est revenu. Ma tante m'a regardé, puis elle a de nouveau baissé les yeux sur la table. J'attendais.

– J'sais bien qu'il voulait seulement le tirer d'affaire. Mais ils y ont pas prêté cas. Ils l'ont quand même condamné à mort.

Lentement elle a tourné la tête et m'a regardé bien en face. Son large visage noir montrait toutes les souffrances qu'elle avait endurées ce jour-là et les jours passés. Non. La douleur que j'ai vue sur ce visage remontait à des années en arrière.

– J'veux pas qu'ils tuent un porc, a-t-elle dit. J'veux qu'il aille à la chaise comme un homme, sur ses deux pieds.

J'ai attendu, sans savoir ce qui allait suivre.

Mais elle avait fini de parler. A présent, elle et ma tante me regardaient comme si j'étais censé deviner le reste. Nous nous sommes fixés un bon moment avant que je commence à entrevoir ce qu'elles attendaient de moi.

– Attendez, ai-je dit. Attendez.

Ni l'une ni l'autre n'a ouvert la bouche. J'ai voulu me lever, et ma tante m'a dit de me rasseoir.

– Pour quoi faire ? lui ai-je demandé.

– Assois-toi, c'est tout.

Je me suis rassis, mais au bord de la chaise. J'étais prêt à me lever d'un moment à l'autre.

– Il est pas obligé, a dit Miss Emma, en regardant de nouveau derrière moi.

– Obligé de quoi ? lui ai-je demandé.

– T'es pas obligé, a-t-elle répété.

C'était sec, mécanique, dépourvu de sentiment, mais je voyais à l'expression de son visage et de celui de ma tante qu'elles n'étaient pas près de renoncer à ce qu'elles avaient en tête.

– Qu'est-ce que vous voulez que je fasse ? lui ai-je demandé. Qu'est-ce que je peux faire ? Ce n'est qu'une question de semaines, deux ou trois mois peut-être. Qu'est-ce que je peux faire, que vous n'avez pas fait ces vingt et une dernières années ?

– C'est toi l'instituteur, a-t-elle répondu.

– Oui, je suis l'instituteur, ai-je dit. Et j'enseigne ce que les Blancs de par ici me disent d'enseigner : à lire, à écrire et à compter. Ils ne m'ont jamais expliqué comment faire pour empêcher un jeune Noir d'entrer chez un marchand de vins.

– Surveille tes paroles, mon petit monsieur, m'a dit ma tante.

Je me suis calé dans la chaise et je les ai regardées toutes les deux. Elles étaient assises là comme des bûches, le corps aussi inébranlable que l'esprit.

– Il est pas obligé, a répété Miss Emma.

– Il va le faire, a dit ma tante.

– Ah ? ai-je dit.

– Mais oui. On va aller parler à monsieur Henri.

– Parler à Henri Pichot ? Pour quoi faire ?

– Pour que tu aies le droit d'aller voir Jefferson.

– Quel rapport avec Henri Pichot ?

– Il est le beau-frère du shérif, non ?

J'ai attendu qu'elle en dise plus long, mais elle s'est tue. Alors je me suis levé.

– Et où tu crois aller comme ça? m'a demandé Tante Lou.

– A Bayonne, où je pourrai respirer. Ici je ne peux pas.

– T'iras pas à Bayonne avant d'être monté en haut des quartiers. Tu viens voir monsieur Henri avec moi et Emma, ici présente.

J'étais presque sorti de la cuisine, mais je suis revenu et je me suis penché vers elles par-dessus la table.

– Tante Lou, Miss Emma, Jefferson est mort. Ce n'est qu'une question de semaines ou de mois – mais il est déjà mort. Ces vingt et une dernières années, on a fait tout ce qu'on a pu pour Jefferson. Maintenant il est mort. Et je ne peux pas réveiller les morts. Tout ce que je peux faire, c'est de tâcher d'empêcher les autres de finir comme lui – mais lui, il nous a quittés. Je ne peux plus rien y faire, ni aucun de nous.

– Tu nous accompagnes en haut des quartiers, a dit ma tante, comme si je n'avais pas ouvert la bouche. Tu viens là-bas avec nous, Grant, ou tu ne dors pas ici ce soir.

Je me suis écarté de la table et je les ai regardées toutes les deux, en serrant les mâchoires si fort que j'ai cru que les veines de mon cou allaient éclater. J'aurais voulu crier pour répondre à ma tante ; je criais intérieurement. Je lui avais dit je ne sais combien de fois à quel point je détestais cet endroit, que je ne voulais qu'une chose, le quitter. Je lui avais dit que je n'étais pas instituteur, que je détestais faire la classe, que je tournais en rond ici. Mais elle ne m'avait pas entendu les autres fois, et je savais que j'aurais beau crier à pleins poumons, elle ne m'entendrait pas ce jour-là non plus.

– Je prends mon manteau, et j'suis prête partir, a-t-elle dit. Emma ?

3

Ma Ford grise de 46 était rangée devant la maison. Tante Lou avait mis son manteau noir et sa toque noire, et Miss Emma son manteau marron garni de lapin au col et aux manches, et son chapeau de feutre mou. Elles m'ont suivi jusqu'à la voiture, où elles ont attendu que je leur ouvre la portière. Non seulement j'allais chez Henri Pichot contre ma volonté, mais en plus je leur devais toutes les courtoisies d'un chauffeur. Je les ai installées sur la banquette arrière, où elles occupaient tout l'espace, puis j'ai claqué la portière et contourné la voiture pour monter de l'autre côté. Je sentais les yeux de ma tante sur ma nuque, elle m'en voulait d'avoir claqué la portière. Miss Emma m'aurait sans doute jeté le même regard, mais elle avait l'esprit occupé ailleurs.

En passant devant l'église où je faisais la classe, j'ai pensé à tout le travail que j'avais. Et je me suis dit qu'il fallait que je voie l'un des hommes de la plantation pour lui demander du bois pour le poêle. J'essayais de me rappeler qui avait apporté la dernière charretée de bois. Quinze ou vingt familles envoyaient leurs enfants à l'école, et je ne manquais jamais – c'était ce qu'elles attendaient de moi – de les mettre à contribution pendant les six mois que duraient les classes. Je demanderais à l'un des grands qui avait apporté le dernier chargement de bois.

Je me suis arrêté devant le portail qui ouvrait sur le côté de la grande maison blanche et grise d'Henri Pichot, une maison d'avant la guerre de Sécession. Quand ma tante a voulu sortir de la voiture pour m'ouvrir la grille, je lui ai dit de rester assise, je n'avais rien à faire de ma journée que les servir. J'ai senti son regard sur ma nuque, puis sur ma joue tandis que je poussais la grille, et directement sur moi quand je suis revenu vers la voiture. Après avoir fait entrer l'auto dans la cour, j'ai dû ressortir pour refermer la grille. Comme l'entrée de côté donnait sur les quartiers, Henri Pichot ne se servait jamais de ce portail. Seuls les tracteurs, les charrettes et les camions passaient par là, et au fil des années, ils avaient creusé de nombreuses ornières dans la cour. J'ai dû passer sur chacune d'elles en approchant de la maison. Ma tante n'a pas dit un mot, mais je sentais ses yeux sur ma nuque. Je ne visais pas les ornières, mais je ne cherchais pas à les éviter non plus. Je les entendais rebondir sur le siège arrière, mais elles n'ont pas prononcé un seul mot. Après avoir garé la Ford sous l'un des grands chênes verts, pas très loin de la porte de derrière, je me suis retourné pour regarder ma tante.

– Je suis censé entrer là-dedans, aussi ?

Elle m'a regardé, mais sans me répondre. Elle pensait que j'étais passé exprès sur ces ornières.

– C'est toi qui m'as dit que tu ne voulais plus jamais me voir repasser par cette porte de derrière.

– J'ai besoin de te rappeler, Grant, qu'aujourd'hui n'est pas un jour ordinaire ?

– Il est pas obligé, a dit Miss Emma pour la centième fois.

Elle me regardait sans me voir, et sans beaucoup penser au sens de ses paroles.

– Il entre, a dit ma tante. (Elle, elle me voyait.) Monsieur Henri ne va pas venir vers lui.

– Oh, oui, j'oublie toujours. Monsieur Henri ne va pas venir vers moi.

Après s'être démenées pendant une bonne minute, elles ont fini par s'extirper de la voiture. Je les ai suivies dans la cour intérieure, et nous avons monté les marches jusqu'à la porte de derrière. La bonne, Inez Lane, qui nous avait vus entrer dans la cour, nous a ouvert. Quarante ans et quelques, je pense, elle portait une robe blanche, des chaussures blanches, un tablier de vichy bleu, et un foulard sur la tête. Elle avait un grain de beauté sur la joue gauche. Après nous avoir salués de la tête, ma tante et moi, elle s'est adressée à Miss Emma.

– J'ai appris la nouvelle.

– Je voudrais parler à monsieur Henri, s'il est là, a dit Miss Emma.

– Il cause avec monsieur Louis dans la bibliothèque, a répondu Inez.

– J'aimerais lui parler, si ça l'ennuie pas.

Inez a hoché la tête et nous a laissés. J'ai jeté un coup d'œil autour de la cuisine. J'étais souvent venu dans cette pièce quand j'étais petit, pour apporter du bois pour le fourneau, ou un poulet que j'avais attrapé et tué, des œufs que j'avais trouvés dans l'herbe, et des figues, des poires et des noix de pécan que j'avais ramassées sous les arbres du jardin. A cette époque, Miss Emma était la cuisinière de la maison. C'était elle qui portait la robe et les chaussures blanches, et le foulard sur la tête. Elle était entrée ici bien longtemps avant ma naissance, quand ma mère et mon père étaient encore enfants sans doute. Elle avait fait la cuisine pour les vieux Pichot, les parents d'Henri Pichot. Elle avait fait la cuisine pour Henri, son frère et sa sœur, et aussi pour ses nièces et ses neveux; lui, il n'avait pas d'enfant. Elle préparait les repas et tenait la maison; ma tante lavait et repassait; et moi je courais dans le jardin pour aller chercher ce qu'il leur fallait pour cuisiner ou accommoder les plats. Enfant, et grandissant sur cette plantation, je ne pouvais pas imaginer cet endroit, cette maison, sans ces deux femmes. Mais avant que je parte pour l'université, ma tante m'avait fait asseoir à la table de notre cuisine et m'avait dit : « Emma et moi on se débrouillera très bien sans que tu repasses plus jamais cette porte de derrière. » Je ne l'avais pas franchie depuis mon départ pour l'université, dix ans auparavant. Je faisais la classe depuis presque six ans, et je n'avais pas remis les pieds dans la cour de Pichot, sans parler de monter les marches ni d'entrer par cette porte.

J'ai vu que Miss Emma et ma tante examinaient la cuisine. Certaines choses avaient changé depuis leur départ, et d'autres non. Les grandes casseroles en fer noir étaient toujours pendues au mur. Mais le fourneau à bois que j'avais connu, et elles aussi, avait été remplacé par une cuisinière à gaz. Et à la place de la glacière s'élevait un grand réfrigérateur blanc. La guerre avait tout changé. Beaucoup de jeunes Noirs étaient allés au service militaire ou avaient quitté la plantation, et ensuite il n'était plus resté personne pour couper le bois et porter la glace. Et après leur départ, les vieilles personnes, ma tante et Miss Emma, étaient parties elles aussi.

Je n'ai pas entendu Inez frapper à la porte de la bibliothèque, je ne l'ai pas entendue appeler, mais j'ai entendu la voix d'Henri Pichot.

– Oui, Inez, qu'est-ce que c'est?

Puis, un instant plus tard :

– Qui?

Et un peu plus tard encore :

– Elle a dit ce qu'elle voulait?

Inez est revenue dans la cuisine.

– Dis-lui seulement que j'voudrais lui parler, a dit Miss Emma. C'est important.

Inez est retournée dans le vestibule, mais Henri Pichot était déjà sorti de la bibliothèque. C'était un homme de taille moyenne, ni gros ni maigre. Il portait un costume gris, une chemise blanche, et une cravate à rayures grises et blanches. Il devait avoir dans les soixante-cinq ans; il avait les cheveux blancs, plutôt longs. Il tenait un verre. Louis Rougon, qui l'avait suivi dans la cuisine, était plus grand, plus lourd, et peut-être plus jeune d'un an ou deux. Il était vêtu d'un costume noir rayé, et lui aussi avait un verre à la main. La famille de Louis Rougon possédait une banque à Sainte Adrienne, une petite ville située à environ vingt-cinq kilomètres à l'ouest de la plantation d'Henri Pichot.

– Monsieur Henri, monsieur Louis, leur a dit Miss Emma.

Ma tante a fait un signe de tête. Pas moi. J'étais resté près de la porte.

– Qu'est-ce que je peux faire pour toi, Emma? lui a demandé Pichot.

Il paraissait irrité d'avoir été dérangé pendant qu'il recevait une visite.

– Je veux vous demander un service, monsieur Henri, a dit Miss Emma.

Il a bu une gorgée et l'a regardée.

– C'est pour Jefferson, a-t-elle dit.

– Oui, j'ai appris la nouvelle.

Et il a attendu.

– Je voudrais vous demander un service.

– Je ne peux pas changer la décision du tribunal. J'ai déjà parlé avant le procès; je ne peux plus rien dire.

– Oui, monsieur, a-t-elle répondu, mais c'est pas ça que je suis venue vous demander. Je suis venue vous demander autre chose.

Miss Emma paraissait fatiguée. Elle était fatiguée. Elle aurait aimé s'asseoir à la table, mais personne ne lui avait offert de chaise. Ma tante a passé son bras autour d'elle pour la réconforter et l'aider à tenir sur ses jambes. J'ai regardé les deux Blancs, qui ont levé leur verre. Henri Pichot a fini le sien et il a tendu la main. Inez, qui savait ce que ça voulait dire, s'est avancée pour prendre le verre vide. Puis elle s'est tournée vers Louis Pichot, qui avait aussi tendu son verre, où il ne restait que deux ou trois petits glaçons. Elle a emporté les verres au placard à liqueurs pour les remplir.

– « Porc », ils ont appelé mon garçon, monsieur Henri, a dit Miss Emma. J'ai pas élevé de cochon, et j'veux pas voir un cochon monter sur cette chaise. J'veux que ce soit un homme, monsieur Henri.

Il l'a regardée, mais il n'a rien dit. Il attendait son verre.

– Je suis vieille, monsieur Henri, a-t-elle poursuivi. Jefferson va avoir besoin de moi, mais je suis trop vieille pour aller là-bas. Mon cœur ne tiendra pas. Je voudrais que vous parliez au shérif pour moi. Je voudrais que quelqu'un d'autre prenne ma place.

– Ça regarde monsieur Sam et toi, non ? a dit Pichot, en prenant le verre sur le plateau qu'Inez lui tendait.

– Faut que vous lui parliez pour moi, monsieur Henri, a dit Miss Emma. Je veux que l'instituteur aille voir mon garçon. Je veux qu'il lui fasse comprendre qu'il est pas un porc, mais un homme. Je veux qu'il le sache avant de monter sur cette chaise.

Henri Pichot m'a jeté un coup d'œil, puis il a reporté son attention sur elle.

– J'ai fait beaucoup pour cette famille, pour cet endroit, monsieur Henri. Tout ce que je demande, c'est que vous parliez au shérif pour moi. J'ai fait beaucoup pour cette famille pendant des années.

– Je ne peux rien promettre, a-t-il grommelé, en buvant une gorgée.

– Vous pouvez parler à votre beau-frère.

– Pour lui dire quoi ?

– Je voudrais que l'instituteur parle à mon garçon à ma place.

Il m'a regardé par-dessus sa tête, à l'endroit où je me tenais près de la porte. J'avais trop d'instruction pour

Henri Pichot; je ne lui étais plus d'aucune utilité. Mais si Miss Emma avait donné tant d'elle-même à cette famille, ma tante aussi. Alors Henri Pichot, qui se moquait pas mal de moi, tolérait ma présence à cause d'elle.

– Et toi, qu'est-ce que tu as l'intention de faire ? m'a-t-il demandé.

J'ai secoué la tête.

– Je n'en ai aucune idée.

Il m'a regardé fixement, et je me suis rendu compte que je n'avais pas répondu comme il fallait.

– Monsieur, ai-je ajouté.

– Tu crois pouvoir en faire un homme dans le peu de temps qui lui reste ?

– Je n'en ai aucune idée… monsieur.

– Mais tu veux bien essayer si j'obtiens de monsieur Sam qu'il te permette d'y aller ?

– C'est ce qu'elle souhaite, monsieur.

– Mais ce n'est pas toi qui lui en as donné l'idée ?

– Non, monsieur, ce n'est pas moi.

Il avait fini de me parler. A présent il voulait que je détourne les yeux. Je les ai baissés. Quand j'ai relevé la tête, j'ai vu qu'il avait de nouveau fixé son attention sur elle.

– J'oublierais tout ça si j'étais vous, a-t-il dit. Que Mose aille le voir, et contentez-vous de ça.

– Le révérend Mose ira le voir, a dit Miss Emma. Mais non, monsieur, je me contenterai pas de ça.

– Au point où il en est, je m'inquièterais plus pour son âme si j'étais toi.

– Oui, monsieur Henri, je me fais du souci pour son âme. Je me fais du souci pour elle. Mais je veux aussi que Jefferson soit un homme quand il ira s'asseoir sur cette chaise.

Louis Rougon, à côté d'Henri Pichot, tenait son verre sans boire. Il n'en croyait pas ses oreilles.

Henri Pichot a reporté son attention sur moi. Il était sûr que l'idée était venue de moi. J'ai détourné les yeux, et je n'ai plus regardé dans sa direction avant de l'entendre parler à Miss Emma.

– Rentre chez toi, oublie toutes ces bêtises, lui a-t-il dit. Tu as fait tout ce que tu pouvais pour l'élever. Laisse-le à la justice maintenant.

– Elle l'a, la justice, monsieur Henri. Elle va le tuer. Mais qu'elle tue un homme. Arrangez-vous pour que l'instituteur aille le voir, monsieur Henri. J'ai fait beaucoup pour cette famille pendant des années.

– Je sais ce que tu as fait pour cette famille pendant des années, lui a-t-il répondu. Et je sais aussi ce qu'il a fait. Tu l'as oublié ?

– J'ai rien oublié, monsieur Henri. Je sais ce qu'ils prétendent qu'il a fait.

– Il l'a bel et bien fait, a dit Pichot, d'un ton convaincu. J'ai parlé en sa faveur à cause de toi, mais j'ai toujours su que c'était vrai.

– Si vous le dites, monsieur Henri.

– Oui, je le dis.

– C'est pas pour ça que je suis venue, monsieur Henri, lui a dit Miss Emma. J'implore plus pour sa vie ; c'est fini. La seule chose que je veux, c'est le voir mourir comme un homme. Cette famille me doit bien ça. Et je le veux. Je demande une seule faveur avant de fermer les yeux pour toujours. Je vous en prie, monsieur.

De là où je me tenais, en retrait près de la porte, je voyais ma tante resserrer son étreinte autour des épaules de Miss Emma pour la réconforter.

– Je vais lui parler, a dit Pichot. Mais ça dépend de lui, pas de moi.

– Dites-lui ce que j'ai fait pour cette famille, monsieur Henri. Dites-lui de demander à sa femme tout ce que j'ai fait pour cette famille pendant des années.

– Je t'ai dit que j'allais lui parler, a répété Pichot, qui manifestement s'impatientait.

– Quand ? a-t-elle demandé.

Henri Pichot avait commencé à lever son verre, parce que pour lui la conversation était terminée. Mais lorsque Miss Emma a insisté, sa main s'est arrêtée avant d'atteindre sa bouche, et il a baissé le verre.

– Quoi ?

– Quand ?

– Quand j'aurai l'occasion de le voir, voilà quand, a-t-il répondu. Maintenant, si ça ne t'ennuie pas, j'ai un invité.

Il a bu et a tourné les talons.

– Monsieur Henri ? a appelé Miss Emma.

Mais il ne s'est pas arrêté.

– Je reviendrai demain, monsieur Henri. La prochaine fois que vous me verrez, je serai à genoux.

Mais elle parlait dans le vide. Henri Pichot et Louis Rougon étaient déjà dans la bibliothèque.

Miss Emma a continué à regarder un long moment dans le vestibule, et puis ma tante et elle se sont retournées pour partir. Je leur ai tenu la porte ouverte. Le soleil était couché, et la soirée fraîchissait.

4

Je les ai reconduites en bas des quartiers. Quand je me suis arrêté devant la maison de Miss Emma, ma tante est descendue de la voiture avec elle.

– Je vais à Bayonne, ai-je dit à ma tante.

Elle n'avait pas encore fermé la portière.

– Je rentre à la maison préparer le souper dans un petit moment, a-t-elle dit.

– Je mangerai en ville, ai-je répondu.

Tante Lou tenait la portière en me regardant. Je n'aurais pas pu lui faire pire affront que lui annoncer que je n'allais pas manger sa cuisine. J'étais censé manger sitôt qu'elle avait fait le repas, ou, si je n'étais pas à la maison, dès mon retour. Elle m'a regardé sans rien ajouter, puis elle a doucement refermé la portière et elle a suivi Miss Emma dans son jardin.

J'ai fait demi-tour pour repartir vers l'entrée des quartiers. Il n'y avait pas de téléphone dans les quartiers, ni aucun appareil que je puisse utiliser avant d'arriver à Bayonne, et Bayonne était à vingt kilomètres.

Après avoir quitté les quartiers, j'ai conduit trois ou quatre kilomètres sur un chemin de gravier, puis sur seize kilomètres de route goudronnée le long de la rivière Saint-Charles. Il y avait des maisons et de grands chênes verts, de gros pacaniers de chaque côté de la route, mais moins nombreux du côté de la berge. Là, à la place des maisons et des arbres, il y avait des quais pour les bateaux de pêche et des restaurants pour Blancs. Il y avait une ou deux boîtes de nuit pour les gens de couleur, mais elles n'étaient pas très bien fréquentées.

En roulant le long du fleuve, je pensais à tout le travail pour l'école qui m'attendait à la maison. Mais je savais qu'après avoir passé l'heure précédente avec Miss Emma et Henri Pichot, je n'aurais pas été capable de me concentrer sur les devoirs. J'avais besoin d'être avec quelqu'un. J'avais besoin d'être avec Vivian.

Bayonne était une petite ville de six mille habitants. Environ trois mille cinq cents Blancs, à peu près deux mille cinq cents Noirs. C'était le chef-lieu du comté de Saint-Raphaël. Le tribunal s'y trouvait, et aussi la prison. Il y avait une église catholique en ville pour les Blancs ; une église catholique à la sortie de la ville pour les Noirs. Il y avait un cinéma dans le centre pour les Blancs, un autre pour les gens de couleur dans les faubourgs. Il y avait deux écoles primaires pour les Blancs en ville, l'une publique, l'autre religieuse ; et la même chose pour les Noirs dans les bas quartiers. Les principales industries de Bayonne étaient une usine de ciment, une scierie, et un abattoir, où on tuait surtout les cochons. Il n'y avait qu'une grand-rue à Bayonne, qui longeait le Saint-Charles. Les magasins, la banque, les deux ou trois cabinets de dentistes, de médecins et d'avocats étaient presque tous installés dans cette rue, qui ne comportait pas plus d'une demi-douzaine de pâtés de maisons.

Après l'entrée de la ville, signalée par le cinéma pour Blancs du côté de la rivière, j'ai dû rouler encore une centaine de mètres avant de prendre une rue sans éclairage qui menait au quartier noir dans les faubourgs. Une fois passée la voie ferrée, j'ai vu le Rainbow Club, avec ses arcades de néon vert, jaune et rouge. Plusieurs voitures étaient garées devant l'entrée ; l'une d'elles, une grosse Cadillac blanche toute neuve de 48, était celle de Joe Clairborne, le propriétaire. Un homme et une femme sortaient alors que je descendais de voiture pour entrer. Il devait y avoir une douzaine de clients à l'intérieur, la moitié installés au bar, les autres assis à des tables couvertes de nappes blanches. J'ai parlé à Joe Clairborne et je suis passé dans le restaurant par une petite porte pour me servir du téléphone. Là, les nappes étaient à carreaux rouges et blancs. Thelma Clairborne était derrière le comptoir. C'était elle qui tenait le restaurant, et son mari, Joe, s'occupait du bar. Je lui ai demandé ce qu'elle avait pour dîner.

– Du poulet à l'étouffée, du ragoût de bœuf, et des crevettes à la sauce piquante, a-t-elle répondu.

Il n'y avait qu'un autre client dans le restaurant; assis au comptoir il mangeait des crevettes.

– Elles sont bonnes, les crevettes? ai-je demandé à Thelma.

– Toute ma cuisine est bonne, m'a-elle rétorqué.

– Des crevettes, alors.

Pendant que Thelma me servait, je suis allé au téléphone dans le coin près des toilettes. Vivian a mis un moment à répondre, et elle n'avait pas l'air vraiment enchantée.

– Je tombe mal? lui ai-je demandé.

– Je fais manger les enfants, m'a-t-elle répondu. Où es-tu?

– Au Rainbow Club.

– Ce soir?

– J'ai besoin de te voir, mon ange. J'ai besoin de parler.

– Il se passe quelque chose?

– J'ai seulement besoin de te parler, mon ange, c'est tout.

– Tu veux venir ici? Je peux te faire un sandwich.

– Non, je vais manger ici.

– Je vais voir si je peux faire venir Dora, a-t-elle dit. Sinon, il faudra que tu viennes ici. Je ne peux pas laisser les enfants tout seuls.

– Je comprends.

Thelma avait déjà posé sur le comptoir mes crevettes, une salade de laitue, de tomates et de concombre, un morceau de pain de maïs et un verre d'eau.

– Tu veux autre chose avec ça ? m'a-t-elle demandé.

– Ça ira.

– Ici ou à une table ?

– Le comptoir, c'est parfait.

– Qu'est-ce que tu fais en ville un lundi ? a-t-elle demandé. Tu appelles ton oiseau des îles ?

J'ai hoché la tête.

– J'te comprends, a dit Thelma, et elle a souri.

Thelma avait la bouche pleine de dents en or, des dents en or massif et des couronnes. Elle portait un parfum assez fort pour qu'on se tienne à l'écart. Je me suis dit que c'était là que partait une bonne partie de leur argent, à payer ces dents en or, ce parfum, et les traites pour la nouvelle Cadillac blanche que Joe avait garée devant la porte. Mais c'étaient de braves gens, tous les deux. Quand j'étais fauché, je pouvais toujours me faire servir à manger et payer plus tard, et c'était pareil au bar.

J'ai parlé avec Thelma un moment après avoir fini mon repas, puis je l'ai payée et je suis passé de l'autre côté.

– Comme d'habitude ? m'a demandé Clairborne.

Il savait ce que je buvais, mais il posait toujours la question.

J'ai hoché la tête.

– Qu'est-ce que tu fais ici un lundi ? a-t-il demandé en me versant un brandy.

– J'avais besoin de prendre un verre, lui ai-je répondu.

– Ouais !

Il m'a versé un verre d'eau glacée et l'a posé sur le bar à côté du brandy.

– Je crois que je sais maintenant, a-t-il dit.

Des phares venaient de briller sur la devanture du club, j'ai entendu les pneus crisser sur les coquillages pilés juste à droite de la porte, et en effet, c'était Vivian ; les hommes assis au bar se sont retournés quand elle est entrée. Elle était plutôt grande, un mètre soixante-douze, soixante-treize, et elle portait un chandail de laine verte et une jupe à carreaux marron et vert, qui lui allaient très bien tous les deux. Elle avait la peau couleur de miel, les pommettes saillantes et des yeux noisette. Sa bouche et son nez étaient un peu épais, mais pas trop. Elle avait de longs cheveux noirs, qu'elle portait épinglés en chignon sur la nuque. Vivian Baptiste était une belle femme, et elle le savait ; mais elle n'en faisait pas étalage, elle était comme ça, c'est tout. Elle est venue vers moi, et deux ou trois hommes au bar l'ont saluée et lui ont parlé. L'un d'eux a soulevé son chapeau en disant :

– Bonsoir, belle dame.

– Tu as pu te débrouiller, ai-je dit.

– J'ai fait venir Dora.

– Comme d'habitude ? lui a demandé Clairborne.

Elle a montré mon verre d'un signe de tête.

– Shirley peut l'apporter à votre table, a dit Joe.

– Ça ne va pas trop la fatiguer, j'espère.

Clairborne m'a répondu par un grognement.

La soirée était calme. Les quelques clients assis au bar couvaient leur verre et ne commandaient plus rien. Shirley, la serveuse, était assise sur un tabouret au bout du comptoir, et elle n'avait pas bougé une seule fois depuis que j'étais entré. Vivian et moi nous sommes dirigés vers une table retirée dans le coin, où nous pourrions être seuls.

– Je suis content que tu sois venue, ai-je dit en l'embrassant.

Shirley nous a apporté nos verres qu'elle a posés devant nous sur des napperons en papier. Avant de partir, elle m'a regardé du coin de l'œil pour me faire comprendre qu'elle n'avait pas apprécié ma remarque au bar.

Vivian et moi avons trinqué et nous avons bu.

– Qu'est-ce qui se passe, Grant? m'a-t-elle demandé.

– Il fallait que je te voie, c'est tout.

– Il y a quelque chose?

– Quand t'ai-je dit que je t'aimais pour la dernière fois?

– Il y a une seconde.

– Je devrais le dire plus souvent.

– Qu'est-ce qui se passe, Grant? m'a-t-elle encore demandé.

– Tu veux partir d'ici ce soir? Tu veux rentrer chez toi, emballer tes affaires, prendre les enfants, et partir d'ici ce soir?

Elle m'a regardé comme pour essayer de savoir si je parlais sérieusement.

– Non, a-t-elle finalement répondu.

– Pourquoi pas?

– Parce que toute l'idée paraît trop insensée.

– Les gens le font tout le temps. Plier bagages et s'en aller.

– Certains peuvent, mais pas nous, a-t-elle dit. Nous sommes instituteurs, nous avons un engagement.

– Tu as dit le mot, madame – engagement. Engagement à quoi? A vivre et à mourir dans ce trou à rats, alors qu'on pourrait partir vivre comme les autres?

– Qu'est-ce que tu as bu, Grant?

– Une pleine barrique d'engagement, bon Dieu! ai-je dit en levant mon verre.

– Tu veux que je parte, Grant? Tu sais que je n'aime pas t'entendre parler comme ça.

– Non, je ne veux pas que tu partes. Ne me laisse pas, s'il te plaît.

Elle a tendu la main pour toucher la mienne, puis s'est mise à la caresser.

– J'ai besoin d'aller à un endroit où je me sentirais vivre, ai-je dit. Je ne veux pas passer le reste de ma vie à faire la classe dans une église de plantation. Je veux être avec toi quelque part où nous aurions le choix. Ici je ne me sens pas vivant. Je ne vis pas. Je sais qu'on s'en sortira mieux ailleurs.

– Je suis encore mariée, a dit Vivian. Une séparation n'est pas un divorce. Je ne peux aller nulle part tant que ce ne sera pas réglé.

– Ce n'est pas ça qui te retient ici. Même après le divorce, tu te sentiras toujours engagée.

– Et toi, Grant ?

– J'en ai assez de me sentir lié.

– Alors pourquoi n'es-tu pas parti ?

– A cause de toi.

– Ce n'est pas vrai, Grant, et tu le sais. On s'est rencontrés il y a trois ans seulement. J'étais encore mariée, enceinte de mon deuxième enfant. A ce moment-là tu m'as dit à quel point tu avais toujours eu envie de partir. Et tu l'as fait une fois. Tu te rappelles ? Tu es allé en Californie voir ta mère et ton père – mais tu n'es pas resté. Tu ne pouvais pas rester. Il a fallu que tu reviennes. Pourquoi es-tu revenu, Grant ? Pourquoi ?

– Maintenant je veux partir, et je veux que tu partes avec moi.

– Je suis toujours mariée, Grant.

– Et après le divorce ?

Elle a hoché la tête.

– Après le divorce je ferai ce que tu voudras – tant que tu seras responsable de tes actes.

– Autrement dit, si j'échoue, je devrai regretter tout le reste de ma vie d'avoir essayé, c'est ça ?

– Je m'en remettrai à toi, Grant, si tu veux encore de moi après le divorce.

– Je voudrai toujours de toi, ai-je dit, en lui touchant la main. Et si tu ne sais pas encore ça, je me demande ce que tu sais de moi.

Un homme et une femme assis à une autre table s'étaient levés, et ils avaient choisi un disque dans le juke-box. C'était un blues au rythme lent, et ils dansaient l'un contre l'autre. J'avais besoin que Vivian soit plus près de moi, et je lui ai demandé si elle voulait danser.

Nous avons quitté la table, je l'ai prise dans mes bras, et j'ai senti ses seins à travers le pull, ses cuisses sous la jupe à carreaux ; à présent je me sentais très bien.

Nous avons dansé un moment. Je ne voulais pas le dire, mais il le fallait.

– Ils l'ont condamné à mort.

On en avait parlé ensemble le week-end, et je ne voulais pas en parler maintenant, ni même y penser, mais c'était la seule chose présente à mon esprit. J'ai senti son corps se raidir contre le mien.

Nous avons continué à danser.

– Elles veulent que j'aille le voir.

– Ce serait bien, Grant.

– Elles veulent que j'en fasse un homme avant qu'il meure.

Elle s'est arrêtée de danser, et elle a reculé pour me regarder. Un froncement de sourcils interrogateur, douloureux, lui plissait le visage.

– L'avocat nommé par le tribunal, pour essayer de le tirer d'affaire, l'a traité d'animal sans cervelle. Il a dit que ça équivaudrait à attacher un porc sur la chaise et l'exécuter ; un animal qui ne comprendrait pas ce qui se passe. Le jury, douze hommes blancs au-dessus de tout soupçon, l'a quand même condamné à mort. Maintenant sa marraine veut que j'aille le voir et lui fasse comprendre – que je prouve à ces Blancs – qu'il n'est pas un porc mais un homme. Je suis censé en faire un homme. Qui suis-je ? Dieu ?

Le disque s'est arrêté, et nous sommes retournés à notre table.

– Je ne sais pas encore si le shérif va m'autoriser à lui rendre visite. Et supposons qu'il le fasse ; je fais quoi alors ? Qu'est-ce que je lui dis ? Est-ce que je sais ce que c'est, un homme ? Est-ce que je sais comment un homme est censé mourir ? J'essaie encore de comprendre comment il devrait vivre. Est-ce que c'est mon rôle de montrer à quelqu'un qui n'a jamais vécu comment il doit mourir ?

Vivian a baissé la tête.

– Imagine qu'on m'autorise à aller le voir, et que je le touche assez profondément pour qu'il réalise qu'il est un homme autant qu'un autre ; et après ? Il va quand même mourir. Le lendemain, la semaine d'après, le mois suivant. Qu'est-ce que j'aurai accompli ? Qu'est-ce que j'aurai fait ? Pourquoi ne pas laisser ce pauvre animal crever sans savoir ?

Vivian a relevé la tête pour me regarder, et elle pleurait. J'ai pris l'une de ses mains dans les miennes.

– Je suis désolé. Je ne voulais pas te faire de peine. Je ne veux pas t'infliger ça. Simplement je ne savais pas vers qui me tourner.

– Je veux que tu viennes vers moi, Grant. Je veux que tu viennes toujours vers moi.

Shirley s'est approchée de notre table pour prendre nos verres vides.

– Vous voulez aut'chose ? a-t-elle demandé.

– Tu nous remets ça, lui ai-je dit, et elle est partie.

– Je veux que tu y ailles, a dit Vivian.

– C'est eux qui décident, mon cœur, pas moi.

– S'ils disent oui, je veux que tu y ailles pour moi.

– Pour toi ?

– Pour nous, Grant.

Je l'ai regardée, et elle m'a rendu mon regard. Elle avait parlé sérieusement.

– Je ne sais pas si je pourrai le supporter. Je ne sais vraiment pas.

– Moi, je sais que tu peux.

– J'aurai besoin de toi à chaque instant.

– Je serai là.

Shirley est revenue avec les verres et les a posés sur de nouvelles serviettes en papier. Elle m'a encore lancé le même regard, pour me faire comprendre qu'elle n'aimait pas la remarque que j'avais faite au bar tout à l'heure.

– Shirley t'en veut encore, a dit Vivian quand la serveuse est partie.

– Je lui laisserai un bon pourboire.

Vivian a levé son verre vers moi et souri.

– Tu as le plus beau des sourires, lui ai-je dit.

Elle m'a encore souri.

– Tu fais quoi ce week-end ? lui ai-je demandé.

– Je corrige les devoirs et je fais le ménage – qu'est-ce que tu veux que je fasse d'autre ?

– Tu aimerais aller à Baton Rouge un soir, vendredi ou samedi ? Je paierai Dora.

– Vendredi, ce serait bien, a-t-elle répondu.

Nous avions des amis à Baton Rouge qui savaient qu'elle était en instance de divorce et que je vivais chez ma tante ; ils nous permettaient de passer un moment chez eux pendant qu'ils allaient dans un bar. Parfois on les y rejoignait plus tard, d'autres fois on laissait simplement la clef dans une enveloppe avec un mot de remerciement. Mais on commençait tous les deux à se fatiguer sérieusement de cette situation.

Nous avons trinqué et vidé nos verres, et puis nous sommes partis.

5

Nous avons salué le drapeau. Il pendait mollement d'un poteau de bambou haut de trois mètres au coin de la barrière de bois peint en blanc qui entourait l'église. Derrière le drapeau je voyais la fumée monter des cheminées des quartiers, et au-delà des maisons et des cheminées j'entendais les tracteurs récolter la canne à sucre dans les champs. Le ciel était couleur de cendre, et l'air assez froid pour porter un lainage. J'ai ordonné aux enfants d'entrer et de commencer à lire leurs versets de la Bible.

Après avoir écouté un ou deux versets, j'ai cessé d'écouter les autres. Je les avais tous si souvent entendus. « Au commencement Dieu créa le ciel et la terre. » « Le Seigneur est mon berger, je ne manquerai de rien. » « Que votre cœur ne se trouble point, croyez en Dieu, et croyez en moi. » « Il y a plusieurs demeures dans la maison de mon père. » « Jésus pleura. » Et ainsi de suite. Je les avais écoutés depuis bientôt six ans, et je savais qui dirait quoi, tout comme je savais comment chaque enfant serait habillé pour l'école, qui saurait sa leçon et qui ne la saurait pas. Je savais aussi lesquels d'entre eux se donneraient du mal pour s'en sortir, et lesquels ne le feraient jamais, quoi que je fasse. Aussi chaque jour j'écoutais un moment, puis je cessais de prêter attention et préparais le reste de la journée.

Ma salle de classe était l'église. J'avais des enfants de six à treize et quatorze ans, du cours préparatoire à la classe de fin d'études. Mon bureau était une table, qui servait pour la quête le dimanche et aussi pour le service du Saint-Sacrement le quatrième dimanche du mois. Mes élèves s'asseyaient sur les mêmes bancs que leurs parents et leurs grands-parents pendant les offices. Soit les élèves s'agenouillaient pour écrire en s'appuyant sur les bancs en guise de bureaux, soit ils faisaient les exercices en posant les livres sur leurs genoux. L'église était aérée par les quatre fenêtres de chaque côté, et par la porte de devant et de derrière. Nous étions chauffés par un poêle à bois situé au centre de l'église. Il y avait un tableau noir sur le mur du fond, et un autre sur le mur de droite. Mon bureau était placé devant la chaire et l'autel. Il y avait trois illustrations sur le mur derrière l'autel. L'une était une photo en noir et blanc du pasteur représenté de trois quarts, en costume foncé, chemise blanche et cravate sombre ; les deux autres étaient des chromos de Jésus : la Cène et le Christ frappant à une porte.

C'était ça, mon école. J'étais censé faire la classe six mois par an, mais en fait j'enseignais cinq mois et demi seulement, de la fin d'octobre à la mi-avril, quand on n'avait pas besoin des enfants aux champs.

Je confiais à trois de mes grands élèves la tâche d'enseigner aux petits du cours préparatoire et du cours élémentaire, et je me chargeais du cours moyen. C'était la seule façon de faire la classe à tous les enfants tous les jours. Je consacrais les deux dernières heures de l'après-midi aux deux classes supérieures.

Pendant que les élèves se séparaient et se dirigeaient vers leurs places respectives, j'ai demandé aux enfants du cours moyen d'aller au fond de l'église travailler sur les tableaux. Le cours moyen première année ferait de l'arithmétique sur le tableau du fond, et le cours moyen deuxième année écrirait des phrases sur le mur de droite. Je me déplaçais d'un tableau à l'autre avec ma longue règle.

Je me faisais toujours du souci pour le problème que j'avais à la maison avec ma tante. La veille au soir, quand j'étais rentré de Bayonne, j'étais allé dans sa chambre pour lui dire bonsoir, mais elle avait fait semblant de dormir pour éviter d'avoir à me parler. Et ce matin, quand je l'avais croisée en allant à la cuisine, elle avait dit par-dessus son épaule :

– Y a du manger si tu veux. Ou tu peux retourner là où t'as soupé hier soir.

Le petit déjeuner, c'était des œufs sur le plat, du gruau, un morceau de porc salé, et un petit pain brioché. J'ai mangé à la table de la cuisine, les yeux dirigés vers la cour. Le chiendent était mouillé par la lourde rosée de la nuit. J'ai regardé par-dessus mon épaule deux ou trois fois, mais je n'entendais ma tante nulle part dans la maison. Après avoir fini de manger, j'ai lavé mon assiette dans la bassine d'eau savonneuse qu'elle avait laissée sur l'appui de la fenêtre. J'ai encore essayé de lui parler avant de partir pour l'école, mais pour m'éviter cette fois elle a fait semblant de faire son lit, qu'elle avait déjà fait deux heures plus tôt, je le savais. A neuf heures moins le quart, j'ai quitté la maison. Elle était sortie dans le jardin.

Le moindre détail m'irritait. J'ai surpris un élève à compter sur ses doigts une multiplication simple, et je lui ai flanqué un bon coup de ma règle sur le derrière. Il s'est retourné trop vite et m'a regardé avec trop de colère pour mon goût.

– Ta main, ai-je dit.

Il a tendu la main droite, paume en l'air. Il tenait encore le morceau de craie.

– Pose cette craie. On n'a pas les moyens de la casser.

Il a passé la craie dans sa main gauche et m'a de nouveau tendu la droite. Je lui ai appliqué un coup de règle sur la paume.

– Tu calcules de tête, pas sur tes doigts, lui ai-je dit.

– Oui, monsieur Wiggins.

Il s'est retourné vers le tableau et il a regardé l'opération au moins une demi-minute. Il faisait froid au fond de l'église, mais, debout à deux pas du garçon, je voyais qu'il transpirait. Il a levé la main gauche à ses yeux pour essuyer des larmes, et il s'est remis à fixer le problème.

– Eh bien, les autres ont besoin de travailler aussi, tu sais.

– Oui, monsieur Wiggins.

Sa nuque luisait de sueur. Il s'est encore essuyé les yeux. Puis il a écrit une réponse en gros chiffres maladroits – fausse bien entendu.

– Tu as usé de la craie pour cinq opérations au moins, lui ai-je dit. Où crois-tu qu'on va en trouver quand on en manquera ?

Il n'a pas répondu.

– Alors ? ai-je demandé.

– Je ne sais pas, monsieur Wiggins, a-t-il répondu, les yeux sur le tableau, sans oser me regarder.

– Il faudra que je l'achète. Les membres de la commission scolaire n'en font pas cadeau. Ils m'ont déjà donné la quantité qu'ils ont jugé nécessaire pour l'année. Ils ne vont plus nous en donner. Tu comprends ce que je te dis ?

– Oui, monsieur Wiggins.

Je lui ai arraché le bout de craie, j'ai corrigé l'opération, passé la craie à un autre élève, et je me suis éloigné.

Sur l'autre tableau, une des filles, qui portait une robe grise et un gilet noir, des mocassins marron pas cirés, et des chaussettes marron dépareillées, une forêt de courtes tresses sur la tête, avait écrit une phrase de six mots inclinée de presque trente centimètres.

– Et qu'est-ce que c'est que ça ? lui ai-je demandé.

Elle a été si terrifiée par ma voix qu'elle s'est retournée d'un bond, puis a reculé en chancelant vers le tableau.

– C'est… c'est… c'est… a-t-elle bégayé en faisant des gestes vers le tableau avec le morceau de craie. C'est une… c'est une… une phrase simple, monsieur Wiggins.

– Ce n'est pas une phrase simple, lui ai-je dit. C'est une phrase penchée. Une phrase simple s'écrit sur une ligne droite.

J'ai tendu la main vers la craie, mais elle avait si peur de moi qu'elle s'y accrochait, il m'a fallu la lui arracher des doigts. J'ai tracé trois lignes droites d'un bout à l'autre du tableau.

– Voilà des lignes droites, ai-je dit. Tu remarques la différence ?

Elle a hoché la tête tout en me regardant, moi, pas le tableau.

J'ai effacé les trois lignes et aussi sa phrase inclinée.

– Je veux que tu m'écrives six phrases simples en ligne droite, lui ai-je dit en lui tendant la craie. Tu as jusqu'à la fin du cours pour le faire. Les autres, asseyez-vous.

Je l'ai laissée là, me demandant par où commencer. A la porte, je me suis tourné pour regarder les autres groupes. Ils savaient tous que j'étais d'une humeur massacrante ce jour-là, et ils gardaient la tête baissée.

Je suis sorti dans la cour, frappant la baguette contre ma jambe assez fort pour ressentir la brûlure. L'air frais sur mon visage me faisait du bien, et après être resté un moment dans la cour, j'ai marché vers la route. Mais il n'y avait rien à voir par là, sinon une ou deux automobiles – ma Ford grise garée devant la maison de ma tante, et une autre le long du fossé, un peu plus loin dans les quartiers. A part ça, tout ce qu'il y avait à voir, c'était de vieilles maisons grises brûlées par le soleil et les intempéries, avec de la fumée qui sortait des cheminées et flottait sur les toits de tôle ondulée. A vivre et à faire la classe sur une plantation, on connaissait les occupants de chaque maison, et on savait qui était chez lui et qui était absent. Je savais que les parents et les frères et sœurs aînés du garçon que j'avais tapé sur le derrière avec ma règle étaient aux champs, et que la vieille grand-mère, tante June, préparait le repas pour leur retour à midi. Je voyais la fumée monter de la cheminée de la cuisine chez la fille qui bégayait, et je savais qu'elle venait d'une famille de douze enfants, et qu'une de ses grandes sœurs était enceinte et n'avait pas le droit de retourner à l'école, mais devait travailler aux champs avec les autres, et aussi qu'elle avait un frère idiot et un père tyrannique, et que le père battait la fille enceinte et tous les autres membres de la famille, y compris la mère, mais ne touchait jamais l'idiot, qu'il couvrait de marques de tendresse. En regardant la fumée s'élever de toutes les cheminées et le toit de tôle rouillée des maisons, je savais quelle vie se déroulait dans chacune.

Je suis allé tout au fond de la cour, où j'ai utilisé les cabinets des garçons. Puis je suis retourné à mes classes, mais au lieu de rentrer par la porte de devant, par où j'étais sorti, je suis passé par celle de derrière. La plupart des élèves se souvenaient de quelle humeur j'étais, et ils avaient le nez dans leurs livres. Mais un des petits avait oublié ou s'en moquait, et il trouvait le temps de jouer avec une coccinelle sur la manche de son chandail. Comme je le regardais de la porte de derrière, il a laissé la bestiole progresser de quatre ou cinq centimètres de son coude vers sa main, puis il l'a prise et l'a reposée en haut de son bras pour qu'elle recommence.

J'ai jeté un regard à Irene Cole, mon élève qui faisait la classe, pour qu'elle ne le prévienne pas, et quand j'ai été à la bonne distance, j'ai appliqué la baguette sur son crâne presque rasé assez fort pour qu'on l'entende dans toute l'église. Il a fait un bond, poussé un hurlement, et touché la bosse qui poussait déjà. Un ou deux élèves près de lui ont pouffé de rire nerveusement, mais la plupart, conscients de mon humeur, paraissaient pétrifiés. Le gamin, la main en coupe sur la marque, pleurait à présent.

– Porte cette bestiole dehors, débarrasse-t-en, et reviens ici, lui ai-je dit.

Il est sorti, en pleurant doucement, la petite bête rouge perchée sur son bras tendu.

– Alors c'est le moment de jouer avec des coccinelles, hein ? ai-je demandé au reste de la classe. Vous croyez que c'est pour ça que je suis ici, pour que vous puissiez jouer avec des bestioles ?

Le gamin est rentré et s'est assis. Il avait toujours la main sur la tête, et il pleurnichait toujours.

– Les autres, retournez à vos places, ai-je ordonné.

Ils se sont dépêchés de s'asseoir en silence, en prenant garde de ne pas prononcer un mot.

– Vous savez ce qui se passe à Bayonne ? leur ai-je demandé, de mon bureau où j'étais retourné. Vous savez ce qui va arriver à quelqu'un comme vous, qui s'asseyait au même endroit que vous il y a seulement quelques années ? Bon, je vais vous le dire. Ils vont le tuer à Bayonne. Ils vont l'asseoir sur une chaise, ils vont l'attacher avec des courroies, ils vont fixer des fils à sa tête, à ses poignets, à ses jambes, et par ces fils ils vont envoyer de l'électricité dans son corps jusqu'à ce qu'il meure.

J'ai parcouru la classe du regard. Certains élèves me regardaient, d'autres fixaient le plancher. Mais ils écoutaient tous. Ils savaient que Jefferson allait mourir sur la chaise électrique, mais jusque-là ils ne savaient pas comment ça allait se passer. On ne le leur avait jamais expliqué de façon aussi précise, et peut-être on ne le leur avait pas expliqué du tout. Je voyais combien c'était pénible pour la plupart d'entre eux d'entendre ça, mais je ne me suis pas arrêté.

– Vous savez ce que sa marraine attend de moi avant qu'ils le tuent ? L'avocat l'a traité de porc, et elle veut que j'en fasse un homme. Dans les semaines qui viennent, le mois peut-être – ce que la justice décidera –, que j'en fasse un homme. Exactement ce que j'essaie de faire de vous ici en ce moment : des jeunes gens et des jeunes filles responsables. Mais vous, vous préférez jouer avec des coccinelles. Vous refusez d'apprendre votre calcul, et vous préférez écrire des phrases penchées plutôt que des phrases droites. Vous trouvez ça raisonnable ? Dites-moi.

Personne n'a répondu. La plupart détournaient les yeux. J'ai remarqué que la petite que j'avais corrigée au tableau avait baissé la tête et pleurait.

– Estelle, sors de la classe si tu ne peux pas te retenir, lui ai-je dit.

Elle a secoué la tête, mais elle ne s'est pas levée, elle ne m'a pas regardé.

– Ça-ça i-i-ra, m-monsieur Wiggins. Mais… mais c'est mon cousin.

Je savais que Jefferson était son cousin, mais je ne me suis pas excusé pour ce que j'avais dit, et je n'ai pas manifesté de compassion pour ses larmes.

– Quitte la classe ou cesse de pleurer, lui ai-je répété.

Elle a essuyé ses larmes, mais elle n'a pas levé les yeux.

– Bon, le reste de la matinée on travaille, leur ai-je dit. Et vous feriez mieux de travailler, parce que j'interroge tout le monde cet après-midi.

A deux heures, j'étais au tableau avec mon cours moyen quand nous avons entendu frapper à la grande porte. J'ai demandé au gamin le plus proche d'aller voir qui c'était et de faire entrer la personne. Le petit est allé à la porte et il est revenu seul. Il a dit que c'était monsieur Farrell Jarreau, mais qu'il ne voulait pas entrer. J'ai ordonné aux enfants de continuer leur travail, et je suis allé voir ce qu'il voulait. Farrell Jarreau était un homme petit, à la peau claire, qui approchait de la soixantaine. Il portait un vieux chapeau de feutre, un pantalon et une veste kaki, et des brodequins de travail tout usés. C'était le jardinier et l'homme à tout faire d'Henri Pichot. Il réparait et aiguisait les outils de la grande maison, et il servait de menuisier aux gens des quartiers. Il avait fabriqué plus de bancs, réparé plus de chaises et de marches que vous ne pourriez en compter.

Il a ôté son chapeau quand je me suis approché de lui. Il m'avait connu toute ma vie, il avait connu ma tante et toute ma famille avant moi, mais depuis que j'étais parti pour l'université et revenu comme instituteur, il me traitait avec un grand respect. J'ai descendu les marches et je l'ai rejoint dans la cour.

– Professeur.

– Monsieur Farrell.

– Il dit c'est d'accord si vous venez à cinq heures ce soir.

– C'est à propos de Jefferson ? ai-je demandé.

– Il a pas dit. Juste que c'était d'accord si vous venez vers cinq heures.

– Merci, monsieur Farrell.

– Y a pas de quoi, professeur.

Il a remis son chapeau, et j'ai remarqué son regard. Il savait, bien sûr, pourquoi Henri Pichot voulait que je vienne. Mais Henri Pichot n'avait pas jugé nécessaire de le lui expliquer. A son âge, il n'était encore qu'un messager, bon à faire des commissions. Pour apprendre quoi que ce soit, il devait se montrer malin, ou compter sur sa compréhension innée des choses autour de lui. Il m'a salué, conscient que je savais qu'il savait pourquoi Henri Pichot voulait me voir, et il s'est éloigné, tête basse.

6

Inez était dans la cuisine quand j'ai monté les marches de derrière, elle a ouvert la porte avant que j'aie le temps de frapper. J'ai vu qu'elle avait pleuré. Elle avait essuyé les larmes sur ses joues, mais j'en voyais les traces sous ses yeux.

– Comment ça va, Inez ?

– Ça peut aller, a-t-elle répondu, sans me regarder.

– Tu sais pourquoi il m'a envoyé chercher ?

– Monsieur Sam vient ici à cinq heures.

J'ai jeté un coup d'œil à ma montre. Il était cinq heures moins dix.

– Je peux te servir une tasse de café ? m'a proposé Inez.

– Non, merci.

– Tu veux t'asseoir ?

Elle ne me regardait toujours pas.

– Non, ça va. Ça m'est égal de rester debout.

Je me rappelais que ma tante et Miss Emma étaient restées debout la veille.

– J'sais pas, a dit Inez en secouant la tête. J'sais vraiment pas. Monsieur Louis est là en ce moment, il veut parier.

– Parier quoi ?

Elle m'a regardé en face pour la première fois. Elle avait de grands yeux bruns pleins de bonté. Je voyais les traces des larmes qu'elle avait cherché à essuyer.

– Que tu peux pas le préparer à mourir.

– Henri Pichot n'a pas relevé ce pari, si?

– Je les ai laissés en train de parler. Monsieur Louis disait qu'il avait une pleine caisse de whisky à parier.

– Et Henri Pichot?

– Il ne parie pas contre toi. Ni pour toi non plus.

– Pas si bête!

Inez m'a regardé tristement. Je ne savais pas si c'était à cause de mon cynisme ou de la tâche qui m'attendait. Elle est retournée au fourneau. Elle a soulevé le couvercle d'une des casseroles avec un torchon, et j'ai senti une forte odeur d'oignons, de poivrons et d'ail. Elle a soulevé deux autres couvercles, mais l'odeur des oignons, des poivrons et de l'ail envahissait toujours la cuisine. Inez est sortie de la pièce. Je l'ai entendue frapper à la porte de la bibliothèque, je l'ai entendue parler avec Henri Pichot, puis elle est revenue.

– Comment va Lou? m'a-t-elle demandé.

– Elle va bien. Je l'ai laissée là-bas avec Miss Emma.

Je les ai imaginées assises à la table de la cuisine chez Miss Emma. J'étais rentré à la maison après la classe pour poser ma serviette, et comme je n'ai pas trouvé ma tante à la maison, je me suis dit qu'elle tenait compagnie à Miss Emma. Je les ai trouvées à la table de la cuisine, en train d'écaler des noix de pécan qu'elles mettaient dans deux grandes casseroles en aluminium. Je voyais que ni ma tante ni Miss Emma n'avaient la moindre intention de m'accompagner chez Henri Pichot.

– Mais si tu as besoin que je te tienne la main, je serai contente de venir, a dit ma tante.

– J'veux pas qu'il agisse contre son gré.

Miss Emma répétait le vieux refrain que j'avais entendu cent fois la veille.

Je ne leur ai pas répondu. J'étais déjà en colère, et je savais que ça n'aurait rien arrangé, au contraire, si j'avais ajouté autre chose. Je suis ressorti, je suis monté dans ma voiture et je suis allé chez Pichot.

J'ai jeté un nouveau coup d'œil à ma montre. Il était cinq heures et quart. Ni Sam Guidry ni personne d'autre, à part Inez, n'était venu dans la cuisine pour me dire quoi que ce soit. Chaque fois qu'elle revenait de la bibliothèque, Inez paraissait plus mal à l'aise. Je savais qu'elle était désolée pour moi.

A cinq heures et demie, on a entendu des gens arriver par la galerie de devant. Inez a quitté la cuisine pour aller les accueillir. Elle a salué Edna Guidry, puis Sam Guidry et une ou deux autres personnes. Je les entendais parler en entrant dans la maison. Inez est rentrée dans la cuisine avec deux verres vides à remplir. Elle a ajouté quatre verres sur son plateau. Elle les a emportés dans la biliothèque et elle est revenue.

– Je suis sûre que ce sera pas trop long maintenant, a-t-elle dit.

Elle savait ce que je ressentais, et elle voulait m'encourager.

Il était six heures moins le quart.

A six heures, Edna Guidry est venue dans la cuisine. Une femme grande, la cinquantaine, elle avait les cheveux châtain clair et les yeux gris, le visage étroit. Elle portait une robe noire sans forme, des bas gris et des chaussures noires à talons plats.

– Eh bien, Grant ; Grant, comment vas-tu ? a-t-elle dit en souriant et en venant vers moi la main tendue.

Elle s'est arrêtée à une certaine distance, et j'ai dû me pencher pour serrer sa main, qui était longue et osseuse, et froide à cause du verre.

– Mais, ma parole, Grant ! a-t-elle dit. Je ne t'ai pas vu depuis Dieu sait quand. Deux ou trois ans, au moins. Tu ne crois pas ?

– C'est à peu près ça, Miss Edna, ai-je répondu.

– Mon Dieu, oui. Mais tu as l'air en pleine forme, tu mènes la belle vie, on dirait. N'est-ce pas, Inez ?

– Oui, il a l'air en pleine forme, Miss Edna, a répondu Inez du fourneau.

– Eh bien, raconte-moi tout ce qui t'est arrivé, m'a dit Edna Guidry. Comment ça s'est passé pour toi ? Non, pas besoin de me dire ; je vois que tu t'en sors très bien. Mais comment va Lou ? Pourquoi ne vient-elle pas me voir ? Ça fait combien de temps ? Oh, six mois, non, huit, je parie. Quand on pense qu'elle habite si près ! Dis-lui que je veux que tu me l'amènes, que nous puissions bavarder. Doux Jésus, n'oublie surtout pas !

Elle s'est détournée de moi pour s'adresser à Inez :

– Monsieur Henri dit que tu peux servir quand tu veux maintenant, Inez.

– Oui, madame, a répondu Inez.

Edna s'est retournée vers moi :

– S'il te plaît, Grant, dis à Emma à quel point je suis désolée pour Jefferson. Je le lui dirais moi-même, mais je suis si bouleversée par cette affaire. J'ai rencontré madame Gropé l'autre jour ; Seigneur, comme elle a l'air triste. Elle se traîne, la pauvre. J'ai dû la prendre dans mes bras. (Edna a bu une gorgée.) Dis à Emma que je suis désolée. Je suis désolée pour les deux familles. J'ai appris que tu demandes le privilège de rendre visite à Jefferson ?

– Oui, madame.

– Eh bien, je vous laisse en décider, le shérif et toi. Il te parlera après le dîner.

Elle s'est tournée vers Inez.

– Je peux t'aider, Inez ?

– Non, m'dame, tout va bien, lui a dit Inez.

– Eh bien dans ce cas, je ferais aussi bien de me resservir un petit verre.

Elle a versé trois bons doigts de bourbon dans son verre et a ajouté des glaçons. Après en avoir bu la moitié, elle est retournée à la bibliothèque.

Inez a versé dans des plats le contenu des casseroles. Elle avait préparé une potée avec de la viande, des pommes de terre, des carottes, des oignons, des poivrons doux et de l'ail. Il y avait aussi du riz et des choux, des petits pois et du pain de maïs. Elle a emporté le tout dans la salle à manger.

– Je peux te servir quelque chose ? a-t-elle demandé quand elle est revenue.

– Non, merci, ai-je répondu.

J'avais faim. Je n'avais avalé qu'un sandwich depuis le petit déjeuner. Mais je ne voulais pas manger à la table de cuisine d'Henri Pichot. J'avais franchi cette porte de derrière contre mon gré, et il semblait que lui et le shérif faisaient tout ce qu'ils pouvaient pour m'humilier davantage en me forçant à les attendre. Il fallait bien que je le supporte à cause des deux vieilles dames dans les quartiers, mais je n'allais sûrement pas aggraver ma situation en mangeant à la table de la cuisine.

Inez est allée dans la salle à manger, puis elle est revenue.

– Ils parlent de lui présentement, a-t-elle dit. Le shérif dit qu'il aime pas du tout cette idée. Que personne peut faire un homme de ce rien du tout. Qu'il vaudrait mieux le laisser partir comme il est.

– J'espère que c'est son dernier mot. Ça me soulagerait.

– Pourquoi tu t'asseois pas ? m'a dit Inez. Tu seras mieux.

– Je préfère rester debout.

– Tu veux pas que je te prépare un petit quelque chose à manger, tu es sûr ?

– Non, merci, Inez.

Elle est encore partie et revenue.

– Ça va plus être long maintenant, m'a-t-elle annoncé. Ils ont presque fini. Sitôt que j'aurai servi le café. T'es sûr que tu veux pas une tasse de café ?

– Non, merci. Mais c'est aimable à toi.

Elle a versé le café dans une demi-douzaine de petites tasses blanches, et elle les a emportées dans la salle à manger sur un plateau d'argent avec du sucre et de la crème. Elle est revenue.

– Il m'a demandé si t'es encore là. Je crois qu'il va te voir, mais il dit qu'il est toujours contre. Je suis sûre que c'est Miss Edna qui le pousse. Quand on pense à tout le temps que Miss Emma a passé dans cette famille, c'est pas trop demander.

A sept heures moins le quart, Inez a débarrassé la table et rapporté les plats dans la cuisine. Puis elle est repartie avec une bouteille de brandy. Une demi-heure plus tard, alors qu'elle rangeait la vaisselle qu'elle venait de laver, Sam Guidry, Henri Pichot, Louis Rougon et un autre, un gros bonhomme, sont entrés dans la cuisine. J'y étais resté debout près de deux heures et demie.

Sam Guidry était grand, plus d'un mètre quatre-vingts, la peau bien hâlée. Il avait les cheveux bruns, les pattes et la moustache parsemées d'un peu de gris. Son visage était étroit, marqué de rides, énergique, ses mains grandes et poilues. Il portait un costume marron et une cravate. Habituellement il était coiffé d'un Stetson et chaussé de bottes de cow-boy. Il avait sûrement laissé le chapeau dans la bibliothèque ou dans la salle à manger, mais il avait les bottes.

Les quatre Blancs se sont séparés. Sam Guidry et Henri Pichot se sont postés d'un côté de la table, pendant que Louis Rougon et le gros type se plaçaient près du vaissellier. Ils avaient apporté leurs verres.

Inez a quitté la cuisine dès que les Blancs sont entrés. J'essayais de décider de l'attitude à adopter devant eux. Me conduire comme un instituteur, ou comme le nègre que j'étais à leurs yeux. J'ai trouvé préférable d'attendre de voir comment la conversation allait se dérouler. Me montrer trop intelligent aurait été insultant pour eux. Me montrer stupide aurait été encore plus insultant envers moi-même. J'ai décidé de voir le tour qu'allait prendre la conversation.

– Tu attends depuis longtemps ? m'a demandé Sam Guidry.

– Environ deux heures et demie, monsieur.

J'étais censé répondre « Pas longtemps » et sourire. Mais je n'ai fait ni l'un ni l'autre.

Le gros homme a jeté un regard entendu à Louis Rougon, mais Louis Rougon me regardait directement. Je voyais à leurs expressions qu'ils avaient déjà discuté de cette affaire et que Sam Guidry avait déjà décidé de ce qu'il allait faire.

– Qu'est-ce que je peux pour toi ? a-t-il demandé.

Louis Rougon et le gros type ont attendu ma réponse. Je savais qu'elle n'aurait pas d'importance, puisque Guidry avait déjà pris sa décision. Henri Pichot, qui se tenait à côté de Guidry, paraissait plus fatigué que la veille. Il paraissait aussi mieux disposé envers moi. Il avait peut-être pensé à tous les services que Miss Emma avait rendus à sa famille toutes ces années.

– Il s'agit de Jefferson, shérif Guidry, ai-je dit.

Je savais qu'ils en avaient déjà discuté, mais il fallait que je joue le jeu.

– Sa nan-nan voudrait que j'aille lui rendre visite.

– Pour quoi faire ? a demandé Guidry.

Ils avaient aussi parlé de ça. Je le voyais à la façon dont le gros bonhomme buvait son verre. Je voyais sur sa figure qu'il s'amusait. Louis Rougon aussi. Je savais qu'ils pariaient tous les deux contre moi.

– Elle est vieille, ai-je dit. Elle ne croit pas avoir la force d'aller là-bas tout le temps.

– Ah non, elle ne croit pas ? a fait Sam Guidry, en soulignant la correction de mon langage.

J'aurais dû parler autrement. J'étais trop malin à leur goût.

– Oui, monsieur. Elle ne croit pas en avoir la force.

Cette fois, j'avais délibérément choisi mes mots. S'il avait dit que j'étais trop malin, et qu'il ne voulait pas que j'aille dans cette prison, mon esprit aurait été soulagé d'un grand poids.

– Mais le pasteur des quartiers ? Il ne peut pas aller le voir ?

– J'ai posé la même question à Miss Emma.

– Ah oui ?

– Oui, monsieur.

– Et qu'est-ce qu'elle t'a répondu ?

– Qu'il sera toujours temps pour le pasteur.

– Ah oui ?

– Oui, monsieur.

– Alors elle croit qu'il a tout ce temps, du temps pour l'instituteur et aussi pour le pasteur ?

Le gros homme a poussé un grognement. Les yeux de Louis Rougon montraient son amusement. Henri Pichot, à côté de Sam Guidry, paraissait mal à l'aise.

– Qu'est-ce que tu as l'intention de faire si tu vas là-bas – si je te laisse y aller ? m'a demandé Guidry.

– Je n'en ai aucune idée, monsieur.

– Tu ne cherches pas à te moquer de moi, au moins ?

– Non, monsieur, certainement pas. Mais je ne sais pas du tout de quoi je vais lui parler.

– J'ai entendu dire par ici que tu veux en faire un homme. Un homme pour quoi faire, à un moment pareil ?

– C'est elle qui m'a demandé d'y aller, monsieur. C'est son idée. Pas la mienne.

– Ce n'est pas la question que je t'ai posée, m'a dit Guidry. Faire de lui un homme dans quel but ?

– Pour mourir dignement, je suppose. Je suppose que c'est ce qu'elle veut.

– Tu crois que c'est une bonne idée ?

– C'est ce qu'elle veut, monsieur.

– Et toi, qu'en penses-tu ?

– Je préférerais ne rien avoir à faire avec ça, monsieur. Mais c'est ce qu'elle veut.

– Alors tu penses qu'il devrait partir comme il est ?

– Je ne sais pas comment il est, monsieur. Croyez-moi, monsieur Guidry, si ça dépendait de moi, je ne m'en occuperais pas du tout.

– Là-dessus, on est d'accord toi et moi, a-t-il dit. Mais ma femme pense autrement. Qui a raison, d'après toi, elle ou moi ?

Le gros bonhomme a pouffé de rire. Il pensait que Guidry m'avait coincé.

– J'ai pour habitude de ne pas me mêler des affaires de famille, monsieur Guidry.

Le gros type n'a pas apprécié ma présence d'esprit. Je l'ai lu sur son visage.

– Tu es malin, a dit Guidry. Peut-être un petit peu trop pour ton bien.

J'ai gardé le silence. Je savais quand il fallait me taire.

– Je n'aime pas ça, a dit Guidry. Et je veux que tu le saches. Parce que je pense que tout ce que tu pourras faire, c'est lui compliquer les choses, en voulant lui mettre des idées dans la tête malgré lui. Et je préférerais voir un cochon satisfait monter sur la chaise qu'un cochon mécontent. Ce serait mieux pour tout le monde. Tu pourras rien lui fourrer de plus dans le crâne.

J'ai gardé le silence.

– Tu peux y aller, a dit Sam Guidry. Mais au premier signe de complication, j'arrête tout. Tu comprends ?

– Oui, monsieur.

– Tu as des questions ?

– Oui, monsieur. Je peux le voir quand ?

– Viens quand tu veux. Pas avant dix heures du matin, ni après quatre heures de l'après-midi. D'autres questions ?

– Vous avez une idée du temps qu'il lui reste ?

– Ça dépend entièrement du gouverneur, pas de moi, m'a répondu Guidry. Mais je ne compterais pas lui faire décrocher un diplôme, si j'étais toi. Compris ?

Le gros type et Louis Rougon paraissaient impressionnés par les questions et les réponses du shérif.

Louis Rougon, qui avait les yeux bleu clair, m'a fixé pour que je le regarde, mais je lui ai refusé cette faveur. Le gros type, en buvant, faisait tinter les glaçons dans son verre. Henri Pichot semblait avoir hâte que tout ça soit fini.

– Autre chose ? m'a demandé Guidry.

– Quand puis-je commencer les visites ?

– Pas avant deux semaines. Laisse-le s'habituer. Présente-toi à l'adjoint Clark si je ne suis pas là. N'apporte rien que tu ne voudrais pas qu'on te prenne – couteau, lame de rasoir, rien en verre surtout. C'est pas que je croie qu'il ferait quelque chose, mais on n'est jamais sûr. Autre chose ?

– Non, monsieur, rien.

Guidry a hoché la tête.

– Bonne chance. Mais d'après moi tout ça c'est une perte de temps.

– Merci, monsieur.

J'ai attendu qu'ils aient quitté la cuisine, puis j'ai regagné ma voiture et je suis parti.

7

Deux événements se sont produits à l'école pendant les semaines qui ont précédé ma première visite à Jefferson en prison. L'inspecteur est venu faire sa tournée annuelle, et nous avons reçu notre premier chargement de bois pour l'hiver.

Nous avons appris le lundi par Farrell Jarreau, qui tenait la nouvelle d'Henri Pichot, que l'inspecteur allait venir pendant la semaine, mais nous ne savions pas quel jour ni à quelle heure. J'ai recommandé à mes élèves de prendre un bain tous les matins et de mettre leurs plus beaux habits pour venir à l'école. Après le salut aux couleurs dans la cour et la récitation de versets de la Bible dans l'église, je renvoyais un élève dehors pour guetter l'inspecteur. Si l'enfant voyait une voiture, n'importe laquelle, quitter la route pour s'engager dans les quartiers, il devait courir m'avertir dans la classe.

L'inspecteur ne s'est pas présenté avant le jeudi. Jusque-là nous avons eu beaucoup de fausses alertes. Le pasteur de l'église, qui n'habitait pas dans les quartiers, était venu voir des fidèles deux ou trois fois. Un médecin était venu une fois, une sage-femme avait été appelée au chevet d'une jeune femme deux fois, un agent d'assurance, un collecteur de traites d'un magasin de meubles avaient fait leur apparition, Henri Pichot avait traversé les quartiers au moins une fois par jour, et des amis et des parents des gens des quartiers étaient également venus en visite. Le jeudi, juste avant deux heures, le garçon qui surveillait les voitures pour moi est entré en courant dans l'église.

– Encore une, monsieur Wiggins, encore une !

– Bon, ai-je dit aux élèves. Gardez vos livres ouverts et prenez l'air éveillé.

J'ai passé les doigts sur mon col de chemise et vérifié mon nœud de cravate. J'ai vérifié que les deux rabats des poches de ma veste étaient sortis. Je possédais trois costumes – un bleu marine, un gris et un marron. Je portais le bleu ce jour-là. Dans la cour, j'ai frotté le bout de mes chaussures contre l'arrière de mes jambes de pantalon. A présent j'étais prêt à recevoir notre visiteur.

Cette fois, c'était bien l'inspecteur. Il a arrêté sa voiture devant la porte de l'église. Un épais nuage de poussière grise s'est élevé par-dessus le toit du véhicule et s'est répandu dans les quartiers. L'inspecteur était un homme gros et petit avec une large figure rouge et un double menton. Il lui a fallu toute son énergie pour sortir de voiture.

– Docteur Joseph, ai-je dit.

– Hum ! Quelle chaleur étouffante ! a-t-il répondu.

Je trouvais pour ma part qu'il faisait un peu frais, mais je me suis dit qu'un homme aussi lourd devait tout le temps se sentir étouffer. Il a passé le fossé peu profond qui séparait la route du parvis de l'église, la respiration sifflante. Il a levé les yeux vers moi, mais j'ai vu qu'il ne se souvenait pas de mon nom, bien qu'il ait inspecté l'école une fois par an depuis que j'enseignais ici.

– Grant Wiggins, ai-je dit.

– Comment allez-vous, Higgins ?

– Wiggins, monsieur. Je vais bien.

– Eh bien, pas moi, a-t-il remarqué. Toutes ces allées et venues. J'ai d'autres écoles à visiter.

Le docteur Joseph inspectait les écoles de Noirs une fois par an, celles des Blancs deux sans doute – une par semestre. Il y avait une douzaine d'écoles dans le comté à inspecter, tout au plus.

– C'est un honneur pour nous que vous ayez pris le temps de venir nous voir, monsieur.

Il a grogné et jeté un regard circulaire dans la cour. Une bonne brise venait de la direction des champs de canne, et elle agitait le drapeau sur sa hampe.

– Cet endroit n'a pas changé, a dit le docteur Joseph.

– Les choses changent très lentement par ici, docteur Joseph.

– Hum, a-t-il fait.

Je lui ai fait signe de me précéder dans l'église. Il lui a fallu toute sa force pour monter les trois marches de bois, et comme il passait la porte, j'ai entendu Irene Cole, l'élève responsable du cours supérieur, crier à la classe :

– Debout. Les épaules en arrière.

J'ai suivi le docteur Joseph entre les rangées, et de chaque côté, les élèves du cours préparatoire au cours supérieur se tenaient immobiles et droits comme des soldats pour la revue.

J'ai indiqué au docteur Joseph de prendre ma chaise à mon bureau. Il a grogné, ce qui voulait dire merci, et a reculé le siège avant de s'asseoir. Il avait besoin d'un peu de distance pour caser sa corpulence.

Tout ce temps, Irene me regardait, et quand j'ai hoché la tête dans sa direction, elle a dit aux enfants :

– Assis.

Et ils se sont assis avec un bel ensemble. Nous avions répété ce geste, matin et après-midi, depuis trois jours.

– Mes enfants, je suis sûr que vous connaissez tous le docteur Joseph Morgan, leur ai-je dit. Le docteur Joseph est l'inspecteur des écoles du comté de Saint-Raphaël. Il a pris le temps, malgré toutes ses obligations, de venir nous voir quelques minutes. Veuillez dire très fort : « Merci, docteur Joseph. »

Ce qu'ils ont fait, à voix très haute.

Le docteur Joseph a répondu à leur salut par un nouveau raclement de gorge.

– Nous sommes à votre service, docteur Joseph, ai-je dit en m'asseyant sur l'un des bancs contre le mur.

Le docteur Joseph s'est calé en arrière dans la chaise, mais son gros ventre touchait encore presque le bord du bureau. Il a parcouru les classes du regard d'un côté à l'autre de l'allée centrale, comme s'il essayait de surprendre un élève en train de faire une bêtise.

– Le cours préparatoire, debout, a-t-il dit.

Ils se sont levés, sept ou huit enfants. Le docteur Joseph les a examinés un moment, puis il a dit à la petite fille du bout de la rangée de s'avancer. Elle a respiré profondément et a jeté un coup d'œil à sa voisine avant de venir au bureau. Elle avait peur, mais elle s'est avancée rapidement et s'est tenue devant la table ses petits bras bien raides le long du corps. Elle ne voulait pas lever les yeux.

– Il n'y a pas de raison d'avoir peur, mon enfant, lui a dit le docteur Joseph. Comment t'appelles-tu ?

– Gloria Hebert, a-t-elle murmuré.

– Je ne t'entends pas si tu gardes la tête baissée, le docteur Joseph lui a dit.

Elle a levé la tête craintivement.

– Gloria Hebert.

– C'est un joli nom, a dit le docteur Joseph. Tends les mains.

Elle a dû croire qu'elle avait dit ou fait quelque chose de mal, parce que lorsqu'elle a tendu les mains sur la table, les paumes en l'air, j'ai vu qu'elles tremblaient.

– Tourne-les, le docteur Joseph lui a dit.

Elle a obéi.

– Mm-mm, a-t-il fait. Détends-toi.

Elle ne comprenait pas ce qu'il voulait qu'elle fasse.

– Baisse les bras, mon enfant, le docteur Joseph lui a dit.

Elle a ramené les bras le long du corps et baissé les yeux par la même occasion.

– As-tu dit ton verset de la Bible ce matin, Gloria ?

– Oui, monsieur… docteur Joseph.

– Eh bien, qu'est-ce c'était ? lui a-t-il demandé.

– J'ai dit : « Le Seigneur est mon berger, je ne manquerai de rien », docteur Joseph.

– Hum, a-t-il fait. J'ai l'impression de l'avoir déjà entendu, celui-là. Mais tu es une petite fille intelligente. Dis à tes parents qu'ils peuvent être fiers de toi. Retourne à ta place.

– Merci, monsieur Joseph, a-t-elle dit en pliant le genou et en se retournant rapidement.

Elle souriait quand elle nous a refait face. Mais personne d'autre ne souriait.

– Le cours préparatoire, asseyez-vous, a dit le docteur Joseph. Le cours élémentaire, debout.

Et il a appelé le seul garçon que j'aurais voulu voir rester chez lui ce jour-là. C'était à coup sûr le pire garnement de l'école. Il venait d'une famille nombreuse – treize, quatorze, quinze, je ne sais pas combien – et il devait se battre pour chaque miette de nourriture. A l'école c'était pareil. Il se battait en jouant aux billes, il se battait en jouant au ballon, il se battait en jouant à cache-cache, il se battait en jouant à cache-tampon. En classe il se battait avec les enfants assis devant lui, à côté de lui, derrière lui. Je l'avais puni autant de fois le mois écoulé que tous les autres enfants réunis.

Le docteur Joseph lui a demandé son nom, et il a débité trois mots que même moi je n'ai pas compris. Il s'appelait Louis Washington junior, mais ce qu'il a dit ne ressemblait à rien d'approchant.

– Tes mains, lui a dit le docteur Joseph.

Elles avaient été lavées une heure auparavant, j'en étais sûr, parce que j'avais vérifié la propreté de toutes les mains quand les élèves étaient revenus de déjeuner. Mais à présent il avait les paumes noires et crasseuses comme s'il avait tripoté du charbon toute la journée.

– As-tu prêté serment au drapeau ce matin, lui a demandé le docteur Joseph ?

– Ouais m'sieu, a-t-il répondu.

Pas « Oui, monsieur », comme je le lui avais répété une centaine de fois. « Ouais m'sieu. »

– Eh bien ?

– Vous voulez que j'sorte saluer l'drapeau? a demandé le garçon.

– Tu n'as pas besoin de sortir, a dit le docteur Joseph. Tu peux me montrer ici.

Le garçon a porté la main à sa poitrine.

– J'prête sarment à l'drapeau... Quat'vingt-dix zétats... Mérique. Euh – euh – ouais. Qu'est planté là. In...visible. Amen.

Le docteur Joseph a poussé un grognement. Plusieurs élèves ont pouffé de rire. Le docteur Joseph paraissait très content. Il me restait du pain sur la planche.

Ça a continué encore une demi-heure. Le docteur Joseph appelait un enfant qui avait l'air à moitié idiot, puis il appelait un autre qui lui donnait l'impression d'être tout à fait le contraire. Aux classes supérieures, les cours moyens et de fin d'études, il posait des questions de grammaire, de calcul et de géographie. Et après avoir regardé les mains, il s'est mis à inspecter les dents. « Ouvre grand », dis « Aaah », et il obligeait les pauvres petits à écarter les lèvres autant qu'ils le pouvaient pendant qu'il examinait l'intérieur de leur bouche. A l'université j'avais lu que les maîtres faisaient la même chose quand ils achetaient de nouveaux esclaves, et que les éleveurs en faisaient autant en achetant des chevaux et du bétail. Au moins le docteur Joseph avait-il atteint le stade où il laissait les enfants ouvrir la bouche eux-mêmes, au lieu d'utiliser un instrument métallique grossier. J'appréciais son humanité.

Finalement, quand il a jugé qu'il avait examiné suffisamment de mains et de bouches, il a dispensé aux élèves un cours de dix minutes sur la nutrition. Les haricots étaient bons, disait-il. Pas seulement bons, mais très très bons. Les haricots, les haricots, les haricots – il a dû prononcer le mot une centaine de fois. Puis il a dit que le poisson et les légumes verts étaient bons. Et l'exercice physique aussi. En d'autres termes, travailler dur était bon pour un jeune corps. Cueillir le coton, ramasser les pommes de terre, arracher les oignons, jardiner – tout cela était un bon exercice pour le corps en pleine croissance d'un garçon ou d'une fille.

– Higgins, je dois vous complimenter. Vous avez une bonne pépinière d'élèves ici, une bonne pépinière. Vous pouvez être fier.

Il avait dit la même chose l'année précédente, et il m'avait appelé Higgins aussi. Et l'année d'avant il avait prononcé les mêmes phrases, mais en m'appelant Washington. Au moins il se rapprochait de mon vrai nom.

– Levez-vous, a dit Irene à la classe.

Ils se sont mis debout, la tête droite, les bras serrés le long du corps. Mais au lieu de me sentir fier, je me détestais pour les avoir entraînés comme je l'avais fait.

Le docteur Joseph et moi avons repris l'allée centrale. Dehors, il a levé les yeux vers le drapeau qui flottait sur son poteau de bambou au coin de la barrière. J'ai cru un instant qu'il allait le saluer, mais il était trop fatigué ou trop paresseux pour lever la main.

– Vous faites du bon travail, Higgins, a-t-il dit.

– Je fais du mieux que je peux avec le matériel que j'ai, docteur Joseph, ai-je répondu. Je n'ai pas tous les livres dont j'aurais besoin. Dans certaines classes les élèves travaillent à deux sur un seul. Et même ainsi, il manque des pages. J'ai besoin de plus de papier, de plus de craie pour les tableaux, de plus de crayons, j'ai même besoin d'un meilleur poêle.

– Nous sommes tous dans le même cas, Higgins.

Je ne lui ai pas répondu.

– J'ai dit que nous étions tous dans ce cas, Higgins, les écoles blanches comme les écoles noires. Nous prenons ce que l'État nous donne, et nous en tirons le meilleur parti.

– Beaucoup des livres que j'utilise nous ont été donnés par les écoles blanches, docteur Joseph. Et il leur manque des pages. Comment pourrais-je…

– Est-ce que vous me mettez en cause, Higgins?

– Non, monsieur. Je voulais seulement…

– Merci, Higgins.

Il a commencé à remonter en voiture. C'était plus dur que pour en descendre, parce qu'à présent je l'avais irrité.

– Faites-les bien saluer le drapeau, Higgins, a-t-il dit par la vitre baissée. Insistez davantage sur l'hygiène.

– Certains de ces enfants n'ont jamais vu de brosse à dents avant de venir à l'école, docteur Joseph.

– Eh bien, ce n'est pas votre travail, Higgins?

– Si, monsieur, je suppose que oui. Mais alors il faudrait que je les achète moi-même.

– Ils ne peuvent pas travailler? m'a-t-il demandé. Regardez ces pacaniers.

Il a désigné de la main les jardins et les cours.

– Je vous parie qu'on peut en compter cinquante ici dans les quartiers. Dans le champ, dans le pré, il y a encore cent, deux cents arbres. Mettez-les un peu au boulot. Ils peuvent se faire assez pour acheter une douzaine de brosses à dents en une soirée.

– Cet argent sert généralement à aider la famille, docteur Joseph.

– Alors parlez de la santé aux familles, a-t-il dit en me regardant par la vitre ouverte pour me faire comprendre que sa visite était terminée. J'ai une autre école à inspecter. Toutes ces allées et venues suffiraient à vous donner une crise cardiaque.

Il a démarré. J'ai attendu qu'il ait fait demi-tour avec sa voiture et qu'il commence à remonter les quartiers. J'ai agité la main, mais il ne m'a pas rendu mon salut.

8

Une semaine après la visite de l'inspecteur, nous avons reçu notre premier chargement de bois pour l'hiver. Deux vieux bonshommes l'ont apporté dans une charrette ce matin-là vers onze heures. Le portail n'était pas assez large pour le passage de la charrette, alors les hommes sont entrés dans la cour voisine de l'église. L'un des deux est descendu pour ouvrir le portail, et l'autre a fait entrer la charrette dans la cour. Je ne les voyais pas, mais je les entendais. Ils plaisantaient à propos des mules, du bois et du temps. L'un d'eux a dit :

– Laisse pas Bird nous faire verser dans ce fossé, hein ? J'ai pas envie de sortir tout ce bois et d'avoir à le recharger dans la charrette.

– Elle va tirer, a répondu le second. Allez, Bird, un bon coup de collier.

J'ai entendu la charrette traverser le fossé et entrer dans la cour.

– Bon, ai-je dit aux élèves. Le premier qui regarde dehors, il passe une heure au coin. Ils peuvent très bien se débrouiller sans vous.

La charrette s'est avancée dans la cour de l'autre côté de la barrière, en passant devant les fenêtres de l'église. Je voyais les deux mules – une grande mule rousse, l'autre petite et marron foncé avec de longues oreilles tombantes – tirer fort entre les chaînes. Puis j'ai vu les longues bûches empilées haut sur la charrette, l'un des deux hommes au sommet pendant que l'autre, celui qui avait ouvert le portail, marchait à côté. Ils plaisantaient et riaient toujours.

– Louis Washington junior, retourne au coin et le nez contre le mur.

– Mais, m'sieu Wiggins, vous aussi vous a r'gardé par la f'nêtre. J'vous ai vu.

– Seulement du coin de l'œil, ai-je dit.

– Moi aussi, j'regardais du coin d'l'œil, m'sieu Wiggins.

– Dans ce cas je ne vais pas te punir pour avoir regardé par la fenêtre, ai-je dit. Je vais te punir pour ta mauvaise grammaire. Tu aurais dû dire : « Vous *avez* regardé par la fenêtre », et pas « Vous *a* regardé par la f'nêtre. » Va dans le coin, tourne-toi vers le mur et restes-y. Encore un mot, et tu passes le reste de la journée sur un pied.

Assis à mon bureau, j'entendais les vieux bonshommes décharger le bois, jeter les longues bûches par-dessus la barrière dans la cour de l'église. Ils continuaient à s'asticoter.

– Montre-moi ta force, montre-moi si t'as bouffé du lion c'matin.

– J'ai le bout en l'air.

– Moi j'ai le plus gros.

– Tu l'as dit, bouffi.

Ils ont ri tous les deux. Et j'ai entendu le bois franchir la clôture.

Ça a continué comme ça pendant une demi-heure, puis l'un des deux hommes a frappé à la porte de derrière. Je suis allé voir ce qu'il voulait.

– Professeur, a-t-il dit en souriant.

Henry Lewis était un petit homme noir presque complètement édenté. Ses mains avaient la couleur et la texture des pattes d'une tortue d'eau. Il portait un vieux chapeau de paille, une chemise à carreaux marron et vert, un pantalon kaki et des bottes en caoutchouc. Il avait des petits-enfants à l'école.

– Un peu de bois, a-t-il dit. Je laisse la scie et une ou deux haches. Vos garçons vont vous l'débiter.

– Je vous remercie, monsieur Lewis.

– Heureux de rendre service.

J'ai salué Amos Thomas, qui était assis dans la charrette. L'homme mince à la peau brune m'a fait un signe de tête.

– Ça devrait vous durer un bout de temps, m'a dit monsieur Lewis. Vous avez qu'à prévenir avant d'en manquer. Quelqu'un vous apportera un aut'chargement.

– Merci, ai-je dit.

– A la prochaine, professeur.

– Au revoir, monsieur Lewis, monsieur Thomas.

Je suis retourné à mon bureau.

– Bon, ai-je dit à mes élèves. Il est midi moins le quart maintenant. Je vous laisse sortir plus tôt parce que vous devrez couper du bois cet après-midi. Je veux tous vous revoir ici avant midi et demi.

L'après-midi, je suis resté debout près de la barrière pendant que les garçons du cours moyen et du cours supérieur sciaient et fendaient le bois. Les plus petits garçons étaient à l'intérieur avec les filles. Ils ont voulu savoir pourquoi ils devaient étudier pendant que les grands garçons étaient dehors à s'amuser. Je leur ai dit qu'ils pourraient s'amuser le lendemain à ramasser les copeaux et à empiler le bois pendant que les plus grands travailleraient. Ils ne trouvaient pas que c'était la même chose, mais comme je ne leur laissais pas le choix, ils ont obéi à contrecœur. Je leur ai donné des devoirs et je les ai confiés à la surveillance d'Irene Cole.

Debout près de la barrière, je regardais les cinq grands scier et fendre le bois. Deux sciaient pendant qu'un autre se mettait à califourchon sur la branche pour la maintenir. Les deux autres fendaient les bûches et coupaient les petites branches à coups de hache. Ils riaient et plaisantaient en travaillant.

Et je me disais : « Qu'est-ce que je fais ? Est-ce que j'ai la moindre influence sur eux ? Ils se conduisent exactement comme les vieux bonshommes ce matin. Ils ont cinquante ans de moins, peut-être davantage, mais ils se comportent comme ces vieux qui n'ont jamais été à l'école un seul jour de leur vie. N'est-ce qu'un cercle vicieux ? Est-ce que je sers à quelque chose ? »

Au bout d'un moment, ils ont échangé les scies et les haches. Ceux qui, avant, sciaient fendaient les bûches à présent, les deux autres tiraient sur les poignées de la scie. Le plus petit garçon continuait à maintenir la bûche du mieux qu'il pouvait entre ses mains et ses genoux.

Adossé à la barrière à les regarder, je me suis rappelé le temps où c'était moi qui avais brandi cette hache et tiré mon côté de la scie. Et je me rappelais les autres, aussi – Bill, Jerry, Claudee, Smitty, Snowball –, tous les autres. Ils avaient fendu du bois ici aussi ; puis ils étaient partis. Partis dans les champs, dans les petites et les grandes villes – où ils étaient morts. On apprenait toujours dans les quartiers que quelqu'un avait été tué, ou envoyé en prison pour en avoir tué un autre : Snowball, poignardé à mort dans une boîte de nuit à Port Allen ; Claudee, tué par une femme à La Nouvelle-Orléans ; Smitty, envoyé au pénitencier de l'État à Angola pour meurtre. Et il y en avait d'autres qui n'allaient nulle part, mais simplement mouraient plus lentement.

Le grand mulâtre de Poulaya l'avait prédit, non ? C'était lui, Matthew Antoine, l'instituteur de l'époque, qui se tenait près de la clôture pendant que nous fendions le bois. Il nous avait prédit alors que la plupart d'entre nous mourraient de mort violente, et que les autres seraient ramenés au niveau de bêtes. Il n'y avait d'autre choix que de fuir, fuir, nous disait-il. Qu'il était l'exemple vivant d'un homme qui aurait dû fuir. Qu'en lui – il ne le disait pas, mais nous le sentions – il n'y avait que de la haine pour lui-même et du mépris pour nous. Il se détestait pour son sang mêlé et pour la lâcheté de sa vie, et il nous haïssait de les lui rappeler quotidiennement. Non, il ne l'exprimait pas, mais il nous le montrait tous les jours. Il nous montrait clairement sa haine pour lui-même et pour nous. Il ne pouvait nous apprendre qu'une chose, nous sauver. Parce qu'ici, il n'y avait pas de liberté. Il l'exprimait sans le dire Mais nous le sentions. Quand nous racontions à nos parents ce que nous éprouvions, ils nous suppliaient de retourner à l'école et d'apprendre tout ce que nous pouvions. Certains y retournaient pour apprendre vraiment. D'autres seulement pour la forme. Et comme ils n'avaient nulle part où s'enfuir, ils sont allés dans les champs ; d'autres ont rejoint les petites et les grandes villes pour chercher du travail, mais leur sort a été encore pire.

Mais à moi, il m'a dit que je ne serais pas comme le reste, que j'apprendrais autant qu'il pourrait m'enseigner, pour partir ensuite apprendre avec d'autres. Que j'apprendrais tout ce qu'il pourrait m'enseigner. Et quand il a vu que je voulais apprendre, il m'a détesté encore plus que les autres, parce que je le mettais en cause, alors qu'eux n'y songeaient même pas. Ils croyaient ce qu'il disait. Ils sont partis dans les champs, dans les petites villes, les grandes villes, et ils sont morts. Alors, tu crois que tu peux ? disait-il. Alors, tu crois que tu peux ? Non, il ne l'exprimait pas avec des mots, mais avec les yeux. Tu seras perdant, mon ami. Il ne disait peut-être pas « mon ami », sûrement pas « mon ami » ; « idiot », plus vraisemblablement. De toute façon, tu seras perdant, disait-il. Oui, je t'apprendrai. Tu veux apprendre, je t'aiderai à apprendre. Peut-être de cette façon je me libérerai, en sachant qu'un autre aura repris le fardeau. Bon, tu veux apprendre ? Bon, le voilà le fardeau.

Même après être parti poursuivre mes études, quand je revenais à la plantation pour rendre visite à ma tante, je lisais encore la haine en lui. Il a pris sa retraite de l'enseignement pour cause de mauvaise santé, et lorsque j'allais le voir chez lui à Poulaya, je sentais encore sa haine pour lui-même, pour moi, pour le monde entier. Une fois, alors que j'étais assis près de la cheminée avec lui, il m'a déclaré :

– Rien ne me fait plus plaisir que d'apprendre de mauvaises nouvelles. Hitler avait ses raisons, et même les hommes du Klu Klux Klan pour leurs agissements dans le Sud. Tu ne me crois pas, hein ? m'a-t-il demandé.

– Non, monsieur, je ne vous crois pas.

– Tu me croiras un jour. Je t'ai dit ce que tu aurais dû faire, mais non, tu veux rester. Eh bien, tu me croiras un jour. Quand tu verras que les cinq mois et demi que tu passes dans cette église chaque année ne sont qu'une perte de temps, tu me croiras. Tu me croiras. Tu verras qu'il faudra plus de cinq mois et demi pour effacer, gratter, arracher le manteau d'ignorance qui a été plaqué et replaqué sur ces cerveaux ces trois derniers siècles. Tu verras.

Puis il restait silencieux un long moment, tandis que nous regardions tous les deux dans le feu.

– J'ai froid, dit-il un jour qu'assis devant la cheminée nous regardions le feu.

Je me suis levé pour rajouter une bûche.

– Ça ne sert à rien, a-t-il dit. J'ai encore froid. J'aurai toujours froid.

Il m'a regardé.

– Tu verras, tu verras.

– Mais je dois, ai-je dit.

– Non, tu ne dois pas, a-t-il répliqué. Tu veux. Mais tu ne dois pas.

– Vous l'avez fait, ai-je dit.

– Oui, je l'ai fait. Mais je t'ai dit de ne pas le faire. Je t'ai dit de partir. Dieu s'est occupé d'eux ces trois derniers siècles sans ton aide. Il ne va pas…

– Dieu ? ai-je dit.

Parce que je ne l'avais jamais entendu parler de Dieu auparavant. Parce que, quand nous récitions nos versets de la Bible pour lui, il semblait haïr les paroles mêmes que nous prononcions.

– Monsieur, vous ai-je entendu dire… ?

– J'ai froid, a-t-il dit en me coupant la parole. J'ai toujours froid. Tu ferais mieux de partir. Reviens une autre fois si tu veux. J'ai commis une erreur.

Je suis revenu un mois plus tard. Je me rappelle qu'il faisait froid ce jour-là aussi.

Laissez-moi vous expliquer mes rapports avec cet instituteur mulâtre. Il n'y avait pas d'amour entre nous. Pas même de respect. Si nous étions quelque chose l'un pour l'autre, nous étions des ennemis. Il me détestait, et je le savais, et il était conscient que je le savais. Je ne l'aimais pas, mais j'avais besoin de lui, besoin de lui pour me révéler un secret qu'aucun des autres ne pouvait ou ne voulait me révéler.

J'ai apporté du vin ce jour-là. Il m'a envoyé dans la cuisine chercher deux verres.

– Ça va vous réchauffer, ai-je dit.

– Rien ne peut me réchauffer, a-t-il répondu.

Il était assis dans le fauteuil à bascule, les yeux fixés sur le feu, la couverture serrée autour de lui. C'était un homme à la forte ossature, mais il était devenu très maigre à présent.

– A l'évasion ! a-t-il dit en levant son verre.

– Mais vous n'êtes pas parti, ai-je fait remarquer.

– Je suis créole. Tu ne le vois pas ?

– C'est à cause de ça ? ai-je demandé.

– Oui. Je suis créole. Tu sais ce que c'est, un créole ? Un salaud et un lâche. Tu le savais ?

– Non, je ne le savais pas.

– J'avais peur, a-t-il poursuivi en regardant le feu. J'avais peur de m'enfuir. Que suis-je ? Regarde-moi. Où aurais-je pu me sentir supérieur à tant de gens ailleurs qu'ici ?

– C'est important ? lui ai-je demandé.

– Oui. Pour tout le monde. Surtout pour les Blancs et les presque Blancs. C'est important.

– Vous vous sentez supérieur à moi ?

– Bien entendu. Ne sois pas stupide. Je suis supérieur à toi. Je suis supérieur à tout homme plus noir que moi.

– C'est pour cette raison que vous me détestez ?

– Exactement. Parce que ce salopard, la créature supérieure, disait que j'étais toi.

– Vous le croyez supérieur à vous ? lui ai-je demandé.

– Bien sûr. Pas toi ?

– Non.

– Reste ici assez longtemps. Il fera de toi le nègre que ta naissance t'a destiné à être.

– Mon seul choix, c'est la fuite, alors ? lui ai-je demandé.

– C'était ton seul choix. Mais tu ne veux pas. Tu veux prouver que j'ai tort. Eh bien, un jour tu viendras sur ma tombe me dire combien j'avais raison.

– Apprenez-moi davantage.

– Et dans ton université ? Ils ne t'expliquent rien ?

– Ils me disent comment réussir dans le Sud en tant qu'homme de couleur. Ils me parlent de lecture, d'écriture et de calcul. J'ai besoin de connaître la vie.

– Je ne peux rien te dire de la vie, a-t-il dit. Qu'est-ce que je sais de la vie ? Je suis resté ici. Pour connaître la vie, il faut partir. Il n'y a pas de vie ici. Seulement de l'ignorance. Tu veux connaître la vie ? Eh bien, c'est trop tard. N'y pense plus. Continue, sois le nègre que ta naissance t'a destiné à être, mais ne pense plus à la vie. Tu me fatigues, et j'ai froid. Le vin n'y change rien.

Je suis retourné le voir un mois ou deux à peine avant sa mort, pendant l'hiver 42. Il avait quarante-trois ans. C'était ma première année d'enseignement. Je faisais la classe depuis deux ou trois semaines quand je lui ai rendu visite. Nous venions de recevoir notre premier chargement de bois pour l'hiver. Peut-être était-ce pour ça que j'étais allé le voir. Je me rappelais toujours ce premier chargement, et comment nous, les grands, débitions le bois pendant qu'il se tenait près de la barrière à nous surveiller. Il paraissait terriblement frêle ce jour-là. Je ne l'avais pas vu depuis des mois. Une parente s'occupait de lui, et elle n'aimait pas trop qu'on vienne lui rendre visite, surtout si on avait la peau plus foncée. Elle m'a fait entrer dans la pièce et nous a laissés. Il était assis près de la cheminée. Été comme hiver, il s'asseyait toujours près de la cheminée quand il était à l'intérieur. Nous nous sommes serré la main. La sienne était grande, froide, et osseuse. Il toussait beaucoup.

– Nous avons reçu notre premier chargement de bois la semaine dernière, lui ai-je annoncé.

– Rien ne change, a-t-il répondu.

– Je crois que je suis un vrai instituteur maintenant.

Il a hoché la tête et toussé. Il ne semblait pas avoir envie de parler. Pourtant je suis resté assis, pendant que tous les deux nous regardions dans les flammes.

– Vous avez un conseil à me donner? lui ai-je demandé.

– Ça n'a plus d'importance, a-t-il répondu. Fais simplement de ton mieux. Mais peu importera.

9

A une heure et demie j'ai quitté l'école pour emmener Miss Emma à Bayonne. Elle est sortie sur la galerie avec Tante Lou, un panier accroché à un bras et un cabas à l'autre. Tante Lou a fermé la porte pour que la chaleur reste dans la pièce, et Miss Emma et elles ont descendu l'allée jusqu'à la voiture. Miss Emma portait son manteau marron garni de lapin autour du col et des manches. Tante Lou était en chandail, alors j'ai compris qu'elle ne venait pas à Bayonne avec nous. Elle a ouvert la portière pour que Miss Emma s'installe sur la banquette arrière, et après l'avoir fermée elle s'est penchée pour continuer leur conversation. Je suis sûr qu'elles avaient parlé toute la journée, mais elles avaient encore des choses à se raconter.

– C'est le mieux, a-t-elle dit.

Miss Emma a peut-être hoché la tête, mais je n'en suis pas sûr. Je refusais de les regarder dans le rétroviseur.

– S'il a besoin d'autre chose, dis-le moi, a poursuivi ma tante. Ils ont des tas de vieilles chaussettes, de vieilles chemises par ici.

– Je crois qu'on est censés y être vers deux heures, ai-je fait remarquer, sans me retourner vers elles.

J'ai senti deux paires d'yeux fixées sur ma nuque.

– Dis-lui que je prie, a dit ma tante. Vous feriez mieux d'y aller. On se reverra à votre retour.

Elle parlait à Miss Emma, pas à moi. Elle connaissait mes sentiments sur toute cette histoire. Je suis descendu faire demi-tour plus bas dans les quartiers. Ma tante était toujours là où nous l'avions laissée ; elle agitait la main à présent. Vous auriez pu croire que nous allions en Chine, et pas à Bayonne, à vingt kilomètres.

En conduisant le long du Saint-Charles, je sentais que Miss Emma ne me regardait pas, qu'elle ne regardait rien – elle pensait. Elle a peut-être jeté un coup d'œil dans ma direction une ou deux fois, mais la plupart du temps elle était perdue dans ses pensées. Comme ma tante, elle savait combien tout ça me déplaisait.

Nous avons donc parcouru les vingt kilomètres jusqu'à Bayonne en silence. Je ne lui disais rien, elle ne me disait rien. Pas une seule fois je ne l'ai regardée dans le rétroviseur. Je n'ai jamais tourné la tête vers le fleuve à ma droite ni vers les maisons à ma gauche sur le bord de la route. Aussi loin qu'on pouvait voir sur la chaussée, il y avait des tiges de canne tombées des remorques en chemin vers l'usine. Les gens ramassaient des noix de pécan de chaque côté de la route, mais je ne les regardais que de loin. S'ils faisaient un signe, je ne le leur rendais pas. Je ne voulais pas que Miss Emma croie un seul instant que j'avais changé d'humeur.

Le tribunal, comme la plupart des édifices publics de la ville, était en brique rouge. Construit au début du siècle, il ressemblait à l'un de ces petits châteaux qu'on peut voir dans la campagne en Europe. Le parc de stationnement qui entourait le bâtiment était revêtu de coquillages pilés. Une statue d'un soldat confédéré se dressait à droite de l'allée qui menait à la porte du tribunal. Au dessus de la tête de la statue, sur de longues hampes de métal, flottaient le drapeau national, celui de Louisiane et celui des États du Sud. La grosse horloge de la tour a sonné deux coups au moment où je me garais devant la statue et les drapeaux. Miss Emma a mis un certain temps pour sortir de voiture, de sorte que, lorsque nous sommes entrés dans le bureau du shérif, l'horloge au mur indiquait deux heures cinq.

Deux adjoints, en uniforme gris, et un prisonnier de couleur vêtu d'une combinaison verte, la lettre *p* sur le dos, étaient dans le bureau. L'adjoint derrière le bureau donnait des instructions au prisonnier. Le plus jeune, qui était debout à côté du bureau, nous a regardés.

– Je viens pour voir Jefferson, a dit Miss Emma.

Le jeune adjoint a hoché la tête à l'intention de celui qui donnait des ordres au prisonnier. Il était question du sol des toilettes situées à l'extérieur. Ces cabinets étaient pour les gens de couleur qui venaient au tribunal, et ils étaient en bas, au sous-sol. On y entrait par l'aire de stationnement. J'y étais allé moi-même une ou deux fois, mais c'était toujours dégoûtant, et comme tous les gens de ma connaissance j'évitais d'y descendre. Mais c'était le seul endroit où aller. Les toilettes à l'intérieur étaient réservées aux Blancs.

– Je veux que ce soit fini avant que je parte, a dit l'adjoint au prisonnier. Je parle sérieusement, tu m'entends ?

Le prisonnier, qui avait quinze ou seize ans, a baissé la tête et il est sorti.

– Je viens voir mon garçon, Jefferson, a répété Miss Emma à l'adjoint assis derrière le bureau.

– Qu'est-ce que vous avez là ?

– Du manger et des habits propres pour lui, c'est tout, a répondu Miss Emma.

– Paul, a dit le plus âgé.

L'adjoint qui se tenait à côté du bureau s'est avancé vers nous.

– Comment il a été ? a demandé Miss Emma au chef.

– Tranquille, a répondu celui-ci.

– Oui, monsieur ? a fait Miss Emma.

L'adjoint a souri froidement.

– Jefferson a été tranquille, a dit Paul, le jeune adjoint, à Miss Emma.

– Merci, monsieur.

L'adjoint a fouillé le panier de nourriture. Du poulet frit, des patates douces rôties, des petits gâteaux. Puis il a fouillé le sac de vêtements. Il y avait un vieux blue-jean, une vieille chemise marron qui avait pâli au lavage, une paire de caleçons longs, et deux de mes paires de chaussettes, que ma tante avait données à Miss Emma pour Jefferson.

– Vide tes poches, m'a-t-il dit.

Je n'avais qu'un portefeuille, un mouchoir, et un peu de monnaie. J'avais laissé mes clés dans la voiture. J'ai tout posé sur le bureau.

– Rien d'autre ? m'a demandé l'adjoint.

Il avait les cheveux bruns et les yeux gris-bleu, et il paraissait un ou deux ans plus jeune que moi. Il me donnait l'impression d'être correct. Mais pas celui derrière le bureau. Il avait des yeux couleur de ciment, le cou épais et le visage charnu. Il était beaucoup plus âgé et beaucoup plus lourd que Paul.

Paul m'a tâté de haut en bas pour s'assurer que j'avais tout sorti de mes poches. Puis il m'a dit que je pouvais reprendre mes affaires.

– Le shérif vous a tout expliqué ? nous a demandé l'adjoint-chef.

– Monsieur ? a fait Miss Emma.

L'adjoint-chef voyait que je ne l'aimais pas, et je voyais qu'il ne m'aimait pas non plus. Mais il savait qui commandait, et que je devrais supporter tout ce qu'il lui prendrait la fantaisie de m'imposer.

– Pas de couteaux, pas de fourchettes, pas d'assiettes. Seulement des casseroles, a-t-il dit à Miss Emma.

Il m'avait d'abord regardé un long moment pour me faire comprendre ce qu'il pensait de moi.

– Pas d'épingles à chapeau, pas de canifs, pas de

lames de rasoir, pas de pics à glace, a-t-il ajouté, en me regardant de nouveau.

– Jefferson fera jamais une chose pareille, a dit Miss Emma.

– On ne sait jamais, a répondu l'adjoint. Emmène-les en haut, Paul.

– Suivez-moi, a dit le jeune adjoint.

Nous l'avons suivi le long d'un interminable couloir sombre, en passant devant des bureaux dont la porte était ouverte, et des toilettes pour Blancs, celles pour les dames et celles pour les messieurs. Au bout du couloir nous avons dû monter un escalier. Les marches étaient en acier. Il y avait six marches, un petit palier, puis encore six marches en sens inverse. Ensuite nous avons franchi une lourde porte d'acier pour entrer dans le quartier des prisonniers. Les prisonniers blancs étaient aussi à cet étage, mais dans une section séparée. J'ai compté six cellules pour les Noirs, avec deux couchettes par cellule. La moitié des cellules étaient vides, les autres logeaient un ou deux prisonniers. Ils tendaient la main à travers les barreaux et demandaient des cigarettes ou de l'argent. Miss Emma s'est arrêtée pour leur parler. Elle leur a dit qu'elle n'avait pas d'argent, mais qu'elle avait apporté à manger pour Jefferson, et s'il restait quelque chose elle le leur donnerait. Ils m'ont demandé de l'argent, et je leur ai distribué la monnaie que j'avais.

Il y avait une cellule vide entre Jefferson et les autres prisonniers. Il était au bout du bloc de cellules, et quand nous sommes arrivés il était étendu sur sa couchette. L'adjoint a tourné la clef dans la serrure, et Miss Emma et moi sommes entrés. L'adjoint nous a dit qu'il devait nous enfermer, et qu'il reviendrait d'ici une heure. Miss Emma l'a remercié, il a refermé la porte et il est parti. Jefferson était toujours allongé sur sa couchette, le regard fixé au plafond. Il ne nous a pas regardés une seule fois.

– Comment tu te sens, Jefferson? lui a demandé Miss Emma.

Il n'a pas répondu, il gardait les yeux au plafond. La cellule mesurait environ deux mètres sur trois; elle contenait une couchette métallique couverte d'un mince matelas et d'une couverture de laine de l'armée, une cuvette de WC sans siège ni papier, un lavabo incrusté de crasse brunâtre, une petite étagère sur laquelle étaient posés une écuelle, un gobelet de fer-blanc, et une cuillère à soupe. Une ampoule unique pendait au centre du plafond, et face à la porte une fenêtre à barreaux donnait sur un sycomore à l'arrière du tribunal. Je voyais la lumière du soleil briller sur les feuilles supérieures de l'arbre. Mais la fenêtre était trop haute pour qu'on aperçoive d'autres bâtiments ou le sol.

– J'suis venue te voir t'apporter quelque chose, a dit Miss Emma.

Nous étions debout, car il n'y avait aucun endroit où s'asseoir.

– Ça a été ? lui a-t-elle demandé.

Il restait couché là à regarder le plafond. Ses cheveux avaient poussé depuis le procès, mais je suis sûr qu'il ne les avait pas peignés une seule fois. Je me suis dit que je lui apporterais un peigne à ma prochaine visite.

– J'ai amené le professeur Wiggins, a dit Miss Emma. Je t'ai apporté du poulet frit, des bonnes patates douces, et aussi des petits gâteaux.

Il regardait le plafond.

– Tu vas pas me demander de m'asseoir, Jefferson ?

Il regardait le plafond, mais il ne le voyait pas.

Miss Emma a posé le sac de vêtements et le panier de provisions par terre et s'est assise sur le lit à côté de lui. Je devrais dire qu'elle s'est casée autant qu'elle le pouvait sur la couchette. A moitié, à peu près. Elle lui a passé la main sur le front et sur les cheveux.

– Tu vas pas me parler, Jefferson ? a-t-elle demandé.

Il est resté silencieux. Elle lui a encore caressé les cheveux.

– Tu veux parler rien qu'à moi ? Tu veux que le professeur Wiggins s'en aille ?

Il ne lui a pas répondu.

– Tu veux que je m'en aille, et parler rien qu'au professeur Wiggins ?

Il n'a toujours pas répondu.

Elle a levé les yeux vers moi. Elle était au bord des larmes. J'aurais bien voulu être ailleurs.

– Passe-moi ce panier, Grant, m'a-t-elle dit.

Je le lui ai passé, et elle en a sorti du poulet enveloppé dans du papier brun. Elle a déballé le pilon et l'a présenté à Jefferson.

– Regarde ce que je t'ai apporté, a-t-elle dit. Je sais que tu l'aimes, mon poulet frit. J't'ai apporté des patates douces et des petits gâteaux aussi. Tu vas pas en prendre un peu ?

– Ça compte pas, l'ai-je entendu dire.

Il regardait le plafond.

– Qu'est-ce qui compte pas ?

Il n'a pas répondu.

– Qu'est-ce qui compte pas, Jefferson ?

– Y a rien qui compte, a-t-il dit, en regardant le plafond mais sans le voir.

– Ça compte pour moi, Jefferson. Tu comptes pour moi.

Il regardait le plafond sans le voir.

– Jefferson ?

– Du poulet, de la boue, ça compte pas.

– Si, Jefferson, si. De la boue ?

– C'est pareil. Ça compte pas.

– Mon poulet ? a-t-elle dit. Je le goûte, là. (Elle en a pris une petite bouchée.) Tu as toujours aimé mon poulet. Tous les dimanches.

Il se taisait.

– Une patate douce, ça te dirait ?

Il ne lui a pas répondu.

– Tu veux un petit gâteau ? T'as pas besoin de manger du poulet si t'en veux pas. Ni des patates douces. Mais je sais que tu raffoles de mes petits gâteaux. J'ai pas apporté de lait caillé, mais... Jefferson ?

– Quand c'est qu'ils vont le faire ? Demain ?

– Faire quoi, Jefferson ?

Il s'est tu, les yeux au plafond, sans le voir.

– Quoi, Jefferson ?

Il s'est tourné vers elle mais sans bouger le corps, seulement la tête, les yeux surtout. Il l'a regardée comme s'il ne savait pas qui elle était, ni ce qu'elle faisait là. Puis il m'a regardé. Tu sais de quoi je parle, hein ? me disaient ses yeux. C'étaient de grands yeux bruns, dont le blanc était beaucoup trop rouge. Tu le sais, hein ? m'ont répété ses yeux. Je lui ai rendu son regard. Mais mes yeux à moi n'osaient pas lui répondre. Les siens étaient conscients que je savais.

– Vous êtes avec eux ? m'a-t-il demandé.

– Avec qui ? ai-je dit.

Ses yeux se moquaient de moi. C'étaient de grands yeux bruns aux blancs beaucoup trop rouges – il avait tellement pensé ces dernières semaines – et dans son regard il y avait de la provocation.

– C'est vous ? m'a-t-il demandé.

– Moi quoi ?

Ses grands yeux bruns aux blancs trop rouges se moquaient de moi.

– Qu'allez appuyer sur le bouton ? a-t-il dit en me regardant.

– Quel bouton ? a demandé Miss Emma.

Il me regardait, il ne la regardait pas. Ses yeux me disaient que je savais de quel bouton il parlait.

– C'est le professeur Wiggins, ton instituteur. Quel bouton ? a-t-elle répété.

Il a tourné la tête et a recommencé à fixer le plafond.

L'adjoint est revenu, il a attendu devant la cellule.

Miss Emma était toujours assise sur la couchette. Mais à présent Jefferson lui avait tourné le dos et faisait face au mur de béton gris. Miss Emma lui a encore passé la main dans les cheveux, puis elle s'est levée péniblement.

– Je m'en vais, Jefferson, a-t-elle dit. Je reviendrai bientôt.

L'adjoint a ouvert la porte pour nous laisser sortir.

– Je peux laisser le manger? lui a demandé Miss Emma.

– Bien sûr, a répondu l'adjoint.

– S'il mange pas tout, vous pourrez donner le reste aux aut'petits?

– Bien sûr.

Il a refermé la porte à clef.

– Je m'en vais, Jefferson, a dit Miss Emma, en regardant dans la cellule.

Il était tourné contre le mur de béton gris et ne lui a pas répondu.

– Oh, Seigneur Jésus! s'est-elle écrié. Oh, Seigneur Jésus, ne m'abandonne pas, ne m'abandonne pas!

Nous avons échangé un regard, l'adjoint et moi. Des yeux et de la tête, il m'a fait signe de la prendre dans mes bras. Et c'est ce que j'ai fait.

10

Nos deux visites suivantes se sont passées à peu près de la même manière que la première. J'allais chercher Miss Emma chez elle vers une heure et demie – ma tante était toujours avec elle – et quand elle s'était installée sur la banquette arrière de la voiture, nous roulions en silence jusqu'à Bayonne. Chaque fois, nous arrivions cinq ou dix minutes avant l'heure. La nourriture était fouillée, on me demandait de tout sortir de mes poches, puis de tout y remettre, et on nous conduisait le long de l'étroit couloir de bois sombre, en passant devant des bureaux à la porte ouverte où des hommes et des femmes, tous des Blancs, expédiaient le travail courant. L'adjoint marchait à un pas devant nous, Miss Emma juste derrière lui, et moi à côté d'elle. Au bout du couloir nous montions les marches jusqu'au premier palier, où l'adjoint attendait un moment que Miss Emma reprenne son souffle, puis nous continuions jusqu'à l'étage suivant où nous franchissions la lourde porte d'acier qui donnait dans le quartier cellulaire. Les prisonniers nous entendaient arriver, et ils se tenaient à la porte des cellules la main tendue entre les barreaux. Comme elle l'avait fait la première fois, Miss Emma leur promettait qu'ils auraient tout ce que Jefferson ne mangerait pas. Comme je l'avais fait la première fois, je leur donnais la monnaie que j'avais dans les poches, toujours moins d'un dollar. Puis nous gagnions la dernière cellule. Jefferson était toujours sur sa couchette, le regard au plafond ou tourné vers le mur. Chaque fois, l'adjoint a ouvert la porte et nous a enfermés. Jefferson n'a pas eu davantage à nous dire la deuxième ou la troisième fois que la première, et au bout d'une heure passée avec lui, on nous faisait sortir. Chaque fois, Miss Emma quittait la cellule en pleurant, et disait au jeune adjoint de donner les provisions aux autres petits.

Le vendredi, à notre quatrième visite, j'ai laissé Irene Cole surveiller les élèves en lui recommandant de les laisser partir à trois heures. Si elle trouvait qu'ils avaient fini tous leurs devoirs avant cette heure-là, elle pourrait les libérer plus tôt, parce qu'il commençait à faire froid, et la plupart des enfants auraient du travail à la maison. J'ai dû aller prendre ma voiture chez ma tante, puis j'ai remonté les quartiers vers la maison de Miss Emma. D'habitude elle m'attendait, mais pas ce jour-là. Je suis resté dans la voiture cinq bonnes minutes, mais pas de Miss Emma. Je ne voulais pas klaxonner ; je pensais que ce serait faire preuve d'impatience et de manque de respect. Mais elle ne se montrait toujours pas. La porte était fermée et le seul signe de vie était un filet de fumée blanche qui montait de temps en temps de la cheminée.

Après avoir attendu deux ou trois minutes de plus, j'ai laissé de côté patience et respect. J'ai pressé l'avertisseur assez fort et assez longtemps pour que tout le monde l'entende dans les quartiers. J'avais abandonné ma classe pour l'emmener à Bayonne et elle n'était pas prête, et je voulais qu'ils le sachent tous.

Finalement la porte s'est ouverte. Ma tante est sortie sur la galerie et a refermé la porte derrière elle. Elle restait là à me regarder. Je connaissais cette façon de se tenir, et ce regard. Je savais qu'elle ne ferait pas un pas de plus et qu'il faudrait que j'aille vers elle. Elle me regardait toujours quand je suis descendu de voiture et que j'ai monté l'allée. Je me suis arrêté juste avant la galerie.

– T'as un problème ? m'a-t-elle demandé.

J'allais poser la même question à propos de Miss Emma, mais j'ai tenu ma langue.

– Tu sais pas que si elle pouvait elle serait là ?

– Alors pourquoi ne m'a-t-elle pas dit qu'elle ne venait pas ? Je pourrais faire ma classe.

– Personne a jamais dit que t'y allais pas.

– Parce que d'après vous je vais le voir tout seul? Nous ne sommes pas parents…

– Entre donc prendre le panier, mon garçon, m'a dit ma tante.

Elle m'a regardé monter sur la galerie et passer devant elle, puis elle m'a suivi dans la maison. Miss Emma était assise devant la cheminée dans un fauteuil à bascule. Elle portait deux chandails, un vert et un noir par-dessus. Une sorte de chiffon, peut-être une couche de bébé, était attachée autour de sa tête. Je me tenais au milieu de la pièce, près de l'ampoule qui pendait du plafond. J'avais l'impression que Miss Emma était loin d'être aussi malade qu'elle faisait mine de l'être. Pour commencer, je l'avais vue le matin ramasser du petit bois dans la cour, et elle ne m'avait pas parue malade du tout. Et maintenant je sentais une odeur de poulet frit et de pommes de terre rôties, et je savais que si elle cuisinait, elle n'était pas mourante.

Ma tante s'est assise dans le fauteuil à bascule à côté de celui de Miss Emma. A présent, elles regardaient dans la cheminée les deux bûches à demi consumées, qui donnaient à peu près autant de feu qu'une bougie. Puis Miss Emma a toussé deux fois – une toux brève et sèche – pour me faire savoir qu'elle était à l'article de la mort. Puis de nouveau le silence.

Il y avait de la fumée dans la pièce, et j'ai dû m'éclaircir la gorge, parce que ma tante a choisi ce moment pour parler.

– Le panier attend.

Je ne savais pas où il attendait ; je ne l'ai pas cherché. Je me tenais en retrait et les regardais.

– Il est pas obligé d'y aller, Miss Emma a dit.

Elle a encore toussé, pour me rappeler qu'elle était toujours à l'article de la mort.

– Pas si ça doit lui peser.

Ma tante s'est retournée pour me regarder.

– Je t'ai dit que le panier attendait.

– Miss Emma est mourante. Mais tu peux venir avec moi, ai-je dit.

– J'ai pas mis ma belle robe, a-t-elle répondu.

– Je peux attendre.

– Non, tu n'attends pas.

– Le force pas, a dit Miss Emma. Quand je serai de nouveau sur pied – si Dieu veut – je trouverai quelqu'un d'autre pour m'emmener là-bas. Je veux être un fardeau pour personne.

Comme je me tenais là à l'écouter, je me suis rendu compte que tout avait été manigancé depuis le début. Tout ce que j'avais enduré était destiné à m'amener à ce jour. Aller chez Pichot, rencontrer le shérif, les trois visites à la prison avec elle – tout cela n'avait été qu'une préparation pour aujourd'hui. Ne l'avait-elle pas dit le premier soir chez Pichot ? « Mon cœur ne le supportera pas. Je veux que quelqu'un d'autre prenne ma place. » Ne l'avait-elle pas dit ? Bien sûr que oui. Parce que c'était prévu, même alors. Mais elle avait eu de l'aide. Ma tante.

Elle a encore toussé – une toux aussi brève, aussi sèche, aussi peu convaincante que les premières.

Je me suis dit qu'elle avait besoin qu'on ajoute du bois sur le feu. Je suis allé dans le coin où il était empilé, et j'ai pris autant de bûches que je pouvais en soulever, puis je les ai toutes jetées dans le feu. Des étincelles ont volé du foyer dans la pièce, et de la fumée et des cendres sont montées à l'assaut de la cheminée. J'ai brossé mes vêtements et suis resté planté jusqu'à ce que le bois commence à brûler.

– Je peux faire autre chose, Miss Emma ? Vous voulez du sirop peut-être ?

– Tu peux surveiller tes paroles, mon petit monsieur, a dit ma tante.

– J'aimerais seulement que Miss Emma se porte mieux.

– Il est pas obligé d'y aller, a dit Miss Emma.

– Il y va, a rétorqué ma tante.

– Si c'est un fardeau...

– J'irai peut-être à mi chemin, ai-je dit. Je jetterai ces provisions dans la rivière. Les poissons n'ont pas beaucoup à manger en hiver. Ils aiment peut-être le poulet frit.

– T'as intérêt à prendre ce manger et à sortir d'ici, a fait ma tante d'un ton menaçant.

Je suis allé dans la cuisine et j'ai attrapé le sac sur la table. Il contenait assez de provisions pour nourrir toute la prison.

– Tout ce que tu m'as fait gagner en m'envoyant faire des études, tu me le reprends, ai-je dit à ma tante.

Elles regardaient le feu, et j'étais debout derrière elles avec le panier.

– L'humiliation que j'ai dû subir en allant dans la cuisine de cet homme. Les heures que j'ai attendues pendant qu'ils mangeaient, buvaient et bavardaient entre eux avant de daigner venir me voir. Aller à la prison maintenant. Les regarder poser leurs sales pattes sur la nourriture. Me faire fouiller chaque fois comme si j'étais un criminel de bas étage. Peut-être qu'aujourd'hui ils voudront regarder dans ma bouche, ou dans mes narines, ou me feront déshabiller. Tout est bon pour m'humilier. Toutes ces choses auxquelles tu as voulu que j'échappe en allant à l'université. Il y a des années, le professeur Antoine m'a averti que si je restais ici, ils me briseraient pour faire de moi le nègre que ma naissance m'avait destiné à être. Mais il ne m'a pas dit que ma tante allait les aider.

Elle s'est levée lentement, lourdement, et s'est approchée de Miss Emma, qui s'était mise à secouer la tête et à pleurer. Miss Emma ne voulait pas que j'y aille à présent, sincèrement, mais ma tante n'avait pas changé d'avis un seul instant.

– Je suis désolée, Grant, si j'aide ces Blancs à t'humilier. Je suis vraiment désolée. Et je voudrais bien qu'il y en ait d'autres vers qui nous tourner. Mais y a personne.

11

Le shérif était là quand je suis entré dans le tribunal. Je le voyais derrière son bureau, en train de parler à un autre homme, qui venait d'ouvrir la porte pour partir. Ils ont parlé encore un moment, puis l'homme est sorti dans le couloir. J'ai retenu la porte et je suis entré dans le bureau avec le sac de provisions.

– Oui, c'est pourquoi ? m'a demandé Guidry.

Il avait posé ses pieds chaussés de bottes de cow-boy sur le bureau. Il portait une chemise gris clair à col ouvert et un pantalon gris foncé. Sa cravate, son chapeau de cow-boy et sa veste étaient accrochés au portemanteau près du classeur à côté de son bureau. C'était la première fois que je le voyais depuis que j'avais commencé mes visites à la prison, mais j'étais sûr qu'il savait qui j'étais.

– Je suis venu pour voir Jefferson.

– Comment ça se passe entre vous autres ?

– C'est la première fois que je viens le voir seul.

– Il y a quoi dans ce panier ?

– Des provisions que sa marraine lui envoie.

– Paul ? a appelé Guidry, toujours en me regardant.

Le jeune adjoint est entré dans le bureau par une autre porte.

– Vous m'avez appelé, shérif ?

Guidry m'a désigné du menton.

– Comment ça va ? m'a demandé l'adjoint.

– Très bien, et vous-même ?

– Je ne peux pas me plaindre, a-t-il répondu.

Nous avons répété les gestes habituels. J'ai dû tout sortir de mes poches et tout remettre. L'adjoint a soigneusement fouillé les provisions ; il sortait un morceau de poulet de son papier, le vérifiait, le remettait. Il a ouvert le papier de deux ou trois bonbons, a regardé dans le sac de patates douces, puis, quand il a eu fini, il s'est essuyé les mains sur un mouchoir.

– Tu crois toujours pouvoir lui faire entrer quelque chose dans le crâne ?

Guidry parlait par-dessus le bout de ses bottes.

– Je ne sais pas, monsieur.

– Rappelle-toi ce que je t'ai dit. Au premier signe de complication, j'arrête tout.

J'ai hoché la tête. Puis je me suis souvenu que je devais parler à voix haute.

– Oui, monsieur.

Il m'a regardé un moment, puis il a fait un signe de tête à son adjoint, et nous avons quitté le bureau. Comme Miss Emma n'était pas avec moi cette fois, je marchais à côté de l'adjoint et non plus derrière lui. Nous sommes passés devant les mêmes portes de bureaux où les gens tapaient à la machine, nous avons grimpé le même escalier jusqu'à la grosse porte d'acier qui ouvrait sur le quartier cellulaire. J'aurais sans doute trouvé mon chemin les yeux fermés. Les prisonniers sont venus à la porte de leur cellule comme les autres fois. Si ce n'étaient pas les mêmes, ils avaient le même âge, de dix-sept à vingt ans et quelques. Je leur ai donné la monnaie que j'avais. Personne n'a reçu plus de dix cents. A deux, ils pouvaient s'acheter un paquet de cigarettes ; seuls, ils pouvaient s'offrir un paquet de chewing-gum ou une barre de caramel.

Jefferson était assis sur sa couchette la tête baissée et les bras pendant entre les jambes. L'adjoint a ouvert la porte pour que j'entre, et il m'a rappelé qu'il serait de retour avant une heure. Au cas où je voudrais partir plus tôt, je pouvais appeler l'un des prisonniers qui avaient l'autorisation de circuler, et il irait le chercher.

– Jefferson, ai-je dit.

Il n'a pas levé les yeux.

– Ta nan-nan n'a pas pu venir aujourd'hui. Elle a un mauvais rhume. Mais elle t'a envoyé quelque chose. Comment tu te sens, Jefferson ?

Au bout d'un moment il a levé la tête, mais il ne m'a pas regardé. Il regardait la fenêtre et ses barreaux. De la cellule, tout ce qu'on pouvait voir étaient les feuilles jaunes du sycomore et le ciel bleu clair entre les feuilles.

– Tu as faim ? lui ai-je demandé.

– T'as apporté du maïs ?

– Du maïs ?

– C'est c'qu'y mangent les cochons, a-t-il dit en tournant la tête pour me regarder à présent.

Il ne s'était pas lavé la figure ni peigné depuis des jours. Il portait une de mes vieilles chemises kaki et un pantalon marron tout froissé. Il était pieds nus. Ses souliers étaient sous le lit.

– Je n'ai pas apporté de maïs, ai-je dit. Et tu n'es pas un cochon.

Il m'a regardé comme si je le traitais de haut.

– Quand as-tu mangé pour la dernière fois ? lui ai-je demandé.

– J'sais pas.

– Aujourd'hui ?

– J'sais pas.

Il jouait avec moi, et je le savais.

– Il y a du poulet là-dedans, ai-je dit. Des petits pains et des patates douces. Et aussi des pralines qu'elle a fait. Tu devrais goûter. Ça lui ferait plaisir.

– Les cochons mangent pas de pralines, a-t-il répondu.

– Tu n'es pas un cochon. Tu es un homme.

Il a poussé un profond grognement et m'a adressé un sourire amer.

– Ça t'ennuie si je te prends un morceau de poulet? lui ai-je demandé. Je suis parti avant de déjeuner.

Il a fait comme s'il ne m'avait pas entendu.

Comme l'adjoint avait déjà fouillé le sac en papier, je n'avais pas besoin de tout déballer pour trouver ce que je cherchais. J'ai pris un pilon et un petit pain et j'ai commencé à manger.

– Ta nan-nan fait vraiment bien la cuisine, ai-je remarqué.

– C'est pour les 'umains, a-t-il dit.

– Tu es un être humain, Jefferson, ai-je répondu.

– J'suis un cochon. Les 'umains vivent pas dans une porcherie de la sorte. J'suis un cochon qu'ils engraissent pour le tuer.

– Ça ferait de la peine à ta nan-nan si elle t'entendait parler comme ça. Tu veux que je le lui dise?

– Le cochon, il se fiche de ce qu'on dit.

– Elle ne s'en fiche pas. Et moi non plus.

– Vous êtes des 'umains.

– Toi aussi, tu es un être humain, Jefferson.

– J'suis un cochon, a-t-il répété plus pour lui-même que pour moi. Rien qu'un cochon qu'ils engraissent pour Noël.

– Tu es un être humain, Jefferson. Tu es un homme.

Il a maintenu son regard sur moi en se levant de la couchette.

– J'vais vous montrer comment ils mangent les cochons.

Il s'est agenouillé sur le sol, il a mis la tête dans le sac et il s'est mis à manger sans se servir des mains. Même le bruit faisait penser à un cochon.

Je me tenais à l'écart et le regardais, tout en finissant le petit pain et le poulet.

– C'est comme ça que ça mange, un cochon, a-t-il dit, en levant la tête avec le même sourire.

Il s'est relevé et il a regagné son lit.

– C'est comme ça que ça mange, un cochon.

– D'accord, ai-je dit. Mais quand je rentrerai, je vais lui dire que toi et moi on s'est assis sur ta couchette pour manger, et que tu as trouvé que c'était bon. Je ne lui raconterai pas ce que tu as fait. Elle est déjà malade, ça la tuerait. Alors je vais mentir. Je vais lui dire combien tu as aimé sa cuisine. Surtout les pralines.

Il n'a rien dit. Il souriait seulement.

– Est-ce que tu cherches à me faire du mal, Jefferson ? lui ai-je demandé. Est-ce que tu voudrais que je me sente coupable de ta présence ici ? Tu ne veux plus que je revienne ?

Son expression n'a pas changé – comme si quelqu'un avait ciselé ce sourire douloureux, cynique sur son visage.

– Le type en bas, il ne veut pas de moi ici non plus, lui ai-je dit. Il a dit que je ne pourrais jamais te faire comprendre quoi que ce soit. Que je perdais mon temps à venir ici. Mais ta nan-nan pense autrement. Elle veut que je vienne ici. Elle veut que nous parlions. Qu'est-ce que tu veux ? Que j'arrête de venir et que je le laisse gagner ? Ce Blanc ? Tu veux qu'il gagne ?

Son expression est restée la même : cynique, provocante, douloureuse.

Je ne trouvais rien d'autre à ajouter. Mais comme j'étais là depuis moins d'une demi-heure, je savais qu'il était trop tôt pour appeler l'adjoint. Le shérif aurait su que ça ne collait pas entre Jefferson et moi, et c'était la dernière chose que je pouvais me permettre, du moins par égard pour Miss Emma.

Le reste de l'heure a traîné en longueur. Jefferson ne me regardait plus ; il s'était rallongé sur sa couchette et tourné vers le mur. Je regardais par la fenêtre les feuilles jaunes du sycomore. Les feuilles étaient aussi immobiles que si elles avaient été peintes. Entre les feuilles je voyais des morceaux de ciel bleu pâle. J'ai regardé Jefferson, qui me tournait le dos. J'ai regardé sa paire de souliers dépourvus de lacets sous le lit. J'ai regardé le sac de nourriture, tâchant de me rappeler combien de morceaux de poulet, de petits pains, de patates douces et de friandises il restait dedans. Je suis allé vers le lavabo et j'ai bu de l'eau dans ma main. J'ai essayé de fermer le robinet à fond, mais il continuait à fuir. L'eau avait laissé une trace brune du bord du lavabo jusqu'au trou d'évacuation. Je me suis retourné vers Jefferson. Face au mur, il me tournait le dos. J'aurais voulu lui demander à quoi il pensait.

Quand j'ai entendu l'adjoint approcher le long des cellules, j'ai marché vers le lit.

– Tu veux que je dise quelque chose à ta nan-nan ? lui ai-je demandé.

Il n'a pas répondu. Les yeux ouverts, il fixait le mur.

– Je lui dirai que tu as aimé sa cuisine, ai-je dit. Elle sera contente.

L'adjoint est arrivé et m'a fait sortir de la cellule.

– Ça se passe bien ? m'a-t-il demandé tandis que nous nous éloignions.

– Il était content d'avoir de la cuisine faite à la maison.

– On ne peut pas le lui reprocher.

12

Je savais que Miss Emma attendait de moi que je vienne tout lui raconter de ma visite, mais je n'avais pas encore préparé un mensonge assez convaincant. Je ne pouvais pas retourner là-bas lui dire ce qui s'était réellement passé ; ça lui aurait fait trop de peine. Je ne pouvais pas aller lui raconter que nous avions eu une bonne conversation ; elle ne l'aurait sans doute pas cru, pas après la façon dont il s'était comporté quand nous y étions allés ensemble. J'avais besoin de réfléchir, de trouver quelque chose. Pas un gros mensonge, seulement un petit, ou plusieurs, mais ça ne pouvait pas être la vérité. Je pouvais peut-être lui dire qu'il se faisait du souci pour sa santé. Ça lui ferait plaisir. Ou qu'il avait commencé à se servir de la brosse et du peigne que je lui avais achetés. Ou bien que l'adjoint m'avait dit que c'était un bon prisonnier, et que le shérif lui-même avait déclaré que c'était un bon garçon. J'avais besoin de temps, de temps pour répéter mes mensonges. Et le meilleur endroit pour ça, c'était le Rainbow. Je suis monté dans ma voiture pour aller dans les faubourgs noirs de la ville.

C'était calme au Rainbow Club, calme et peu éclairé. Il n'y avait que deux vieux types, en dehors de Joe Clairborne qui se tenait derrière le bar. Ils parlaient de base-ball tous les trois. De Jackie Robinson. Jackie venait de terminer sa deuxième année avec les Brooklyn Dodgers.

– Quoi de neuf, prof? m'a demandé Clairborne.

– Une Jax, ai-je commandé.

Il m'a apporté la bouteille de bière.

– Une petite affaire en ville, ai-je dit.

Clairborne voyait que je ne voulais pas en parler, ou peut-être savait-il ce que c'était. Il a hoché la tête et il est retourné au bout du bar retrouver ses autres clients. Les deux types avaient poursuivi leur conversation, et Clairborne a repris le fil comme s'il n'était jamais parti.

De là où je me tenais, vers le milieu du bar, je n'entendais que Jackie ceci, Jackie cela. Rien à propos des autres joueurs, rien sur les Brooklyn Dodgers en tant qu'équipe. Seulement Jackie. Jackie par-ci, Jackie par-là.

J'ai bu ma bière lentement tout en les écoutant. Et ils étaient très forts. Ils se rappelaient tout ce que Jackie avait fait ces deux dernières années. Ils se rappelaient quand il avait marqué pour la première fois, et contre qui. Ils se rappelaient la première fois où il avait volé deux bases au cours du même match, et la première fois où il avait volé le marbre. L'un des types a reculé du bar pour montrer que le lanceur avait été si lent à envoyer la balle que Jackie avait eu l'occasion de voler le marbre. Le vieux bonhomme a regardé par-dessus son épaule gauche, puis son épaule droite, comme les lanceurs le font quand il y a des joueurs sur les bases. Il a levé la jambe aussi haut qu'il pouvait, à une trentaine de centimètres du sol à peu près, pour montrer combien de temps le lanceur avait mis pour envoyer la balle. Pendant que le lanceur faisait le mouvement de lever la jambe et de ramener le bras en arrière, Jackie fonçait vers le marbre. Le vieux bonhomme a alors joué le rôle de Jackie – il ne courait pas, mais il mimait le mouvement de quelqu'un qui court à toute vitesse. Ses bras faisaient ce que ses jambes ne pouvaient pas faire. Il vous montrait la glissade de Jackie arrivant sur le marbre, et le geste de l'arbitre indiquant que Jackie avait réussi, puis celui de Jackie brossant sa tenue et allant s'installer sur le banc. Le vieux a hoché la tête avec emphase et une grande fierté, et il est retourné au bar. Clairborne et l'autre lui ont déclaré que c'était exactement ça.

En les écoutant, je me rappelais l'époque avant que Jackie entre dans les grandes ligues, où c'était de Joe Louis que tout le monde parlait. Oui, je me rappelais, je me rappelais quand il était le seul. Surtout le grand combat avec Schmeling, l'Allemand. Je me souvenais à quel point on était tous découragés quand Joe avait perdu le premier match avec Schmeling. Ça avait duré des semaines. Être surpris à rire, pour n'importe quelle raison, semblait un péché. C'était une période de deuil. De quoi d'autre pouvait-on être fier au monde, si Joe avait perdu ? Même le prédicateur s'en est mêlé.

– Attendons. Attendons, mes enfants. David affrontera de nouveau Goliath.

Et chacun disait aux autres :

– Ils vont encore se rencontrer. Attends un peu voir.

Et nous avons attendu, attendu, et finalement le grand combat est arrivé. Il y avait deux TSF dans les quartiers, une chez les Williams, au bout des quartiers, et l'autre chez les McVay, à l'entrée des quartiers. J'étais chez les Williams. J'avais dix-sept ans à l'époque. Je n'étais pas le plus jeune, ni sûrement le plus vieux. Je n'étais qu'un parmi les autres. A prier et espérer pour le seul héros que nous connaissions. Il y a eu beaucoup de bruit, beaucoup de parlotes en attendant le début du match. Mais quand le speaker a annoncé que les boxeurs étaient sur le ring, tous se sont tus sans qu'on ait besoin de le leur dire. Il y avait aussi des petits enfants, mais même eux ont cessé de jouer et de parler. Nous retenions notre souffle, en nous rappelant le premier combat. Dieu pouvait-il laisser la même chose se reproduire ? Laisserait-il la même chose arriver une deuxième fois ?

Et puis ce fut la fin. Et le chaos était total. Les gens criaient. Quelques-uns tiraient des coups de pistolet en l'air. Il y avait des combats pour rire. Des vieux bonshommes tombaient par terre, comme Schmeling l'avait fait, et on devait les tirer pour les relever. Tout le monde riait. Tout le monde tapait son voisin dans le dos. Pendant des jours après ce match, pendant des semaines, nous avons gardé la tête haute, plus haute que quiconque ne l'avait jamais fait sur la terre pour quelque raison que ce soit. Je n'avais que dix-sept ans alors, mais je m'en souvenais, dans tous les détails – la chaude soirée, les gens, le bruit, la fierté que j'avais lue sur ces visages.

A présent, tout en écoutant ces vieux bonshommes chanter les louanges de Jackie Robinson, je me suis souvenu d'autre chose. Le petit Irlandais. J'étais à l'université alors. Le petit Irlandais donnait une série de conférences dans les universités blanches, mais, pour une raison quelconque, notre université a pu le faire venir. Comment? Dieu seul le sait. Mais nous étions tous rassemblés dans cet auditorium, et ce petit homme blanc était là, avec son accent à couper au couteau, et il nous parlait de littérature irlandaise. Il a parlé de Yeats, d'O'Casey, de Joyce – des noms que je n'avais jamais entendus. Assis à ma place, j'écoutais, j'écoutais, essayant de retenir tout ce qu'il disait. Et il y avait un nom qu'il répétait tout le temps, celui de Parnell. Et il nous disait que certains Irlandais pleuraient encore en entendant le nom de Parnell. Parnell. Parnell. Puis il a parlé de James Joyce. De sa famille, de sa religion, de son éducation, de sa façon d'écrire. Il a cité un livre intitulé *Gens de Dublin*, et une nouvelle de ce livre, « Le Jour du Lierre* ». Cette nouvelle était universelle, nous disait-il, elle concernait tous les hommes quelle que soit leur race et leur classe.

---

* Jour anniversaire de la mort de Parnell (1891). *(N.d.T.)*

Pendant des jours après cette conférence, j'ai essayé de trouver ce livre. Mais il n'était pas dans notre bibliothèque ni dans aucune des librairies. Je suis allé voir monsieur Anderson, notre professeur de littérature, et je lui ai demandé s'il savait comment je pourrais en trouver un exemplaire. Il a dit qu'il verrait ce qu'il pourrait faire. Une semaine plus tard, il m'a retenu après le cours et m'a tendu un recueil de nouvelles. Ce n'était pas *Gens de Dublin* de Joyce, mais une anthologie de nouvelles qui contenait « Le Jour du Lierre ». Monsieur Anderson avait demandé à un professeur de l'université blanche de prendre le livre pour lui à sa bibliothèque.

– C'est un type bien, m'a dit monsieur Anderson à propos du professeur blanc. Il y en a, vous savez. Et ne l'oubliez jamais. Prenez soin de ce livre. Vous pouvez le garder une semaine. Et il vaut mieux qu'il revienne dans le même état qu'à sa sortie. Vous me comprenez, n'est-ce pas, Wiggins ?

J'ai lu la nouvelle et je l'ai relue, mais je n'y ai pas trouvé le caractère universel dont le petit Irlandais avait parlé. Tout ce que je voyais dans cette histoire, c'étaient des Irlandais qui se rencontraient dans une salle pour parler politique. Quel rapport cela pouvait-il avoir avec l'Amérique, et surtout avec mon peuple ? Il m'a fallu des années pour comprendre ce qu'il avait voulu dire. J'étais allé dans des bars, chez les coiffeurs ; j'avais stationné à des coins de rue, et j'étais allé à beaucoup de dîners ici dans les quartiers. Mais je n'avais jamais vraiment écouté ce qui se disait. Puis je me suis mis à écouter, à écouter attentivement la façon dont les gens parlaient de leurs héros, de leurs morts ; quels grands hommes ces morts avaient été. Je l'entendais partout.

Les vieux bonshommes au bout du bar parlaient toujours de Jackie Robinson. Mais je ne pensais plus à Jackie, ni à Joe Louis, ni au petit Irlandais. Je pensais à cette cellule froide et sinistre au centre de la ville.

J'ai levé la main pour que Clairborne m'apporte une autre bière. Il m'a donné la bouteille et m'a regardé dans les yeux, et il a vu que je n'avais pas envie de parler. Alors il est retourné vers le bout du bar où les vieux types parlaient toujours de base-ball.

Je ne voulais pas penser à cette cellule en ville ; je ne voulais même pas penser à Miss Emma et aux mensonges que je devrais lui débiter. Je voulais penser à des choses plus agréables. J'ai pensé à Vivian. Rien n'était plus agréable au monde pour fixer mes pensées. On était vendredi, n'est-ce pas ? Et ne serait-ce pas agréable si nous pouvions aller quelque part tous les deux passer le week-end ? Ce ne serait pas bien ? Je pourrais tout oublier, oublier toute cette affaire pendant au moins deux jours.

Bon sang, ce serait si bien si nous pouvions partir et ne jamais revenir ! Je savais que je pourrais trouver un travail ailleurs, et elle aussi. Si seulement nous pouvions nous sortir de là. Nous en aller.

Les vieux types au bout du bar continuaient à frapper la balle, à la lancer, et à voler des bases.

Et mon esprit est retourné vers cette cellule au centre de la ville, puis vers une autre cellule, quelque part en Floride. Après avoir lu comment s'était déroulée l'exécution dans cette prison, j'en avais rêvé pendant des mois. Aussi clairement que si j'avais été là, j'avais vu cette cellule, j'avais entendu ce garçon crier, pendant qu'on le traînait vers la chaise :

– Aide-moi, Joe Louis, s'il te plaît.

Quand le condamné fut attaché sur la chaise, l'homme qui avait écrit l'article l'entendait encore crier :

– Monsieur Joe Louis, aide-moi ! Aide-moi, monsieur Joe Louis !

Et au bout du bar les vieux continuaient à frapper la balle, à courir vers les bases et à voler le marbre. Et je me demandais si celui qui était dans la cellule appellerait Jackie Robinson comme l'autre avait appelé Joe Louis.

– Tu pars, prof? m'a demandé Clairborne.

– Il faut que j'aille trouver mon amie.

– C'est ça, prends tout ton temps, prof.

J'ai salué les vieux types de la main. Ils m'ont fait un signe de tête.

L'école était à deux ou trois rues de là, dans la rue principale. Mais par ici tout était relativement près de tout. L'école était dans la même rue que l'église catholique, le cinéma, les pompes funèbres, un café et le glacier. L'épicerie n'était pas loin de l'église, mais dans une autre rue. Le coiffeur et le poste d'essence n'étaient pas trop loin des pompes funèbres. Tout le monde connaissait tout le monde et la vie de tout le monde.

Je me suis garé devant le cinéma et j'ai regardé l'une des institutrices faire monter les enfants dans le bus scolaire. Quand il s'est éloigné, je suis descendu de voiture.

– Quoi de neuf, beau gosse ? m'a-t-elle demandé.

– Et pour toi, Peggy ?

– C'est vendredi, Dieu merci. Elle est encore à l'intérieur.

– Tu viendras prendre un verre tout à l'heure ?

– Un ou deux, a répondu Peggy.

Comme nous marchions vers l'entrée de l'école, j'ai vu deux garçons ramener les couleurs. Peggy m'a dit qu'elle nous verrait tout à l'heure au club, et je me suis dirigé vers la classe de Vivian. L'école n'avait que cinq classes, et dans certaines deux années étaient regroupées. Vivian s'occupait du cours moyen première et deuxième année. Les enfants étaient tous partis, et elle était assise à son bureau, où elle parcourait des devoirs. Elle portait un tailleur de lainage marron et un corsage blanc. Elle n'a pas levé la tête avant que je sois près du bureau. Alors elle a souri. Elle avait les dents les plus belles, les plus régulières que j'aie jamais vues. Mais je trouvais que tout était parfait chez elle.

– Qu'est-ce que tu fais là ? m'a-t-elle demandé.

– Tu m'as déjà vu rester loin de toi un vendredi ?

J'ai fait le tour du bureau et je l'ai embrassée.

– Le dernier garçon qui est venu près de ce bureau n'aurait pas osé, a-t-elle dit.

– Il vaut mieux que je n'en surprenne jamais un.

– Mais qu'est-ce que tu fais ici ?

– Je suis venue te voir, quoi d'autre ?

Elle a levé les yeux vers moi, et elle a lu sur mon visage que j'étais allé à la prison.

– Tu travailles encore ? ai-je demandé.

– Rien que je ne puisse remettre à plus tard.

– J'ai vu Peggy. Ils allaient prendre un verre.

– Ça me paraît une bonne idée, a dit Vivian.

Elle a mis quelques copies dans une serviette et elle s'est levée.

– Il faut que je voie la directrice avant qu'elle s'en aille. Tu sais effacer un tableau ?

– J'en ai déjà effacé quelques-uns.

– Si tu fais du bon travail je te donnerai une pomme.

– Merci, maîtresse.

Elle m'a embrassé légèrement sur les lèvres et s'est éloignée. A la porte elle s'est retournée et m'a encore souri.

Une ligne verticale avait été tracée sur le tableau. D'un côté étaient écrites des phrases en français, de l'autre la traduction anglaise. C'étaient des phrases simples : « Où est le livre ? » « Où est l'ardoise ? » « Où est le crayon ? » J'ai effacé les deux colonnes, mais on voyait encore l'empreinte des mots.

J'ai dessiné une nouvelle ligne verticale, et d'un côté j'ai écrit : « Je t'aime. Je t'aime. Je t'aime. Je t'aime. » Et de l'autre : *I love you. I love you. I love you.*

Vivian est revenue dans la classe et elle a vu ce que j'avais fait.

– Le vilain garçon, a-t-elle dit. Et si Daisy voyait ça ?

– Elle ne le sait pas déjà ?

– Je devrais te mettre au coin sur un pied.

– Si tu y restais avec moi, ça ne m'ennuierait pas.

– Vilain, vilain garçon. Efface-moi ça.

– Seulement si tu m'embrasses d'abord.

Elle avait ramassé sa serviette, et je la lui ai prise et l'ai posée sur le bureau pour l'attirer dans mes bras.

– Allons quelque part, rien que tous les deux, lui ai-je dit après l'avoir embrassée. Allons passer la nuit quelque part. A Baton Rouge, à La Nouvelle-Orléans, n'importe où.

– Et mes bébés ?

– Dora s'occupera d'eux. Viens, allons quelque part.

– On prend un verre avec Peggy, tu te souviens ?

– Oublions Peggy et les autres. Allons quelque part.

J'ai vu que pendant un instant elle y réfléchissait. Puis elle a secoué la tête.

– Non, a-t-elle dit. Je ne peux pas prendre ce risque.

– Tu n'en a pas envie ?

– Plus que tout.

– Alors prenons le risque.

– Non, a-t-elle répondu. Je ne peux pas lui donner un prétexte pour m'enlever mes enfants.

– Tu crois qu'il le ferait ?

– Je ne sais pas. Je ne peux pas prendre ce risque.

– Je déteste aller chez Robert et Helen et partir au milieu de la nuit.

– Moi aussi je déteste ça, a-t-elle répondu. Mais rester toute la nuit quelque part... je ne peux pas prendre ce risque.

– Où est-il maintenant ?

– Aux dernières nouvelles, à Houston.

– Il revient quand ?

– Je ne sais pas.

– En attendant qu'il se décide, nous, on ne fait rien.

– Je croyais qu'on avait déjà fait beaucoup.

– Tu sais ce que je veux dire.

– Viens, allons retrouver Peggy et les autres pour prendre un verre.

– Pas avant d'avoir un autre baiser.

– Qu'est-ce qui se passe ? a-t-elle demandé après m'avoir embrassé.

C'était peut-être la façon dont je l'avais serrée. Ou l'expression de mon visage.

Je lui ai raconté ce qui s'était passé à la prison, la manière dont Jefferson s'était mis à genoux pour manger dans le sac en papier. Je l'ai vue froncer les sourcils et porter la main à sa bouche.

– Il faut que je retourne voir cette vieille dame. Mais je ne pouvais pas y retourner tout de suite. Je ne pouvais pas l'affronter. J'avais besoin de temps pour trouver un mensonge à lui raconter.

Vivian me regardait, la main toujours sur la bouche.

– Je voudrais pouvoir simplement me sauver de cet endroit.

Vivian a secoué la tête.

– Tu sais que tu ne peux pas.

– Pourquoi pas ?

– Pour la même raison que tu ne l'as pas encore fait.

– J'en ai toujours eu envie.

– Mais tu ne l'as pas fait.

– Pourquoi ?

– Tu connais la réponse, Grant. Tu les aimes plus que tu ne détestes cet endroit.

– Est-ce de l'amour ou de la lâcheté ? J'ai peur de me risquer dans l'inconnu.

– Tu as tes parents en Californie. Tu peux toujours aller les retrouver.

– J'y ai souvent songé.

– Bien sûr, Grant, a-t-elle dit. Tu l'as même fait une fois, mais tu es revenu. C'est tout ce que nous avons, Grant.

– Je veux davantage.

Je me suis détourné d'elle et j'ai effacé le tableau.

– Bon, allons prendre ce verre, ai-je dit.

– Attends, a répondu Vivian.

Elle est allée au tableau et elle a écrit en grosses lettres : *Je t'aimerai toujours, je t'aimerai toujours, je t'aimerai toujours.*

– Et si Daisy entre ici avant toi lundi ?

– Elle le sait déjà, a dit Vivian. Comme tout le monde. Les maîtres et les élèves.

13

Peu de temps après le deuxième coup de cloche à l'église, j'ai entendu Miss Eloïse Bouie appeler ma tante de la route. Je suis sorti sur la galerie lui dire que ma tante était derrière la maison. Miss Eloïse, une femme grande et mince, se tenait au milieu de la route appuyée sur sa canne en bambou. Elle portait un long manteau noir et un chapeau noir orné d'un ruban blanc. Elle regardait vers l'entrée des quartiers. Elle m'a dit qu'elle trouvait qu'il commençait à faire frisquet, et j'ai acquiescé. Pendant qu'elle attendait ma tante, elle a continué à regarder vers l'église. Je n'avais pas envie de rester sur la galerie, mais j'ai pensé que ce serait impoli de rentrer et de la laisser sur la route sans personne à qui parler.

J'ai entendu ma tante rentrer du jardin par la porte de derrière. Elle est restée un instant dans sa chambre avant de sortir sur la galerie. Elle portait son manteau noir sur une robe noire, des bas blancs, et des chaussures noires à talons plats.

– Hé, Elou ! a-t-elle crié.

– Hé ! a répondu Miss Eloïse.

Elle avait un accent vraiment traînant : « Héééé ! »

– T'as pas attendu trop longtemps, j'espère ? a dit ma tante.

– Je viens d'arriver, a dit Miss Eloïse.

– Manque pas de fermer les portes si tu pars, m'a recommandé ma tante.

Elle avait déjà à moitié descendu les marches et ne m'avait pas regardé. Il y avait des années qu'elle avait cessé de me regarder quand elle partait pour l'église. Lorsque j'étais revenu de l'université, je lui avais dit que je ne croyais plus et que je ne voulais pas qu'elle m'oblige. Sinon, lui avais-je déclaré, il faudrait que je trouve un autre endroit où habiter. Elle ne voulait pas que je m'en aille, alors elle m'avait laissé tranquille. De temps en temps seulement, quand un autre fidèle était chez elle, elle abordait le sujet. Mais, même alors, elle n'insistait pas trop.

Miss Eloïse et elle ont commencé à remonter les quartiers, l'une grande et mince, l'autre petite et beaucoup plus grosse. Elles se sont arrêtées devant la maison de Miss Emma, et j'ai entendu ma tante appeler :

– Em-ma ? Hé, Em-ma ?

Miss Emma est sortie de chez elle, et toutes les trois ont poursuivi leur chemin vers l'église.

Je suis rentré dans la maison. J'avais commencé à corriger des devoirs une ou deux heures plus tôt, mais je n'avais pas beaucoup avancé. Le dimanche, ma tante commençait à se préparer pour l'église aussitôt levée, vers six heures. Jusqu'à onze heures, je ne pouvais rien faire, sinon l'écouter chanter son chant de la Détermination.

Le dimanche de la Détermination était le troisième dimanche de chaque mois. Les fidèles se levaient pour chanter leurs cantiques préférés et annoncer à la congrégation où ils étaient déterminés à passer l'éternité. Ma tante commençait à se mettre en voix à six heures du matin, que ce soit ou non le dimanche de la Détermination, et n'arrêtait pas avant onze heures, quand elle sortait de la maison. Alors j'étais obligé de repousser mon travail jusqu'après son départ, ou bien j'allais me promener dans les quartiers et plus loin dans les champs.

Je me suis installé à ma table pour essayer de corriger des devoirs, mais mon esprit n'arrêtait pas de me ramener au vendredi. Quand j'étais revenu de Bayonne, il faisait sombre dans les quartiers. Il faisait plus froid aussi ; je voyais des étincelles s'élever des cheminées. Quand je me suis arrêté devant la maison de Miss Emma, Farrell Jarreau, qui habitait de l'autre côté de la route, m'a appris qu'elle était allée chez ma tante. Je lui ai souhaité bonne nuit et j'ai poursuivi mon chemin dans les quartiers. J'ai reconnu la voiture du révérend Ambrose garée devant la porte. A présent je me sentais un peu coupable de rentrer si tard.

Ils étaient tous les trois dans la cuisine en train de boire du café, le révérend Ambrose, Miss Emma et ma tante. Ils étaient silencieux, assis dans la pénombre. La seule lumière dans la cuisine provenait de la porte ouverte du fourneau. Personne n'a tourné la tête quand je suis entré, et le révérend Ambrose et Miss Emma m'ont à peine répondu quand je les ai salués. Ma tante n'a pas ouvert la bouche.

Je suis allé à la glacière et j'ai pris la carafe d'eau, et pendant que je m'en versais un verre, je les ai regardés tous les trois à la table. Ils ne bougeaient pas, ils ne buvaient même plus leur café à présent.

– Je serai dans ma chambre, ai-je dit à ma tante.

– C'est tout ce que tu as à dire ? a-t-elle vivement rétorqué.

– J'ai dit bonsoir, tante Lou.

– Tu sais de quoi je parle.

– Il allait bien.

– C'est tout ? a demandé ma tante. Ou tu as oublié d'y aller ?

– J'y suis allé, et il allait bien, ai-je répondu.

– Tu as sûrement plus à nous raconter, jeune homme, m'a dit ma tante. Ces personnes t'attendent depuis des heures.

– Je vois que vous êtes remise de votre rhume, Miss Emma. Je suis content qu'il n'ait pas été trop...

– Assois-toi, a dit ma tante.

J'ai fait le tour de la table et tiré la quatrième chaise.

– Il allait bien, ai-je dit.

Ma tante m'a regardé. Le révérend Ambrose et Miss Emma regardaient dehors dans le jardin.

– Ce n'est pas ça qu'elle veut savoir, a dit ma tante. Comment il était quand tu es arrivé, comment il était quand tu es parti ?

– Bien, à mon arrivée et à mon départ.

– Tu sais de quoi je parle.

Elle me regardait avec la sévérité d'un inquisiteur devant ses pauvres victimes. La seule raison qui l'empêchait de me faire subir la question, c'est qu'elle n'était pas outillée.

– On a mangé tous les deux, et on a parlé, ai-je dit.

Tout ce temps Miss Emma avait eu le regard perdu dans le jardin. Cette fois elle m'a regardé – non, elle a regardé dans ma direction. Ses pensées étaient ailleurs.

– Il a mangé ?

– Un peu, ai-je dit.

– Vous avez parlé tous les deux ?

Son esprit était encore ailleurs.

– Un peu.

Son regard a changé. Elle me regardait vraiment à présent.

– De quoi vous avez parlé ?

– De choses et d'autres. Je lui ai dit que vous n'étiez pas venue le voir parce que vous aviez un mauvais rhume.

Elle m'a regardé, attendant que je lui communique sa réponse. Mais je ne trouvais pas d'autre mensonge, alors j'ai changé de sujet.

– Ensuite je lui ai demandé comment ça se passait pour lui. Il a dit bien. L'adjoint me l'avait déjà dit. Guidry était dans son bureau aujourd'hui. Il a dit que Jefferson s'en tirait très bien, qu'il ne causait aucun tracas. Il se sert du peigne et de la brosse que je lui ai achetés. Et il portait une de mes chemises, la chemise marron. Il s'en tire bien, à mon avis.

Miss Emma et ma tante m'étudiaient toutes les deux. Miss Emma avait envie de croire ce que je lui disais, mais je voyais qu'elle avait des doutes. Ma tante aurait toujours voulu me soumettre à la question. Et le révérend Ambrose continuait à regarder dehors dans le noir.

– De quoi d'autre vous avez parlé ? m'a demandé ma tante. Tu es parti d'ici avant une heure et demie.

– Je ne me souviens pas de tout. On a bavardé, c'est tout.

– Pendant plus de cinq heures, et tu te rappelles rien d'autre ?

– J'ai passé une heure à peu près avec lui, et puis je suis allé dans les faubourgs. J'ai une amie là-bas. J'aime la voir de temps en temps.

– C'est peut-être là que tu a passé tout ton temps ?

– Si tu ne crois pas que je suis allé à la prison, tu peux toujours aller leur demander.

– J'ai pas besoin de ton effronterie, monsieur.

– Je ne veux pas être effronté. Je te dis seulement la vérité. J'ai passé une heure avec lui. J'ai mangé un pilon et un petit pain, et il a pris quelque chose, je ne me souviens pas quoi au juste. Et puis on a parlé. Ensuite je suis parti et je suis allé dans les faubourgs. C'est exactement ce que j'ai fait.

– Au fond de toi, qu'est-ce que tu penses? a demandé le révérend Ambrose en se détournant brusquement de la vitre obscure. Au fond de toi ?

– A quel sujet, révérend ?

– Lui ? Qu'est-ce qu'il pense ? Qu'est-ce qu'il pense au fond de lui ? Au fond de toi, qu'en penses-tu ?

– Qui sait ce que pense quelqu'un ? On dit une chose alors qu'on en pense peut-être une autre ; qui peut le savoir ?

– C'est toi l'instituteur, m'a dit ma tante, pas très aimablement.

– Au fond de toi ? a répété le révérend Ambrose. Au

fond de toi, tu crois qu'il sait, qu'il a saisi la signification de tout ça ? Au fond de toi ?

– La signification ?

– La gravité.

– La gravité ?

Le révérend Ambrose était un petit homme à la peau très sombre, dont la figure et le crâne chauve brillaient toujours. Il était le pasteur de l'église de la plantation. Il n'avait pas fait d'études, il n'était pas allé à l'école de théologie ; il avait entendu l'appel et avait commencé à prêcher. C'était un croyant simple et fervent. Il baptisait les bébés et les enfants, visitait les malades, conseillait ceux qui avaient des ennuis, prêchait et enterrait les morts. Toutes ces fonctions pouvaient être accomplies simplement. Mais quand il s'agissait de discuter avec un instituteur, même s'il le connaissait depuis sa naissance, soudain ce n'était plus aussi simple.

– Son âme, a-t-il dit.

– Je ne sais rien de l'âme, révérend Ambrose.

– Je l'ai baptisé, a dit le révérend Ambrose. Il avait onze ou douze ans alors. Mais comme beaucoup d'autres, il n'a pas gardé la foi. Comme toi.

Il m'a fixé du regard comme si j'étais l'un des pires pécheurs. C'était peut-être vrai. Les renégats étaient souvent pires que ceux qui n'avaient jamais été convertis. Du moins c'était ce que les gens comme lui auraient voulu vous faire croire.

– Vous avez parlé de Dieu ensemble ? m'a-t-il demandé.

– Non, monsieur, ai-je répondu. Nous n'en sommes pas arrivés là.

– Vous n'en êtes pas arrivés à parler de Dieu ?

– Non, monsieur.

Il m'a regardé en hochant la tête. Si nous ne parlions pas de Dieu, alors quel sujet de conversation était assez important sur la terre avec une personne sur le point de rencontrer Dieu ?

– Je me disais que c'était là que vous interveniez, révérend. Il y a assez de place pour nous deux, ça je peux vous le dire.

– Sœur Emma, sœur Lou et moi nous y allons lundi, a-t-il dit. Je devrais lui apporter quelque chose ?

– A manger, je pense. Des vêtements propres peut-être. Je ne vois rien d'autre.

– Je pensais plutôt à la Bible, a dit le révérend Ambrose.

– Ce serait bien aussi.

Le révérend Ambrose n'avait plus rien à ajouter. Ma tante et lui ont continué à me fixer jusqu'à ce que je leur demande de m'excuser et que je quitte la table.

A présent, dimanche, assis à mon bureau où j'essayais de faire mon travail, je les entendais chanter dans l'église. Il me semblait que j'avais écouté ces chants et ces prières tous les dimanches de ma vie. Non, j'avais fait plus qu'écouter; j'avais participé jusqu'à ma dernière année d'université. Aucun événement unique n'était venu changer ma foi. Je suppose que c'était la combinaison de plusieurs facteurs, mais surtout c'était les études. Je n'avais de temps pour rien d'autre. Souvent je ne revenais pas à la maison le week-end, et quand ça m'arrivait, je m'apercevais que l'église m'était de plus en plus indifférente. Bien sûr, ça faisait de la peine à ma tante de voir ce changement se produire en moi, et ça m'attristait de lui faire de la peine. J'ai souvent songé à partir, comme le professeur Antoine me l'avait conseillé. Ma mère et mon père m'écrivaient aussi que si je n'étais pas heureux en Louisiane, je devrais venir en Californie. Après être allé les voir l'été qui avait suivi ma première année d'université, j'étais revenu, ce qui avait fait plaisir à ma tante. Mais j'avais tourné en rond depuis, incapable d'accepter ce qui avait été ma vie, incapable de la quitter.

J'ai repoussé les devoirs et écouté les chants. Miss Eloïse chantait son cantique de la Détermination.

« Étiez-vous présents quand ils ont crucifié mon Seigneur ? » On entendait cette voix haut perchée à travers toute la plantation. Je l'avais entendue toute ma vie, toute ma vie. Après elle il y aurait un autre fidèle, puis un autre. Ça allait continuer pendant trois ou quatre heures. Et il était impossible de faire autre chose que d'écouter ou de partir.

J'ai cru entendre une voiture s'arrêter devant la porte, mais je n'ai pas quitté ma table. Puis j'ai cru entendre quelqu'un monter sur la galerie, et quand j'ai levé les yeux je l'ai vue debout sur le seuil. Mais je ne croyais pas que c'était elle, parce qu'elle n'était jamais venue ici auparavant. Elle portait un blazer bleu et une jupe plissée marron. Un sac en cuir verni noir pendait à son épaule droite.

– J'espère que ça ne t'ennuie pas.

– Seulement si je rêve.

Elle a souri et elle est entrée dans la pièce.

14

– J'avais fini tout mon travail. J'ai eu envie de te voir, a dit Vivian.

Je m'étais déjà levé. J'ai fait le tour de la table et je l'ai embrassée.

– Je n'aurais pas pu souhaiter mieux. Mais pourquoi aujourd'hui ?

– Je ne sais pas, a-t-elle répondu. Tu me manquais. J'avais envie de te voir.

– Où sont les enfants ?

– Dora les garde. J'espère que je ne contrarie pas tes projets.

– Tu me sauves d'un après-midi ennuyeux.

Vivian a souri et jeté un coup d'œil autour de la chambre.

– Pas extraordinaire, ai-je dit, en m'excusant pour l'endroit.

Cette pièce avait été la chambre de mes parents avant qu'ils partent en Californie pendant la guerre. Il y avait un lit, une penderie, un table de toilette, une table et deux chaises. Tout le mobilier était vieux. Sur la cheminée étaient posées trois photos, dans des cadres de bois de 18 sur 12 : une de Vivian et moi, une de ma mère et une de mon père.

Un collage photographique de Frederic Douglass, d'Abraham Lincoln et de Booker T. Washington était accroché au-dessus de la cheminée. Plusieurs images provenant de calendriers des années passées étaient fixées au mur par des punaises. Le papier peint avait des carrés rouges, verts et marron, et par endroits il était déchiré par le temps.

Vivian a pris la photo de ma mère.

– Maman ? a-t-elle dit.

– Oui.

– Jolie.

– Elle a un peu le même teint que toi, très clair.

Elle a replacé le portrait et pris celui de mon père.

– La peau sombre, et bel homme.

– On doit pouvoir le décrire comme ça.

– Je ne connais pas ces deux autres, a-t-elle dit en regardant notre photo et en jetant un nouveau coup d'œil autour de la pièce. J'adore. C'est rustique.

– Pour être rustique, ça l'est. Sans doute l'endroit le plus rustique que tu verras jamais.

– Pastoral, a-t-elle ajouté.

– Oui, aussi. Avec les chants et les prières là-bas dans l'église, c'est vraiment pastoral.

– J'aime ça.

– Essaie de rester ici un an.

Elle était allée à la fenêtre pour regarder à travers le potager l'église située plus haut dans les quartiers. Je me suis approché d'elle par-derrière et j'ai passé les mains autour de sa taille. Je sentais son parfum. Elle s'est tournée vers moi, et j'ai levé les mains vers son visage que j'ai tenu un moment, pendant que nous nous regardions. Puis je l'ai embrassée, embrassée très tendrement, et quand je l'ai regardée de nouveau, j'ai vu qu'elle m'aimait autant que je l'aimais.

– Désolé, je n'ai rien à boire ici, ai-je dit.

– Ne t'en fais pas pour ça.

– Tu aimerais manger quelque chose ? Ma tante a préparé un gâteau.

– J'ai pris un bon petit déjeuner, a répondu Vivian.

– Et du café ?

– Ne te dérange pas.
– Il est déjà fait.
– Alors oui.

Nous avons traversé la chambre de ma tante, qui était encore plus rustique que la mienne, et nous sommes entrés dans la cuisine. Dans la cuisine, il y avait un fourneau à bois noir à quatre feux, une glacière blanche haute d'un mètre cinquante, une table faite à la main entourée de quatre chaises à sièges de bois, un garde-manger aux portes grillagées pour les assiettes, un balai qui avait connu de meilleurs jours, une hache dans le coin, et plusieurs fait-tout noirs et casseroles en aluminium qui pendaient à des clous sur le mur. Très, très rustique.

Vivian se tenait à la porte de derrière et regardait le champ de l'autre côté du jardin, où une partie de la canne avait été coupée. La canne n'avait pas encore été traînée jusqu'au treuil, elle était couchée en travers des rangées. Un peu plus loin, où un autre carré de canne était encore debout, on voyait les hautes feuilles vert-bleu se balancer doucement dans la brise.

Après avoir réchauffé le café, j'en ai rempli deux tasses. J'ai coupé deux tranches du gâteau au chocolat que ma tante avait mis dans le garde-manger, et nous nous sommes assis à la table, face au jardin et au champ.

– C'est vraiment calme, a dit Vivian.
– Dimanche est le jour le plus triste de la semaine.
– Pas pour ceux qui n'ont pas besoin de travailler aux champs.
– Pour moi ça a toujours été un jour triste.
– Tu devrais trouver une occupation le dimanche. Comme d'aller à l'église.

Je ne lui ai pas répondu.

– Je sais que tu crois, a-t-elle dit. Tu ne veux pas, mais je sais que si.
– La seule chose en laquelle je crois, c'est mon amour pour toi.

Nous avons fini notre gâteau et notre café, et j'ai mis les tasses et les soucoupes dans la bassine d'eau savonneuse sur l'appui de la fenêtre.

– On devrait les laver, a dit Vivian.

– Ça ira.

– Non. Ce n'est pas juste pour elle. Tu laves, j'essuierai.

– Ça va se passer comme ça, hein ?

– Mm-mm.

Il y avait de l'eau chaude dans la bouilloire sur la cuisinière, et j'en ai versé dans la bassine. Vivian avait déjà décroché une casserole du mur, et j'ai versé dedans le reste de l'eau chaude ; elle a ajouté de l'eau froide du robinet près de la glacière. J'ai lavé et rincé la vaisselle, et elle l'a essuyée et rangée dans le garde-manger. C'était agréable d'accomplir ces gestes avec elle.

– Ça suffira ? ai-je demandé quand nous avons fini. Ou tu veux que je balaie la cuisine et lave par terre aussi ?

Elle a regardé le sol.

– Je ne crois pas, a-t-elle répondu. Ça me paraît très propre.

Nous avions plaisanté. J'ai repris mon sérieux.

– Tu peux rester combien de temps ?

– Je ne suis pas pressée.

– Tu aimerais qu'on aille se promener dans les quartiers ?

Elle a hoché la tête.

– Mais d'abord je dois aller au petit coin.

J'ai montré les cabinets d'un signe de tête. Ils étaient installés sur le fossé près du champ de canne.

Elle a quitté la cuisine, et je suis allé dans ma chambre passer une chemise plus chaude. J'ai aussi pris mon couteau, au cas où nous voudrions un morceau de canne à sucre. J'étais debout sur la galerie quand elle est revenue de derrière.

– C'est assez rustique pour toi ?

– J'ai vu pire. Je suis une fille de la campagne, tu l'oublies ?

Nous avons quitté la maison. Dans l'église, le révérend Ambrose venait d'entonner son chant de la Détermination, *Prodigieuse Grâce*. Nous sommes descendus dans les quartiers.

La plupart des gens qui n'étaient pas à l'église étaient à l'intérieur. Peu de gens étaient assis sur les galeries, et personne ne travaillait dans les jardins ni ne fendait du bois dans la cour. Les chevaux et les mules broutaient dans les pâturages à côté des maisons ou derrière, mais c'était à peu près le seul mouvement perceptible. Au-dessus, un ciel bas couleur de cendre pesait sur la plantation, sinon sur tout l'État de Louisiane. Une troupe d'oiseaux noirs a volé au-dessus de la route et s'est posée sur un pacanier dans l'une des arrière-cours à notre gauche. Dans toute la plantation régnait un silence de mort, si on ne tenait pas compte des chants provenant de l'église en haut des quartiers.

Nous avons traversé la voie ferrée et tourné à droite. Devant nous, on voyait deux ou trois wagons de canne à sucre, qui attendaient qu'un train les emmène à l'usine de broyage. On voyait aussi les bascules à la gauche des wagons pleins, et le treuil qui soulevait la canne des charrettes et des remorques pour la balancer dans les wagons. A la gauche des bascules et du treuil se trouvait le cimetière où mes ancêtres avaient été enterrés depuis un siècle. Il y avait beaucoup d'arbres dans le cimetière, des pacaniers et des chênes, et il était aussi envahi de mauvaises herbes ; comme il y avait peu de pierres tombales, il était difficile de voir les tombes de la route. Juste avant d'arriver au cimetière, nous avons tourné à gauche sur une route qui nous conduirait plus loin dans le champ. C'était la première fois que Vivian venait par ici, et je lui ai raconté que les gens de ma famille avaient travaillé dans ces champs depuis le temps de l'esclavage, et que beaucoup d'entre eux étaient enterrés dans le cimetière derrière nous. Je lui ai demandé si elle voulait un morceau de canne, et elle a dit oui. J'ai sauté le fossé et traversé deux ou trois rangées jusqu'à ce que je trouve une bonne tige, puis je suis revenu vers l'endroit où elle m'attendait. J'ai coupé les deux premiers segments et je les ai jetés; ils ne paraissaient pas assez sucrés. Puis j'ai pelé le troisième et je l'ai goûté. Il était bon. J'en ai coupé une rondelle et je l'ai donnée à Vivian. Elle l'a mâchée en laissant couler un peu de jus sur son menton, comme un petit enfant l'aurait fait. Le petit enfant n'aurait pas pu s'en empêcher, mais elle si. J'en ai coupé une rondelle pour moi et je l'ai mâchée. Elle était très tendre, très sucrée.

Nous avons mâché la canne et suivi la route sur un bon kilomètre. Juste avant d'arriver à la barrière qui nous mènerait dans le marais, j'ai remarqué un pacanier à notre droite. J'avais souvent ramassé des noix sous cet arbre, et j'ai proposé d'aller voir si nous pourrions en trouver. L'arbre se dressait sur le terre-plein du champ de canne. Nous avons cherché des noix de pécan dans l'herbe et entre les rangées de canne. Nous en avons trouvé deux douzaines, des grosses, à la coquille tendre, que j'ai ouvertes en les pressant deux par deux. J'en ai donné la moitié à Vivian et j'ai gardé l'autre. Nous nous sommes assis sous l'arbre, et j'ouvrais les noix pour nous deux. Soudain, nous sommes devenus trop silencieux.

– Tu veux me prendre ici ? m'a demandé Vivian.

Je ne la regardais pas quand elle a dit ça, et j'ai senti à sa voix qu'elle ne me regardait pas directement non plus.

– Oui, ai-je répondu.

Elle avait fixé le sol. Elle a levé les yeux vers moi.

– C'est ce que je veux aussi.

– Je t'aime, Vivian. Je veux que tu le saches. Je t'aime très fort.

– J'espère que tu m'aimes à moitié autant que moi.

Je l'ai laissée un moment, et quand je suis revenu j'ai vu qu'elle était allée plus loin entre les rangées, où la canne nous cacherait mieux. Elle avait ôté tous ses vêtements sauf son soutien-gorge et sa combinaison. J'ai tout enlevé sauf la grosse chemise, que j'ai déboutonnée. Vivian m'a tendu les bras quand je me suis allongé à côté d'elle.

Couché sur le côté, je touchai du bout du doigt ses mamelons bruns. Puis je me suis penché et j'ai embrassé l'un, puis l'autre, tendrement, et je me suis soulevé pour la regarder. Elle me souriait. Je me suis encore baissé et j'ai passé la langue sur chacun et les ai embrassés ; puis j'ai frotté mon menton contre eux. Ma barbe devait piquer, parce que je l'ai sentie reculer un peu, mais quand je l'ai regardée elle me souriait de nouveau. Je lui ai rendu son sourire.

– Je crois qu'il s'est passé quelque chose, a-t-elle dit.

– Qu'est-ce que tu veux dire ?

– J'ai une curieuse impression.

Je l'ai regardée, et je me suis senti heureux. Mais mon visage a dû changer.

– Qu'y a-t-il ? a-t-elle demandé.

– Rien.

– Mais tu as froncé les sourcils.

– Je suis heureux.

– Mais tu as froncé les sourcils quand j'ai dit ça.

– Je réfléchissais, peut-être. Je ne sais pas si je veux que Paul grandisse ici.

– Ne gâche pas tout. C'était trop bon. Ne gâche pas tout.

– Je suis désolé, mon cœur.

– Et si c'était Molly ?

– Non, c'est Paul.

– Ça pourrait être Molly. Molly Wiggins. Je ne sais pas si j'aime ce nom. Tu trouves que c'est joli, Molly Wiggins ?

– Ça me plaît bien.

– Ça fait femme de petite vertu – Molly Wiggins.

– Alors laisse-la décider. Si elle aime ça, on le gardera. Sinon, on l'appellera Paulette.

– Paul et Paulette. C'est joli. J'aurai peut-être des jumeaux.

– Sinon, on continuera jusqu'à l'arrivée d'une Paulette.

– A moins qu'elle soit la première.

– Alors, on continuera jusqu'à l'arrivée de Paul. Tu devrais mettre quelque chose. Tu risques d'attraper froid.

– Pas si tu me tiens serrée. Pas si tu mets cette chemise autour de nous deux.

Je me suis couché sur elle, et j'ai embrassé ses cheveux, ses yeux, son nez, sa bouche.

15

Vivian me tournait le dos pour que je brosse son blazer et sa jupe. Quelques brins d'herbe jaunie s'étaient accrochés à ses cheveux. Je les ai retirés et j'ai ramassé son sac, et j'ai vu comme le sol était propre là où nous nous étions couchés, et l'endroit où elle avait enfoncé ses talons dans la terre. Nous avons quitté le champ et nous sommes dirigés vers la route pour rentrer dans les quartiers. Il faisait plus froid, et nous marchions plus vite qu'en partant pour le champ.

– Nous commençons les préparatifs de la fête de Noël la semaine prochaine, a dit Vivian.

– C'est le moment, alors ?

– Tu vas faire quelque chose, non ?

– Je ne sais pas.

Je n'y avais pas beaucoup réfléchi.

– Tu n'as plus qu'un mois à peu près.

– Je crois que j'en toucherai un mot aux enfants demain. Je verrai ce qu'ils veulent. Cette histoire à Bayonne m'a tellement occupé que j'ai pratiquement oublié tout le reste.

– Tu vas le revoir quand ?

– Je ne sais pas. Sa nan-nan, ma tante et leur pasteur y vont demain. J'irai sans doute vendredi. Je ne sais pas.

– Tu as une idée... ? a-t-elle dit, sans me regarder en face.

Je croyais savoir de quoi elle parlait.

– Ça dépend du grand manitou à Baton Rouge, ai-je dit.

Vivian a gardé le silence.

Nous avons repassé la voie ferrée et sommes rentrés dans les quartiers. Les gens quittaient l'église et sortaient sur la route.

– Tu penses que ta tante est rentrée chez elle ?

– En général, elle est la dernière à partir.

– Tu veux que je m'en aille avant son retour ?

– Je veux que tu restes.

– Tu crois que ça ira ?

– Il faudra bien qu'elle s'habitue.

– Je ne veux pas causer d'ennuis.

– Il n'y aura pas d'ennuis, ai-je dit. Nous avons abordé le sujet vendredi dernier.

– Pourquoi, que s'est-il passé ?

– Elle voulait savoir ce qui m'avait retenu à Bayonne si longtemps. Je lui ai dit que j'étais avec toi. C'est tout.

– C'est tout ?

– C'est tout.

– Je voudrais qu'elle m'accepte.

– Elle t'acceptera quand elle te connaîtra.

– Je voudrais pouvoir dire la même chose pour ceux de Free LaCove.

Vivian avait rencontré et épousé un garçon à la peau foncée alors qu'elle était à Xavier University à La Nouvelle-Orléans. Elle n'avait pas parlé du mariage à sa famille, parce qu'elle savait qu'ils s'y opposeraient. Après son mariage avec ce garçon, elle l'avait amené à Free LaCove. Tout s'était passé exactement comme elle l'avait redouté. Sa famille n'avait rien à dire à son mari et presque rien à elle. Il n'y était jamais retourné. Quand son premier enfant était né, elle l'avait emmené là-bas pour le leur montrer. Personne n'avait pris le bébé dans ses bras, ne lui avait fait un cadeau, ne lui avait accordé la moindre attention. Il s'était écoulé trois ans depuis, et elle n'était pas retournée chez elle, pas même quand le deuxième enfant était né, ni quand elle s'était séparée de son mari. Une de ses sœurs venait parfois lui rendre visite, et un cousin la voyait de temps en temps à Bayonne. Sa mère et ses tantes lui écrivaient; il n'y avait pas d'autre contact.

Vivian et moi, debout sur la galerie, regardions ma tante, Miss Emma, Miss Eloïse et Inez descendre la route. J'ai vu ma tante jeter un coup d'œil à la petite Chevrolet bleue de Vivian garée devant chez elle, puis vers la maison. Les femmes qui l'entouraient ont continué à parler, mais elle s'intéressait beaucoup plus à Vivian et à moi qu'à leur conversation.

Elles se sont arrêtées devant la maison, et j'ai vu Miss Eloïse parler à ma tante. Je suis sûr qu'elle lui demandait si elles devaient entrer ou non. Ma tante a répondu oui, parce qu'elles sont toutes entrées dans la cour, en file indienne, ma tante en tête. Je lui ai présenté Vivian dès qu'elle est parvenue en haut des marches.

– Mademoiselle, a dit ma tante, en faisant un léger signe de tête.

Elle ne m'a pas regardé.

J'ai présenté Vivian aux autres femmes.

– Comment allez-vous? a demandé Miss Eloïse.

– Comment ça va? a dit Miss Emma.

– Heureuse de faire votre connaissance, a dit Inez.

Mais elles n'étaient pas ravies de la connaître. Elles ne se sentaient pas à l'aise du tout. Elles étaient chez ma tante, et elles n'allaient pas montrer beaucoup plus d'enthousiasme qu'elle n'en avait manifesté.

Elles sont entrées l'une après l'autre. L'odeur de leur poudre de riz envahissait la maison.

– Tu crois que je devrais partir? m'a demandé Vivian.

– Non. Entre donc aussi.

Nous avons dû traverser la chambre de ma tante pour aller dans la cuisine. Tante Lou et les autres femmes avaient ôté leurs manteaux et leurs chapeaux et les avaient posés avec leurs sacs à main sur le lit. Elles étaient dans la cuisine, assises à la table. Ma tante les avait invitées à venir prendre du café et du gâteau.

– Il va falloir que je refasse du café, ai-je dit.

– Je ferai le mien, ma tante a protesté.

– Mais non, c'est moi.

– Pas ici.

– Vivian et moi, nous avons bu le café, et je vais en refaire. C'est tout.

– Tu vas me marcher dessus? a-t-elle demandé.

– Non, madame, je vais te contourner, mais je ferai le café.

J'ai rempli la bouilloire d'eau et je l'ai posée sur la cuisinière. Ma tante me regardait. Ses amies, assises à la table, se taisaient.

– Grant? a fait Vivian. Je crois...

– Ne dis rien.

– Tu vas commander dans ma maison? a dit ma tante.

– Non, madame, ai-je répondu. Mais nous avons bu le café. Et Vivian est la femme que j'épouserai un jour. Alors vous feriez aussi bien de commencer à vous entendre tout de suite.

Les femmes assises à la table ne nous regardaient pas et avaient tout aussi peur de se regarder. Ma tante était comme un rocher sur la route, inamovible, alors je devais la contourner. Elle voyait que je n'allais pas changer d'avis. Et elle avait trois possibilités : elle pouvait m'arrêter physiquement, quitter la pièce, ou rester assise à la table avec ses amies. Elle avait peur de m'affronter physiquement, parce que j'étais susceptible de partir et de ne pas revenir. Si elle quittait la cuisine, ses amies s'en iraient. Si elle restait assise, seule sa fierté serait blessée. Elle a pensé que ça valait mieux.

– Comment était l'office aujourd'hui, Miss Eloïse? ai-je demandé.

– Oh très bien.

Elle l'a dit si vite que ça sonnait comme un seul mot. J'ai souri pour moi-même.

– Tu trouves quelque chose de drôle là-dedans, monsieur? m'a demandé ma tante, en me regardant de nouveau.

– Non, madame, ai-je répondu.

Elle m'a fixé assez longtemps pour me faire comprendre que ce n'était pas fini entre nous, pas encore. Elle s'est tournée vers Vivian, sans rien dire, se contentant de l'examiner. Les autres femmes étaient silencieuses, elles regardaient soit la table, soit par la porte de derrière, mais jamais leurs voisines.

– Il paraît que vous êtes de Free LaCove, a dit ma tante à Vivian.

– Oui, madame.

– Il paraît qu'ils aiment pas les gens à la peau foncée par là-bas.

– Certains, c'est vrai, a dit Vivian.

– Mais pas tous? a voulu savoir ma tante.

– Non, madame.

– Et votre famille?

– Je ne vais pas les voir, a dit Vivian.

– Vous aimez pas votre maman, vous aimez pas votre papa?

– Je les aime tous les deux, a répondu Vivian, en me jetant un coup d'œil. Mais j'ai ma propre vie à vivre.

– Vous allez à l'église?

– Je suis catholique.

Ma tante a regardé Vivian et elle a hoché la tête, comme si elle pensait : «J'aurais dû m'en douter!»

– Vous êtes allée à l'église aujourd'hui?

– Je suis allée à la messe de neuf heures, a répondu Vivian.

– Vous irez dimanche prochain?

– Oui, madame.

– Et le dimanche suivant?

– J'espère.

– Celui-ci, a dit ma tante en me désignant de la tête mais sans quitter Vivian des yeux, il a pas d'église. Qu'est-ce que vous allez faire alors ?

– On s'arrangera, a dit Vivian.

– Vous allez quitter votre église ?

– J'espère que ce ne sera pas nécessaire. Mais s'il le fallait, je suppose que je le ferais.

– Vous quitteriez votre église pour devenir… rien ?

– On s'arrangera.

Ma tante a hoché la tête.

– J'espère que vous savez ce que vous faites, jeune dame.

– Je crois que l'eau est chaude, ai-je dit à ce moment.

J'ai versé l'eau sur le café fraîchement moulu et j'ai regardé le filtre se remplir. Quand le niveau est descendu, j'ai encore versé de l'eau. A présent l'arôme du café l'avait emporté sur celui de la poudre, ou peut-être était-ce parce que j'étais plus près de la cafetière que de la table.

– Prends de la vaisselle dans ce garde-manger, ai-je demandé à Vivian. Des tasses et des soucoupes, et quatre assiettes pour le gâteau.

– Grant ?

– Fais ce que je te dis.

Elle a apporté les quatre tasses vers le fourneau sur un plateau, et j'ai versé de l'eau chaude dans l'une d'elles. Vivian a rincé toutes les autres et versé l'eau dans la bassine sur le rebord de la fenêtre. Elle a posé le plateau à côté et elle est retournée au garde-manger où elle s'est mise à couper des tranches de gâteau qu'elle a disposées sur des assiettes. Le temps qu'elle ait fini, le café avait passé et je l'ai versé dans les tasses. Vivian a mis une fourchette sur chaque assiette et a posé le gâteau devant les dames. Elles ont dit merci, mais d'une petite voix. Vivian est revenue à la fenêtre chercher le café. Elles ont toutes remercié de nouveau.

– Merci, madame, a dit ma tante poliment.

Ma tante savait vous faire sentir qu'elle était d'une caste inférieure et que vous étiez trop bonne pour elle. C'était la comédie qu'elle jouait, mais certainement pas ce qu'elle ressentait.

Vivian et moi sommes allés sur la galerie.

– Je suis contente d'être sortie de là, a-t-elle soufflé.

– Elle a fait ce numéro à d'autres. Mais cette fois ça ne va pas marcher.

– Je vois que les miens ne sont pas les seuls.

– Ce n'est pas pareil. Loin de là.

Vivian est devenue très silencieuse. Puis elle m'a annoncé :

– Eh bien, il vaut mieux que j'y aille.

– J'ai dit quelque chose ?

– Non. Il se fait tard, c'est tout. Il faut que j'aille chercher mon sac et que je leur dise au revoir.

Elle est rentrée dans la maison, et elle a dû rester à bonne distance de la table, parce que je les entendais distinctement de la galerie.

– Je suis venue dire au revoir, a dit Vivian. Je suis contente de vous avoir rencontrées.

Il y a eu un moment de silence, puis j'ai entendu ma tante déclarer :

– Vous êtes une femme de qualité. C'est précieux, la qualité.

– Merci, madame.

– N'abandonnez pas Dieu, a dit ma tante. Quoi qu'il arrive, ne faites jamais ça.

– Non, madame.

– Vous êtes une femme de qualité, a répété ma tante.

– Et une jolie jeune femme aussi, a dit Miss Eloïse.

– C'est sûr, a enchaîné Inez, mettant son grain de sel. Une jolie jeune femme. Vous avez de bonnes manières. De la qualité, c'est ce que vous avez. De la qualité.

Elles se sont tues. Elle n'avaient peut-être rien à ajouter. Vivian est ressortie, et nous avons marché vers sa voiture.

– Alors, que penses-tu de cet endroit? lui ai-je demandé. Tu trouves toujours que c'est pastoral?

– Oui, c'est pastoral, a-t-elle dit en regardant autour d'elle.

L'un des fils Washington et une fille Hebert descendaient les quartiers, main dans la main. Ils venaient de quitter l'église. Le garçon portait un costume noir, une chemise blanche et une cravate. La fille avait un manteau bleu clair sur sa robe. Tous les deux m'ont salué en même temps :

– Comment ça va, monsieur Wiggins?

Et ils ont fait un signe de tête à Vivian en passant devant nous, toujours main dans la main. Bonne chance, ai-je pensé.

Vivian les suivait du regard.

– Je suis contente d'avoir rencontré ta tante et ses amies.

– Elles vont en avoir, des choses à se dire.

– Tu crois que je m'en suis bien sortie?

– Avec toute cette qualité, je vois mal comment tu aurais pu échouer.

Vivian a souri sans ouvrir la bouche. Je l'ai embrassée sur le bout du nez.

– Mm-mm! a-t-elle fait. Pas en public. J'ai trop de qualité pour ça.

16

Je marchais dans la cour de l'école avec ma baguette quand j'ai vu ma tante, le révérend Ambrose et Miss Emma revenir dans les quartiers après leur visite à Jefferson. La voiture s'est arrêtée devant la maison de Miss Emma, et tous les trois sont descendus et sont entrés dans la cour. Le révérend Ambrose a regardé par-dessus son épaule vers l'église, mais la clôture l'empêchait de me voir. Après les avoir vus pénétrer dans la maison, j'ai continué à marcher dans la cour en claquant la règle contre ma jambe. Il était trois heures moins le quart, bientôt temps de libérer les enfants pour la journée.

Je suis rentré dans l'église par la porte de devant. Irene Cole se tenait devant l'un des tableaux avec une autre fille et un garçon. Nous avions parlé de la fête de Noël, et à présent ils inscrivaient les noms des enfants qui apporteraient l'arbre de Noël et de ceux qui allaient le décorer. Je suis allé à mon bureau et j'ai donné un coup de règle pour obtenir l'attention des élèves.

– Il est presque l'heure de rentrer chez vous. Des questions avant qu'on arrête ? Irene ?

– Non, monsieur, a-t-elle répondu. Marshall, Clarence et Alec apporteront l'arbre. Shirley, Odessa et moi, nous allons nous occuper de le décorer. Monsieur Joseph a de la bourre de coton dans son grenier. Et nous pourrons demander du papier crépon à Miss

Eloïse. Elle a dit qu'il lui en restait beaucoup après avoir fabriqué les chapeaux de Mardi-Gras.

– Et l'arbre, Clarence ?

– J'pense qu'on ira dans le pré et qu'on en prendra un comme l'année dernière, a-t-il répondu avec un sourire en coin.

– Tu crois que tu pourras trouver un petit pin cette fois-ci ?

– On va tâcher, a-t-il dit, en riant tout seul.

L'année précédente, les garçons avaient coupé un petit chêne. Ils l'avaient traîné dans la boue depuis le pré, et, le temps qu'il arrive à l'école, il avait perdu presque toutes ses feuilles. Les filles qui devaient le décorer avaient dû le nettoyer avant de disposer la bourre de coton et le papier crépon. Finalement elles en avaient fait un bel arbre de Noël.

– Encore une chose avant qu'on finisse la classe. Je veux que vous vous rappeliez tous une personne pendant cette période de Noël. Je suis sûr que je n'ai pas besoin de vous préciser à qui je pense. S'il n'y a pas d'autres questions, vous pouvez ramasser vos affaires et partir. Et je ne veux pas entendre de bruit dehors dans les quartiers. Vous pouvez sortir.

Après leur départ, je me suis assis à la table pour regarder l'exercice de géographie que j'avais donné aux élèves du cours moyen. Ils devaient dessiner une carte de la Louisiane et écrire les noms des comtés aux bons endroits. Au bout de cinq minutes, j'ai entendu des pas dans l'église, puis j'ai vu que l'un des garçons s'était arrêté au milieu du passage entre les tables. Je savais ce qu'il allait me dire.

– Miss Emma, elle vous demande de vous arrêter en rentrant chez vous.

J'ai hoché la tête, et il est parti en marchant lentement. Passé la porte, il s'est mis à galoper. J'ai rassemblé mes papiers, et après avoir fermé à clef la porte de derrière, je suis sorti par-devant. La maison de Miss Emma était tout près dans les quartiers. Ils étaient assis à la table de la cuisine en train de boire du café quand je suis entré.

– Du café ? m'a proposé Miss Emma.

– Non, madame. Thomas m'a dit que vous vouliez me voir.

– Assois-toi, Grant.

J'ai senti au ton qu'elle avait employé et au silence de ma tante et du révérend Ambrose que les choses ne s'étaient pas bien passées à la prison. J'ai tiré une chaise et je me suis assis devant Miss Emma. Ma tante et le révérend Ambrose étaient face à face.

– Tu m'as pas dit la vérité l'autre jour, pas? Miss Emma a demandé.

– Je ne sais pas de quoi vous parlez, Miss Emma.

– Quand t'es revenu de le voir.

– Bien sûr, j'ai dit la vérité.

– Non.

Elle a secoué la tête, les lèvres serrées, en me regardant à travers la table.

– Il a pas aimé le manger. Il a pas demandé de mes nouvelles.

– Vendredi dernier, si.

– Non, a-t-elle dit en secouant de nouveau la tête. Vu qu'aujourd'hui j'ai dû le battre.

Elle m'a regardé fixement, les lèvres serrées, puis elle a baissé la tête. Révérend Ambrose a tendu la main et lui a touché le bras en disant :

– Sœur Emma, sœur Emma.

Ma tante a posé la main sur son autre bras et m'a regardé.

Deux ou trois jours plus tard, Miss Eloïse est venue chez nous, et de ma chambre j'ai entendu ma tante lui raconter ce qui s'était passé.

Jefferson dormait ou faisait semblant de dormir quand ils sont arrivés à la cellule. L'adjoint a fait tinter les clefs contre les barreaux et il a appelé Jefferson avant d'ouvrir. Une fois qu'ils sont entrés, l'adjoint a refermé la porte et leur a dit qu'il serait de retour dans une heure. Ils pouvaient appeler s'ils voulaient partir plus tôt.

Jefferson était allongé sur la couchette le dos tourné, il ne pouvaient s'asseoir nulle part. Miss Emma a réussi à se faire une petite place en le poussant doucement plus près du mur. Elle a passé la main sur sa tête et son épaule en murmurant son nom.

– Tu vas pas me parler ? a-t-elle demandé. Tu vas pas parler à tes visiteurs ?

Finalement, il s'est tourné, regardant dans leur direction. Mais il ne les voyait pas, racontait ma tante à Miss Eloïse. Il se conduisait comme s'ils n'étaient même pas dans la pièce. Ses yeux étaient totalement vides, disait ma tante. « Vides, vides », répétait-elle.

– Je t'ai apporté à manger, lui a dit Miss Emma. Je t'ai acheté une chemise aussi. Une jolie chemise. Tu veux la voir ?

Elle a sorti un polo du sac en papier et l'a étalé des deux mains. Mais il n'a donné aucun signe qu'il voyait la chemise, ni même qu'il entendait Miss Emma. Le révérend Ambrose s'est approché de la couchette pour lui dire :

– Jeune homme, je prie pour toi tous les soirs, et je sais que le Seigneur entend mes prières. Mets toute ta foi en Lui, et Il te sauvera.

Ces phrases ont dû toucher une corde en lui. Il a levé les yeux vers le révérend, et pendant un instant il a semblé qu'il allait dire quelque chose, quelque chose de cruel, de méchant, disait ma tante. Elle disait qu'en le regardant, elle voyait sa haine pour le révérend Ambrose.

Miss Emma a remis la chemise dans le sac et a ouvert le panier de provisions.

– Allez, mange un peu pour moi, a-t-elle dit. J'ai apporté tout ce que tu préfères.

– T'as apporté du maïs ? a prononcé sa voix.

Pas lui, disait ma tante, sa voix uniquement. Son visage ne montrait rien. Ses yeux étaient vides, vides, disait ma tante.

– Du maïs ? a demandé Miss Emma.

Il ne lui a pas répondu.

– Des épis grillés ?

Il l'a regardée, mais il n'a pas répondu. Et ses yeux étaient simplement vides – vides, vides, disait ma tante. Il aurait tout aussi bien pu regarder le mur ou le sol, pour ce qu'il avait l'air de la reconnaître.

– C'est pas la saison du maïs grillé, Jefferson, lui a expliqué Miss Emma. C'est au printemps. On est en novembre. Le maïs grillé, c'est fini maintenant.

Il ne la regardait pas avec haine, comme le révérend, mais il n'y avait pas de pitié non plus, disait ma tante. Il ne montrait aucun sentiment.

– Du maïs pour un cochon, a-t-il dit.

– Du maïs pour un cochon ? Un cochon, Jefferson ? T'es pas un cochon, Jefferson. T'es pas un cochon.

– Jette-moi à manger.

– J'vais jamais rien te jeter, Jefferson, a dit Miss Emma. On jette un os à un chien. Les épluchures au cochon. T'es pas un cochon.

– C'est tout c'que j'suis, a-t-il dit. (Il s'est détourné d'elle.) J'ai pas demandé à naître.

– Jefferson ? a fait Miss Emma. Jefferson ?

Il ne voulait pas répondre. De tout son poids, elle l'a tiré pour le retourner.

– T'es pas un cochon, tu m'entends ? T'es pas un cochon.

– C'est tout c'que j'suis. Ils m'engraissent pour...

Elle l'a giflé.

Puis elle s'est jetée sur lui et s'est mise à pleurer, disait ma tante à Miss Eloïse. Ma tante et le révérend Ambrose ont essayé de la relever de la couchette, mais elle était toujours prostrée sur lui quand l'adjoint est revenu pour les laisser partir.

A présent, à la table de sa cuisine, Miss Emma regardait ma tante.

– Qu'est-ce que j'ai fait, Lou? a-t-elle demandé. Qu'est-ce que j'ai fait? Qu'est-ce que j'ai fait à mon Maître pour mériter ça?

Ma tante a vu qu'elle allait se mettre à pleurer, et elle s'est levée pour lui passer le bras autour des épaules.

– Em-ma, a-t-elle dit. Em-ma. Le Seigneur est miséricordieux.

– Qu'est-ce que j'ai fait? (Elle secouait la tête et pleurait maintenant.) Qu'est-ce que j'ai fait à mon Maître?

– Sois patiente, a dit ma tante en lui tapotant l'épaule. Le Seigneur est miséricordieux.

– Qu'est-ce que j'ai fait, pleurait-elle, pour que mon Maître me déteste si fort?

– Le Seigneur vous déteste pas, sœur Emma, a dit le révérend Ambrose en lui touchant le bras. Le Seigneur est avec vous en ce moment. Simplement il vous met à l'épreuve.

Miss Emma a levé les yeux vers moi. Les larmes roulaient encore sur son visage.

– Retournes-y, m'a-t-elle dit.

– Pourquoi, Miss Emma?

– Parce que quelqu'un doit faire quelque chose pour moi avant que je meure.

– Pourquoi moi?

– Parce que t'es l'instituteur, a dit ma tante.

Je me suis levé de la table.

– Et où tu crois aller? m'a demandé Tante Lou.

– Je ne sais pas, ai-je dit. Mais je vais devenir fou si je reste ici, ça c'est sûr.

– Tu retournes là-bas, Grant.

– Pour quoi faire? Pour quoi faire, Tante Lou? Il m'a traité comme elle. Il veut que je me sente coupable, comme il veut qu'elle se sente coupable. Eh bien, je ne me sens pas coupable, Tante Lou. Ce n'est pas moi qui l'ai mis là. Je fais tout ce que je peux pour empêcher les garçons comme lui de finir là. Il ne va pas me rendre coupable.

– Tu y retournes, a-t-elle dit. Tu vas pas te défiler, Grant.

– Tante Lou, ai-je dit.

J'aurais voulu lui prendre le visage entre mes mains. Je voulais la tenir doucement, doucement, parce que la colère et les cris ne servaient à rien. Peut-être qu'avec de la douceur j'obtiendrais davantage. En sentant mes mains sur son visage, elle comprendrait peut-être ce que j'essayais de lui dire. Mais comme je m'avançais vers elle, j'ai vu que rien de ce que je dirais ne changerait quoi que ce soit. Je les ai laissés à la table et je suis rentré à la maison, où je me suis réfugié dans ma chambre.

17

Entre le lundi, le jour où j'avais parlé à Miss Emma, et le vendredi, où je suis retourné voir Jefferson, quelque chose s'est passé en moi, et je n'éprouvais plus la même colère. C'était peut-être à cause de la période de Noël et des enfants qui répétaient leurs rôles pour la pièce. Ou c'était moi, simplement. Je ne restais jamais longtemps en colère. Mais je ne croyais jamais en rien très longtemps non plus.

A la prison, j'ai dû me soumettre à la fouille habituelle. Puis, pendant que le jeune adjoint et moi suivions le couloir vers le quartier cellulaire, je me suis dit que j'allais essayer de le sonder. Des trois policiers de la prison, il me semblait le plus susceptible de se montrer honnête avec moi. Nous étions plus proches par l'âge, et il paraissait plus instruit que l'adjoint-chef et le shérif. Et j'avais entendu dire par des gens des quartiers qui connaissaient ses parents qu'il était de bonne famille.

– Comment va-t-il ? ai-je demandé.

– Il va bien, a dit l'adjoint.

– Il lui arrive de manger ce qu'on lui apporte ?

– Un peu. Il en laisse beaucoup, et on le donne aux autres prisonniers, comme elle l'a demandé. On en a tous mangé. C'est bon, d'ailleurs.

– Comment le traitent les autres prisonniers ?

– Ils sont curieux, c'est tout. Mais ils ne l'embêtent pas.

– Est-ce qu'il leur arrive de vous parler de…

– De l'exécution ?

– Oui.

– Parfois ils me posent des questions. Je leur réponds que je ne sais rien de rien. Je n'ai jamais vu une exécution.

– Et lui, il en parle ?

– Non. Je suis sûr qu'il ne veut même pas y penser.

– Il doit y penser, ai-je dit. Sûrement, parce que je sais que moi j'y pense. Je me suis même vu marcher vers cette chaise, et plus d'une fois. Je me suis réveillé la nuit en sueur. Comment fait-on pour le supporter? C'est toute la question.

– Je suppose que chaque homme, dans sa vie, se pose des questions de temps en temps sur la mort.

Nous arrivions au palier, devant la grosse porte du quartier cellulaire. L'adjoint s'est arrêté et m'a regardé.

– Écoute, m'a-t-il dit. On ferait aussi bien de s'appeler par nos prénoms. Toi, c'est Grant, n'est-ce pas ?

– Grant Wiggins.

– Paul Bonin.

Nous nous sommes serré la main.

– Écoute, a-t-il ajouté. Je ne vais pas trop me rapprocher de lui… tu comprends ?

– Bien sûr.

– On m'a prévenu : on ne s'approche pas trop de quelqu'un qui va être exécuté. Il faut être correct, le traiter justement, mais c'est tout. Ça peut tourner à l'aigre avant que ce soit fini, et je ferai mon devoir.

– Je ressens la même chose, ai-je dit.

Nous nous sommes regardés un moment, puis nous avons continué.

– A quoi ressemblent ses journées ? ai-je demandé à Paul.

– Il reçoit un repas chaud et un sandwich par jour. Beaucoup de haricots, de choux, de riz – tu sais. Parfois le sandwich est apporté en premier. Dix heures du matin, quatre heures de l'après-midi. Il peut sortir une fois par semaine et passer une heure dans le parloir. Il peut marcher, faire de la gymnastique, courir, tout ce qu'il veut. La plupart du temps il marche ou s'assied à la table. Une fois par semaine il a droit à une douche. On lui fait couper les cheveux par un autre prisonnier. C'est arrivé une fois depuis qu'il est ici. Le barbier peut le raser, mais tu as vu qu'il n'en a pas besoin. C'est à peu près tout.

– Il lui arrive de parler aux autres prisonniers ? ai-je demandé.

– Je ne l'entends jamais.

L'adjoint a ouvert la lourde porte d'acier qui menait aux cellules.

– Eh ben ma parole, si c'est pas monsieur Rockefeller ! a dit l'un des prisonniers.

Il portait la combinaison verte qu'on donnait aux prisonniers qui n'avaient pas leurs propres habits. Il avait aussi un bonnet rouge tricoté, qui lui appartenait.

– Monsieur Rockefeller nous laisse toujours du poulet et des p'tits pains, a-t-il poursuivi. Mais pas de blé pour les cigarettes.

– Doucement, Henry Martin, a dit l'adjoint. Tu n'auras pas de poulet ni de petits pains non plus, si tu continues.

– J'espère que t'as apporté des pralines, a dit un autre prisonnier.

– N'importe quoi, a enchaîné un autre. La bouffe dans cette taule, y a de quoi vous tuer.

– Alors ne la mange pas, lui a dit Paul.

– Quoi ? Et crever de faim ? Merci.

Le prisonnier a ri.

Nous sommes arrivés à la dernière cellule, celle de Jefferson, et Paul m'a fait entrer.

– A tout à l'heure, a-t-il dit, en refermant la porte.

Jefferson était assis sur la couchette, un peu penché en avant, ses grosses mains serrées entre ses jambes. Il regardait par les barreaux de la fenêtre le sycomore où plusieurs oiseaux noirs étaient perchés sur une branche.

– Comment ça va ? lui ai-je demandé.

Il a hoché la tête, mais sans se tourner pour me regarder.

– Je t'ai apporté à manger.

– J'ai pas faim.

– Eh bien, tu auras peut-être faim plus tard, ai-je dit en posant le gros sac en papier au pied de la couchette. J'ai parlé avec Paul, l'adjoint. Il m'a dit que tu partageais toujours avec les autres prisonniers.

– S'ils en veulent, ils peuvent le prendre.

J'ai regardé son dos, puis j'ai avancé dans la cellule et me suis planté sous la fenêtre, face à lui. Il avait toujours les yeux levés, et j'ai remarqué qu'ils étaient rouges et enflammés. Depuis ma dernière visite on lui avait coupé les cheveux très court, ce qui révélait la structure de sa tête, presque triangulaire.

– Il faut qu'on parle, Jefferson, ai-je dit.

Il continuait à regarder la fenêtre par-dessus ma tête.

– Quand ta nan-nan est revenue d'ici l'autre jour, elle pleurait.

– Tout le monde pleure, a-t-il répondu. Moi aussi, je pleure.

– C'est ça que tu veux, qu'elle rentre chez elle en pleurant chaque fois qu'elle vient te voir ?

Il n'a pas répondu.

– Tu peux l'empêcher de pleurer. Tu peux lui faciliter les choses. Tu peux faire ça pour elle.

Il continuait à regarder en direction des barreaux par-dessus ma tête.

– Elle veut qu'on fasse quelque chose pour elle avant qu'elle meure.

– Avant que moi je meure, a-t-il dit, en baissant les yeux sur moi. Avant que moi je meure, a-t-il répété.

– Est-ce que c'est trop demander, Jefferson, de montrer un peu de sollicitude pour elle ?

– Vu que j'vais mourir toute façon – c'est ça qu'vous voulez dire ?

Cette fois c'est moi qui n'ai pas répondu.

– C'est ça qu'vous voulez dire, monsieur l'instituteur ? a-t-il demandé.

– On va tous mourir, Jefferson.

– Demain, monsieur l'instituteur, c'est demain qu'vous allez mourir ? La semaine prochaine ?

– Je ne sais pas quand je vais mourir, Jefferson. Peut-être demain, peut-être la semaine prochaine, peut-être aujourd'hui. C'est pour ça que j'essaie de vivre aussi bien que je peux tous les jours sans faire de mal aux autres. Surtout ceux qui m'aiment, qui ont tant fait pour moi, qui se sont sacrifiés pour moi. Je ne veux pas leur faire de mal. Je veux les aider autant que je peux.

– Vous pouvez parler de la sorte ; vous savez qu'vous allez sortir d'ici dans une heure. J'parie que vous parleriez pas de la sorte si vous saviez que vous alliez rester ici.

– Ici ou dehors, Jefferson, à quoi ça te sert de faire du mal à une personne qui t'aime, qui a tant fait pour toi ?

– J'ai jamais demandé à naître.

– Moi non plus, ai-je dit. Mais je suis là. Et j'essaie de faire au mieux.

– Comme de venir m'tracasser ici ? a-t-il demandé.

– Je te tracasse, Jefferson ?

Il a poussé un grognement.

– Continuez à m'tracasser. J'vais vous en dire sur cette sale mulâtresse que vous sortez avec, je parie.

– Tu parles de Vivian ?

– Continuez à m'tracasser.

– Si tu parles de Vivian, c'est elle qui me pousse à continuer à venir te voir.

– Continuez à m'tracasser. Vous allez voir ce que j'vais dire. Continuez.

– Vas-y, dis tout ce que tu veux, Jefferson.

– Continuez à m'tracasser – j'vous parie que j'crie.

– Pour que Guidry monte ici et m'ordonne de partir, c'est ça ? C'est ça, Jefferson ?

J'avais fait de mon mieux pour ne pas me remettre en colère. Mais rien de ce que je disais ne changeait rien. Il restait assis, un mauvais sourire aux lèvres.

– Vas-y, crie, Jefferson ! Vas-y, crie pour faire venir Guidry, si c'est ce que tu veux.

Nous nous sommes regardés, et j'ai vu dans ses gros yeux injectés de sang qu'il n'allait pas crier. Il était plein de colère – qui pouvait le lui reprocher ? – mais ce n'était pas un idiot. Il avait besoin de moi, il voulait que je sois là, ne serait-ce que pour m'insulter.

– Sa vieille chatte elle pue, a-t-il dit.

Mon cœur s'est soudain mis à battre trop vite. J'ai serré mon poing droit. S'il avait été debout, je l'aurais frappé. S'il avait été ailleurs que dans cette prison, je l'aurais obligé à se lever et je l'aurais frappé. J'aurais frappé n'importe quel autre homme pour ces paroles. Mais j'ai reconnu la nature de ce sourire : c'était l'expression de la douleur la plus déchirante que j'avais jamais vue sur le visage d'un être humain. J'ai frotté mon poing dans ma main gauche, et peu à peu j'ai commencé à me calmer.

– La dame dont tu viens de parler, mon garçon, se fait beaucoup de souci pour toi, lui ai-je dit. En ce moment elle attend dans son école que je lui apporte de tes nouvelles. C'est une dame dont tu viens de parler, mon garçon. C'est une dame. Parce que c'est à cause d'elle que je continue à venir. Pas à cause de ta nan-nan, ni de ma tante. De Vivian. Si je n'avais pas Vivian, je ne serais pas dans ce sacré trou. Parce que je sais fichtrement bien que je ne fais rien de bon, ni pour toi ni pour les autres. Tu entends ce que je te dis ? Tu entends ?

J'ai vu son sourire s'effacer lentement tandis qu'il baissait les yeux vers le sol. Quand il les a relevés, j'ai vu des larmes dans ces gros yeux rougis.

– Les bonnes manières, c'est pour les vivants, a-t-il dit.

Il m'a regardé un moment, puis il s'est retourné brusquement et a fait tomber le sac de provisions du lit. Le sac a éclaté sur le sol, et il y avait partout du poulet, des petits pains et des patates douces rôties.

– Le manger aussi, c'est pour les vivants, a-t-il dit.

Quand l'adjoint est venu pour me faire sortir, j'avais ramassé toute la nourriture et je l'avais remise dans le sac déchiré, que j'avais posé sur la petite étagère d'acier près du lavabo. Jefferson et moi n'avions pas échangé un mot pendant un quart d'heure. Il s'était couché sur le lit, tourné vers le mur.

J'ai entendu Paul arriver le long des cellules, parler aux prisonniers, les appeler par leurs prénoms, menacer l'un de le faire travailler dur, féliciter un autre de sa bonne conduite. Il a regardé Jefferson en me faisant sortir de la cellule. Jefferson, allongé, nous tournait le dos.

– Comment ça s'est passé ? a-t-il demandé.

– Bien.

Nous avons traversé le quartier cellulaire en sens inverse, tandis que les prisonniers me demandaient ce que j'avais apporté à manger à Jefferson. Je ne répondais pas. Juste avant que nous arrivions à la lourde porte de métal, Henry Martin m'a crié :

– Au revoir, monsieur Rockefeller. J'serai là quand vous reviendrez.

– Ça, c'est sûr, lui a dit Paul.

Il a ouvert la porte d'acier, et nous sommes sortis.

– Le shérif veut te voir dans son bureau, a dit Paul.

– Il se passe quelque chose ?

L'adjoint a haussé les épaules :

– Il m'a seulement dit qu'il voulait te voir avant que tu partes.

Le shérif parlait au téléphone quand Paul et moi nous sommes entrés dans son bureau. L'adjoint-chef parlait au gros type que j'avais vu chez Pichot. Le shérif était renversé en arrière dans sa chaise, ses bottes de cow-boy posées sur le bureau. Il parlait à quelqu'un à la prison d'État d'Angola. Le premier adjoint et le gros bonhomme parlaient de pêche dans le Mississippi. Ils ont poursuivi leur conversation pendant cinq ou dix minutes comme si je n'étais pas là. Paul est resté près de moi un moment, puis il est passé dans un autre bureau. J'attendais, debout.

Le shérif a raccroché et m'a regardé par-dessus le bout de ses bottes.

– Alors, professeur, vous avancez ? a-t-il demandé.

– Je ne sais pas, ai-je répondu.

– Tu le vois depuis un mois. Tu ne sais toujours pas si tu as avancé ?

– Non, monsieur.

Le premier adjoint et le gros homme avaient cessé de parler, et ils me regardaient aussi.

– Tu n'essaierais pas de me cacher quelque chose, par hasard ? m'a demandé le shérif.

– Non, monsieur.

– Heureusement, a-t-il fait. Tu entends ça, Frank ? Il nous cache rien.

Le gros type a grogné et m'a regardé. Guidry a retiré ses bottes du bureau et posé lourdement les pieds sur le sol.

– Les femmes ! a-t-il dit. Faut toujours qu'elles aient de nouvelles lubies. Maintenant elles veulent que vous le rencontriez tous dans le parloir – comme pour un pique-nique.

Il me regardait comme si j'étais censé savoir de quoi il parlait.

– Alors, qu'est-ce que t'en penses ? m'a-t-il demandé, comme je ne lui répondais pas.

– C'est vous qui décidez, shérif.

– Oui, je sais, a-t-il dit. Mais les idées qu'elles ont ! Elles veulent le rencontrer dans le parloir ou une autre pièce confortable – confortable ! – où ils pourront tous s'asseoir, parce qu'ils peuvent pas tous s'asseoir dans la cellule. T'as déjà entendu une chose pareille ?

– Je ne sais pas de quoi vous parlez, shérif, ai-je dit.

– Ah non, professeur ?

– Non, monsieur, je ne sais pas.

Il m'a considéré un bon moment, et le premier adjoint et le gros type ont fait de même. L'adjoint-chef avait l'air mauvais.

– Tu sais pas qu'elles sont venues voir ma femme ? m'a demandé le shérif.

– Je ne sais pas du tout de quoi vous parlez, shérif.

– Elles sont venues à la maison et elles ont dit qu'ils ne pouvaient pas s'asseoir, alors est-ce qu'elle pouvait, « s'il vous plaît, madame », me demander de trouver un endroit où ils pourraient s'asseoir – et tu ne sais rien de ça ?

– Non, rien, monsieur.

– Tu te moques de moi, professeur ?

– Je ne sais pas de quoi vous parlez, shérif.

J'allais l'apprendre plus tard. Miss Emma, ma tante et le révérend Ambrose étaient allés trouver la femme du shérif le lendemain de leur dernière visite à Jefferson. La femme du shérif les avait accueillis aimablement, elle avait même créé un précédent en les faisant asseoir dans le salon pendant que sa bonne leur servait du café. Ils avaient parlé de choses et d'autres avant d'en arriver au but de leur visite. La femme du shérif était stupéfaite. Elle a failli renverser son café. Qu'est-ce qui ne convenait pas dans la cellule ? Elle n'était pas assez grande ? Si, mais ils ne pouvaient pas tous s'asseoir. Était-ce nécessaire qu'ils s'assoient en même temps ? Est-ce qu'ils ne pouvaient pas s'asseoir à tour de rôle ? Elle était sûre que le révérend Ambrose ne voyait pas d'inconvénient à rester debout. Et Jefferson pouvait se lever aussi, et laisser sa place à Tante Lou et à Miss Emma.

C'est alors que Miss Emma a rappelé à la femme du shérif tout ce qu'elle avait fait pour la famille toutes ces années. La femme du shérif a été prise d'une brusque migraine. Elle se demandait où était passée la bonne, mais elle ne l'a pas appelée. Les sourcils froncés, elle se frottait les tempes. Elle a assuré Miss Emma qu'elle verrait ce qu'elle pourrait faire.

– Mais n'y comptez pas trop, a-t-elle dit. Le shérif prend ses propres décisions dans ce genre d'affaires.

– Parlez-lui seulement, si ça vous ennuie pas, a dit Miss Emma. J'ai beaucoup fait pour vous et votre famille toutes ces années.

– Oh, Seigneur, comme si je ne le savais pas ! a répondu la femme du shérif. Comme si je ne le savais pas ! Je vais parler au shérif. Seigneur, je serai contente quand tout ça sera fini.

Miss Emma a laissé tomber sa tasse de café et s'est mise à invoquer le nom de Dieu.

– Je ne voulais pas dire ça, a protesté la femme du shérif. Dieu du ciel, je ne voulais pas dire ça. Lou, révérend Ambrose... vous ne pouvez pas faire quelque chose ? Le Seigneur sait que je ne voulais pas dire ça.

– Les femmes ! m'a répété le shérif. Elles ont toujours de nouvelles lubies.

Il a regardé son adjoint.

– Eh bien, Clark, qu'est-ce que t'en penses ?

Les yeux gris de Clark ressemblaient à des billes dans son gros visage.

– Qu'il reste où il est.

– C'est exactement mon sentiment, a dit le shérif. Mais si on lui mettait des menottes et des chaînes aux jambes ?

– Je me donnerais pas cette peine.

– Moi non plus, a dit le shérif. Mais y a ces femmes.

– Il est pas là pour une partie de plaisir, a dit Clark. Il a tué monsieur Gropé. Qu'il reste où il est, dans la dernière cellule. Jusqu'à son dernier jour.

– Qu'en dis-tu, Frank? a demandé le shérif au gros type.

Il a haussé les épaules.

– Moi, je suis là, j'écoute.

– Je vais le voir et lui laisser le choix, m'a dit le shérif. S'il veut aller au parloir avec des fers – d'accord. S'il veut rester dans sa cellule sans les fers – d'accord. Mais cellule ou parloir, au premier signe de complication, j'arrête toutes les visites. Tu vois, je sais que tu n'as encore rien fait. Les prisonniers m'ont dit que tu n'as pas avancé. Et je doute que tu y arrives.

Je ne lui ai pas répondu. Mais je pensais : « Shérif, vous ne savez pas à quel point vous avez raison. »

– Tu peux transmettre ce message à sa marraine, a dit le shérif. Il peut la rencontrer au parloir s'il veut, mais il aura les fers aux pieds. A chaque instant, pour le reste de ses jours, il saura qu'il est en prison, et ce sera jusqu'au bout. C'est pas une école, ni une partie de pique-nique. Entendu?

– Oui, monsieur.

– Bon. A la prochaine, professeur.

18

Comme il l'avait promis, le shérif est allé voir Jefferson et lui a demandé s'il aimerait rencontrer ses visiteurs au parloir plutôt que dans sa cellule. Le shérif lui a expliqué que pour y aller il serait enchaîné aux mains et aux pieds. Il a aussi dit à Jefferson que ça dépendait entièrement de lui, et qu'on respecterait sa volonté.

– Si c'est c'qu'ils veulent, a répondu Jefferson.

– Non, pas ce qu'ils veulent ; ce que toi tu veux.

– Si c'est c'qu'ils veulent, a répété Jefferson.

– C'est oui, alors ?

– Si c'est c'qu'ils veulent. J'vais mourir de toute façon.

Quand Miss Emma, ma tante et le révérend Ambrose se sont présentés au tribunal, le jeune adjoint, Paul, les a conduits au parloir. La grande pièce contenait trois tables en acier, des bancs d'acier fixés de chaque côté. Il n'y avait pas d'autres visiteurs au parloir, et Miss Emma a choisi la table du milieu. Paul leur a dit qu'il revenait dans quelques minutes. Pendant qu'il était parti, Miss Emma a sorti les provisions et les a disposées sur la table. Elle a mis le couvert pour quatre, deux de chaque côté de la table. Ma tante et le révérend Ambrose se tenaient à l'écart et la regardaient faire. Ma tante racontait plus tard qu'elle mettait la table de la même manière qu'elle l'aurait fait chez elle, en chantonnant toute seule son cantique de la Détermination.

– Voilà sa place, et ici la mienne, a-t-elle dit.

Ma tante disait que Miss Emma, toujours en fredonnant, a passé la main sur la table pour s'assurer qu'il n'y avait pas de poussière, pas de taches – exactement comme elle l'aurait fait chez elle.

– Tu te mets ici, Lou, et vous là, révérend Ambrose, a-t-elle dit. Comment vous trouvez ça ? C'est pas beaucoup mieux ?

Ma tante et le révérend Ambrose sont convenus que c'était vraiment bien, beaucoup mieux que dans la cellule.

Alors ils ont entendu les chaînes. Et un instant plus tard, la porte à l'extrémité de la salle s'est ouverte et Jefferson est entré, suivi par l'adjoint. Jefferson n'avait jamais été enchaîné, et il marchait à grands pas qui le faisaient trébucher, disait ma tante. Il est arrivé à la table comme un homme à demi aveugle, et il ne s'est pas assis avant que Paul l'y invite. Paul a ajouté qu'il devrait rester à cette place jusqu'à ce qu'on le ramène dans sa cellule.

– Il va pas bouger, a dit Miss Emma. J'y veillerai. Je vous remercie beaucoup.

– Tu comprends, hein, Jefferson ? a demandé Paul.

– J'vous entends, a répondu Jefferson.

– Il va faire attention, a dit Miss Emma. Je vais y veiller.

– Bon appétit à tous, leur a souhaité Paul, et il est parti.

– Il vient d'une bonne famille, a remarqué Miss Emma. Asseyez-vous tous. Alors, Jefferson, comment tu te sens ?

Il ne lui a pas répondu. Il s'est assis la tête basse, ses mains cerclées de menottes entre ses genoux sous la table.

Ma tante et le révérend Ambrose se sont assis. Miss Emma a servi à manger. Des choux au lard. Et du ragoût de bœuf, du riz et des pains briochés. Un petit gâteau pour le dessert, racontait ma tante.

– Tu vas manger pour moi, Jefferson? lui a demandé Miss Emma.

Il gardait la tête baissée, ses mains enchaînées sous la table, et il ne lui a pas répondu.

– Tu mangeras si je t'aide? a-t-elle demandé.

Comme il ne lui répondait pas, elle a mis un petit morceau de viande et un peu de chou dans la cuillère et l'a portée à sa bouche. Il ne voulait pas l'ouvrir. Miss Emma a regardé ma tante, et elle, qui essayait de manger, a lu la souffrance sur son visage.

Quand j'y suis allé deux jours plus tard, l'adjoint-chef m'a dit que je pouvais rencontrer Jefferson dans sa cellule ou au parloir. Je lui ai dit que ça m'était égal. Le premier adoint m'a dit que lui aussi, ça lui était égal, mais il a donné l'ordre à Paul de m'emmener dans le parloir.

Je me suis assis à la table centrale, exactement comme Miss Emma, ma tante et le révérend Ambrose deux jours plus tôt. Et j'ai entendu les chaînes le long des cellules avant de voir apparaître quelqu'un. Puis ils sont entrés, Jefferson le premier, les fers aux pieds; il marchait à petits pas, la tête baissée et les épaules voûtées. Ils sont parvenus à la table et Paul lui a dit de s'asseoir. Il l'a fait sans me regarder, les épaules basses et plus rapprochées qu'elles n'auraient dû l'être.

– Je reviendrai, a dit Paul.

– Est-ce que nous pouvons marcher? lui ai-je demandé.

– Il a déjà fait de l'exercice. Il faut que je demande à Clark.

– Non, ça ira. La prochaine fois peut-être.

Paul est parti.

– Comment ça va? ai-je dit.

– Ça va, a répondu Jefferson, sans lever la tête.

– Tu veux manger quelque chose?

– J'ai pas faim.

– Mais si. Moi je sais que j'ai faim.

Il y avait des côtes de porc sautées, des patates douces rôties et du pain blanc ordinaire. J'en ai placé un peu devant lui, un peu devant moi. J'ai commencé à manger.

– Vas-y, mange quelque chose, ai-je dit.

Il a levé la tête lentement et m'a étudié un moment. Il avait maigri. Son visage rond et lisse quand il était entré ici commençait à montrer son ossature. Ses yeux étaient toujours injectés de sang. Je les avais souvent vus dans mon sommeil le mois écoulé.

– Vous voulez quoi ? m'a-t-il demandé.

Je mangeais. J'ai haussé les épaules.

– Je veux que tu manges un peu, c'est tout.

– Vous voulez quoi ? a-t-il répété.

Son expression n'avait pas changé, ni l'inflexion de sa voix. Ses yeux rouges m'accusaient de vouloir quelque chose sans le reconnaître.

– Que nous parlions, ai-je dit.

– De quoi ?

– Je ne sais pas. De tout ce que tu veux. De quoi veux-tu parler ?

– De cette chaise, a-t-il dit.

Il m'observait à présent, parce qu'il savait qu'il m'avait pris au dépourvu.

Je l'ai regardé un moment, puis je me suis remis à manger. Cette chaise était la dernière chose dont j'avais envie de parler.

– On commence le spectacle de Noël, ai-je hasardé.

Mais je voyais que ses pensées étaient ailleurs.

– Tu te rappelles les spectacles de Noël quand tu étais à l'école ?

– C'est Noël ? a-t-il demandé.

Mais il ne pensait pas à Noël ; il pensait à autre chose. Et il savait que j'en étais conscient.

– Non, Noël est dans quelques semaines. Mais on se prépare.

– C'est quand Il est né, ou quand Il est mort ? a-t-il demandé.

– Qui ?

Il m'a regardé, sachant que je savais de qui il parlait.

– Quand Il est né, ai-je répondu.

– C'est ça. C'est à Pâques qu'on L'a cloué sur la croix. Et Il a pas soufflé une parole.

Je n'avais pas fini de manger, mais je savais que je ne pouvais plus rien avaler. J'ai posé le reste de la côte de porc et la tranche de pain blanc sur la serviette devant moi.

– Jefferson, tu sais ce que veut dire le mot « morale » ? lui ai-je demandé.

Il m'a regardé, sachant que je savais à quoi il pensait.

– Obligation ? ai-je dit. Tu sais ce que veut dire « obligation » ?

Il n'a pas répondu. Mais il continuait à me regarder.

– Si terrible que soit notre situation, ai-je dit, nous devons toujours quelque chose. Tu dois quelque chose, Jefferson. Pas à moi. Sûrement pas à ce shérif en bas. Mais à ta marraine. Tu dois lui montrer un peu de compréhension, un peu d'amour.

– C'est pour les 'umains, a-t-il dit. J'suis pas 'umain.

– Alors pourquoi tu parles, Jefferson ? Les êtres humains sont les seules créatures sur terre qui sachent parler. Pourquoi tu parles ? Et portes des habits ? Pourquoi tu en portes ?

– Vous essayez de m'embrouiller, a-t-il dit.

– Non, Jefferson. Elle t'aime, et je veux que tu lui donnes quelque chose. Une chose dont elle pourra être fière.

– Les cochons ils donnent rien. Les cochons ils laissent rien.

– Jefferson, ça te plaît de venir ici, ou tu préfères rester dans la cellule ?

– C'est comme vous voulez. Moi ça m'est égal.

– Ça ne lui est pas égal à elle, Jefferson. Ici, elle peut s'asseoir.

Il a poussé un grognement.

– C'est moi qui vais avoir à m'asseoir.

– Tu peux être plus gentil avec elle, Jefferson. Chaque fois qu'elle vient ici, elle retourne dans les quartiers encore plus mal en point.

– Elle devrait rester à la maison.

– Si elle ne te voyait pas, elle se ferait encore plus de souci.

– Les cochons se font pas de souci. Les cochons savent, c'est tout, a-t-il dit.

– Les cochons ne savent rien, Jefferson. Seuls les êtres humains savent. Seuls les êtres humains se font du souci.

– Ce cochon-là, il sait. On l'engraisse pour Noël. On va le tuer à la Noël.

– Personne ne va mourir à Noël.

– Comment vous le savez ? Ils vous l'ont dit ?

– Personne ne m'a rien dit. Je le sais, c'est tout. Rien ne va se passer à Noël.

– J'serai content quand ce sera fini. Alors le vieux cochon pourra se reposer.

– Tu veux que je parte, Jefferson ?

– Partez quand vous voulez. Il s'en fout le vieux cochon.

Il a baissé la tête. Les chaînes ont tinté sous la table. J'avais envie de partir, mais il était trop tôt : le shérif aurait eu sa preuve que je n'avais pas touché Jefferson, que j'abandonnais.

– Ils ont trouvé un pin cette année, ai-je dit. Un joli petit pin.

Il gardait la tête basse. Il n'a pas répondu. Ses cheveux avaient commencé à repousser, mais on voyait encore les os épais de son crâne.

Une demi-heure plus tard, Paul est entré pour le ramener à sa cellule. Jefferson marchait à petits pas, la tête baissée, les bras étirés vers le bas, les épaules trop rapprochées. Après l'avoir remis sous les verrous, Paul est revenu au parloir, et lui et moi sommes descendus ensemble au rez-de-chaussée.

– Qu'est-ce que tu en penses ? a-t-il demandé.

– Je ne sais pas. Mais c'est la volonté de sa marraine.

Paul a hoché la tête. Il comprenait. Il était de bonne famille.

Je suis allé au Rainbow dans le faubourg et j'ai bu deux ou trois bières. Quand j'ai pensé que Vivian devait avoir terminé sa classe, j'ai roulé jusqu'à son école. L'une des institutrices faisait monter les enfants dans le bus scolaire, et Vivian et une autre étaient près du drapeau, où elles parlaient. Vivian m'a vu, elle est venue et elle est montée dans la voiture.

– Salut, a-t-elle dit en m'embrassant.

– Un verre ou un sandwich ? ai-je demandé.

– Un verre, ce ne serait pas une mauvaise idée.

J'ai dépassé le bus où l'institutrice installait toujours les enfants, et nous sommes retournés au Rainbow. L'endroit était calme et sombre, et nous nous sommes assis à une table à l'écart dans un coin. Les instituteurs qui étaient déjà là savaient que nous voulions être seuls. La serveuse n'était pas encore arrivée, alors Clairborne nous a apporté nos verres. Après son départ, Vivian m'a regardé par-dessus la table.

– Je ne crois pas que nous devrions aller à Baton Rouge ce soir, ai-je dit.

Vivian a bu et a posé son verre, et elle m'a regardé, attendant la suite. Nous avions parlé d'aller à Baton Rouge ce soir-là, mais elle savait que je l'avais vu le jour même, et nous avions remarqué qu'après mes visites à la prison ça ne se passait pas toujours très bien entre nous au lit.

– Comment va le spectacle ? lui ai-je demandé.

– Bien, a-t-elle répondu, attendant toujours.

– C'est à peu près pareil pour le mien, ai-je dit. Les enfants ont trouvé un joli petit pin cette année. Avant, c'était du chêne ou ce qu'ils pouvaient trouver. Mais cette année, un petit pin ; pas très grand, mais joli. Bien rond.

Vivian a hoché la tête. Elle me regardait attentivement.

– Je t'aime de plus en plus, ai-je dit. Si seulement tu acceptais, Dieu sait que je laisserais tout tomber.

– Pour qu'on se déteste le reste de notre vie, Grant? Non.

– Je ne pourrais jamais te détester. Jamais.

– Si, tu pourrais, et tu le ferais.

– Non.

– Si, Grant, tu me détesterais de t'avoir laissé prendre cette décision. Ou je te détesterais de l'avoir prise.

– Je ne fais rien de bon là-bas, Vivian, ai-je dit. Rien ne change.

– Si, il y a du changement, a-t-elle affirmé.

19

Il a fait froid et il a plu pendant les deux semaines qui ont précédé notre spectacle de Noël. Il pleuvait trop pour que les gens sortent dans les champs couper la canne, et le champ et les routes étaient trop boueux pour qu'on transporte la canne jusqu'au treuil pour la charger et l'expédier à l'usine de broyage. Les gens restaient chez eux autour de la cheminée ou près du fourneau dans la cuisine. On voyait de la fumée gris-bleu monter des grandes cheminées sur le devant des maisons et des plus petites à l'arrière. Et comme le vent soufflait toujours de la rivière à cette époque de l'année, on voyait la fumée flotter des quartiers à travers le champ en direction du cimetière et du marais. La seule fois où l'on risquait de voir quelqu'un sortir dans sa cour, c'était pour couper du bois à jeter dans la cheminée ou à mettre dans le fourneau. Le reste du temps, les quartiers étaient déserts, les portes et les fenêtres bien fermées contre le vent froid et la pluie.

Une pluie fine tombait toujours le soir du spectacle, mais elle n'a pas découragé les gens de venir. J'avais dit aux élèves que ce spectacle devait être dédié à Jefferson, et ils avaient transmis le message chez eux, si bien que beaucoup de ceux qui n'avaient jamais assisté à un spectacle de Noël ni à une fête de fin d'année sont venus à l'église ce soir-là. Le spectacle commençait à sept heures, mais le public est arrivé beaucoup plus tôt.

A cause de la pluie, ils ne pouvaient pas conduire dans les quartiers, alors ils étaient venus à pied ou en charrette. Le révérend Ambrose, qui habitait près de la rivière et non dans la plantation, a laissé sa voiture sur la route et a marché jusqu'à l'église. Comme d'habitude, il était vêtu d'un costume sombre, d'une chemise blanche et d'une cravate foncée, mais ce soir-là il portait aussi un ciré jaune. La plupart des autres portaient leurs « habits de ville ». Pas leurs vêtements de travail de tous les jours ni leur tenue du dimanche. Les habits de ville étaient usés, mais s'ils étaient reprisés cela ne se voyait pas. Les couleurs des chemises et des robes étaient peut-être passées, mais elles étaient propres et convenables.

Personne ne s'est attardé dehors, comme on l'aurait fait si le temps avait été meilleur. Après avoir raclé leurs chaussures sur la première marche pour les débarrasser de la boue, ils entraient dans l'église. Les femmes qui avaient apporté de la cuisine ont posé leurs plats, leurs casseroles ou leurs marmites sur les tables que nous avions disposées contre les tableaux du fond. Madame Sarah James, qui était arrivée à six heures et demie, s'est assise à côté des plats pour les garder jusqu'à la fin du spectacle, quand tout le monde mangerait. Les autres femmes ont pris des sièges libres aussi près que possible du poêle. Les hommes et les grands garçons sont restés debout derrière à parler jusqu'à ce que les femmes leur disent de s'asseoir.

J'étais derrière le rideau avec les élèves choisis pour participer à la pièce de Noël. Il était fait de quatre draps, suspendus à un fil de fer tendu d'un côté à l'autre de l'église. Trois des draps étaient très blancs. Le quatrième, qui était un peu gris, appartenait à Miss Rita Lawrence. Aussi loin que je me souvenais, elle avait toujours tenu à donner quelque chose pour le spectacle de Noël, et chaque fois c'était un drap, sans doute le même, qui n'était jamais aussi blanc que les autres. Le public savait toujours que c'était le sien, et trouvait embarrassant de le voir pendre là avec les autres, mais personne n'avait le courage d'en parler à Miss Rita, de sorte que chaque année il faisait partie du rideau.

Irene Cole et Odessa Freeman m'aidaient à préparer les élèves derrière le rideau. Les deux bergers portaient des sacs en toile de jute sur leurs habits de fête, et chacun tenait une longue canne de bambou incurvée en haut et attachée avec du fil noir. Les trois Rois mages portaient des robes en papier crépon. Les robes étaient rouge, vert et jaune. Irene et Odessa rappelaient sans cesse aux Rois mages de faire attention à ne pas déchirer leurs robes en remuant tout le temps. Marie, la mère de Jésus, portait une robe en grosse toile bleue toute froissée, pour montrer qu'elle était pauvre. Joseph, son mari, en salopette, avait un marteau passé dans la boucle de son pantalon. L'Enfant Jésus était une poupée d'albâtre revêtue d'une longue chemise blanche. Les filles du chœur étaient en robe blanche, les garçons avaient des chemises blanches.

De temps en temps j'écartais le rideau pour voir combien de personnes étaient présentes. Miss Rita Lawrence et son petit-fils Bok, un grand gaillard, étaient deux des premiers et s'étaient assis devant; Bok occupait presque un tiers du banc à lui tout seul. On l'avait envoyé deux fois à l'institut psychiatrique à Jackson, mais les médecins de là-bas savaient qu'il n'était pas dangereux; ils trouvaient qu'ils ne pouvaient sans doute pas faire plus pour lui que Miss Rita à la maison, et après l'avoir gardé une semaine ou deux, ils le renvoyaient chez elle. Bok avait une particularité, en dehors du fait qu'il n'était pas capable de s'occuper tout seul de lui-même, c'était son amour des billes. Il en avait tout le temps avec lui. A présent il était assis et jouait avec les billes dans la poche droite de sa salopette. Miss Rita devait de temps en temps lui toucher la main pour qu'il se tienne tranquille.

Sur le même banc que Bok et Miss Rita était assise Julia Lavonia, qui avait deux enfants dans la pièce : le garçon était l'un des bergers, et la fille jouait le rôle de Marie, mère de Jésus. James, son mari, n'était pas là. C'était un petit mulâtre avec une grosse tête, des cheveux noirs frisés et des yeux gris, qui m'avait dit une fois qu'il avait mieux à faire que d'aller à une réunion de moricauds. Mais Julia était là, et je savais qu'elle avait apporté des pralines aux noix de pécan et à la noix de coco, comme chaque année. Les Freeman étaient venus aussi. Joe Freeman était assis tout au fond, mais sa femme, Harriet, et sa mère, Tante Agnes, et plusieurs des enfants étaient sur le devant, juste derrière Miss Rita, Bok et Julia Lavonia. Les Cole, la famille d'Irene, étaient assis derrière eux : Norman et sa femme Sarah, la mère de Sarah, Lelia Wells, la sœur de Sarah, Esther, le petit ami d'Esther, Henry, et deux ou trois enfants. Sarah apportait généralement de la couenne rissolée et des patates douces rôties pour la fête de Noël.

De l'autre côté de l'allée centrale, au premier rang, et portant toujours leurs manteaux parce qu'elles étaient loin du chauffage, étaient assises ma tante et Miss Emma, Miss Eloïse Bouie et Inez. Derrière elles étaient Farrell Jarreau et sa petite femme, Ofelia. Ofelia était une fine mulâtresse dont les sœurs venaient à la plantation tous les dimanches matin pour l'emmener à l'église catholique de Bayonne. Elle revenait tard le soir, et on la voyait à peine jusqu'au dimanche suivant, quand elle montait à l'arrière de la voiture pour se rendre à la messe. J'ai pensé que c'était son mari Farrell qui l'avait décidée à venir ce soir-là, car elle n'était jamais venue auparavant. Derrière eux était assise le plus grande partie de la famille Martin – une dizaine – presque tous, mais il en manquait. Le père, Herbert, n'était pas là, ni Jesse, l'idiot, ni la fille enceinte, Vera, ni la vieille grand-mère. Mais Viola, la mère, était là, avec huit ou neuf de ses enfants. Deux autres étaient dans le chœur, derrière le rideau. Les Williams étaient là – ils étaient quatre ; trois Ruffin – la mère, le fils et la fille – étaient là. Et aussi les Griffin, Harry et Lean, avec leurs deux grandes filles encore célibataires, Alberda et Louberda. Si bien que l'église était presque pleine, et il n'était que sept heures moins le quart. Le mauvais temps ne les avait pas empêchés de venir ce soir, au contraire. Comme ils ne pouvaient pas travailler au champ ni dans leurs jardins, ils n'avaient pas de raison de rester chez eux et de prétexter la fatigue.

A sept heures j'ai écarté les rideaux et je me suis avancé devant le public. J'ai déclaré que les enfants et moi nous étions heureux de les voir tous ce soir, et que je savais qu'ils aimeraient le spectacle, parce que leurs enfants avaient travaillé très dur ces dernières semaines pour qu'il soit réussi. J'ai invité le révérend Ambrose, qui était assis sur un banc de côté, à nous guider pour prier. Il s'est levé et a demandé à tout le monde d'en faire autant et d'incliner la tête. Il a commencé par la prière du Seigneur. Puis il a remercié Dieu de nous avoir laissé voir un jour nouveau et de nous avoir permis de nous rassembler dans Sa maison par un temps aussi peu clément. (Le pasteur était un homme petit, qui paraissait craintif, mais il possédait une voix forte et prenante quand il priait.) Il a demandé à Dieu d'accompagner tous les malades et tous les affligés, chez eux et dans tous les hôpitaux de ce pays. Il a demandé à Dieu de visiter les cellules de prison dans tout le pays et surtout à Bayonne et d'accompagner les coupables et les innocents. Il a demandé à Dieu d'accompagner tous ceux qui, ce soir, ici, ne savaient pas qu'Il pouvait pardonner leurs péchés et croyaient ne pas avoir besoin de lui. Si instruit que soit un homme (il voulait dire moi, mais il ne m'a pas nommé), lui aussi était enfermé dans une cellule sombre et froide d'ignorance s'il ne savait pas que Dieu pouvait pardonner ses péchés. Il a terminé en implorant Dieu d'abaisser Son regard sur cette humble petite église et de bénir notre réunion.

L'assistance a répondu « Amen » et s'est rassise. Ma tante a dit « Amen » plus fort que tout le monde, en me regardant directement.

Je suis passé derrière le rideau, et, prenant l'un des draps du milieu en même temps qu'un élève de l'autre côté, je l'ai tiré pour révéler la scène. Le chœur, une douzaine de garçons et de filles, est allé se placer sous l'autel pour chanter *Douce Nuit*, sous la direction d'Irene Cole. Je me tenais sur la droite derrière le rideau replié, de façon à voir à la fois le chœur et le public.

Les enfants avaient travaillé dur, et ils ont superbement chanté – et ça aussi, c'était grâce au mauvais temps. Autrement, ils auraient dû rentrer chez eux pour travailler dans le champ ou autour de la maison. Mais comme le ciel avait été si peu clément, pour employer l'une des expressions du révérend Ambrose, ils avaient eu davantage de temps pour répéter. Le public a aimé leur façon de chanter. Même ceux qui ne répondaient pas par des « Amen, Amen », accordaient toute leur attention au chœur. Même Bok. Une fois il a levé la main pour désigner les chanteurs, un signe qui indiquait qu'il était touché par le chant, mais Miss Rita la lui a doucement prise et l'a posée sur le genou du garçon. Elle a laissé sa main sur la sienne, sans la presser, mais d'un geste réconfortant.

Après *Douce Nuit*, la chorale a chanté *Oh, petite ville de Bethléem !* et mon regard a quitté le public pour se poser sur le petit pin enfoncé dans un baquet de terre, décoré de bandes de papier crépon rouge et vert, de morceaux de bourre de coton et de guirlandes argentées, une petite étoile de carton blanc perchée sur la plus haute branche. Sous l'arbre, appuyé contre le baquet, il y avait un unique cadeau, enveloppé de papier rouge et entouré d'un ruban vert, avec un nœud vert et rouge. Les enfants avaient donné des nickels, des dimes et des quarters – de l'argent gagné en ramassant des noix de pécan – et Irene, Odessa et Odeal James étaient allés à Baton Rouge acheter un chandail et des chaussettes de laine.

Les spectateurs du premier rang voyaient le paquet, et savaient pour qui il était, et parfois je voyais leurs yeux passer de la chorale à l'arbre et changer d'expression.

Mais *Vive le vent!*, un chant plus gai et plus animé que les deux premiers, a ramené l'attention de tous vers la chorale, et j'ai lu sur les visages qu'ils étaient momentanément soulagés de leurs pensées.

Puis vint *C'était la veille de Noël*, par Odessa Freeman. C'était plus qu'une simple récitation; c'était du théâtre. Dans sa grande robe blanche aux longues manches, ses cheveux noirs, récemment défrisés et brillants, coiffés en arrière et attachés par un ruban de soie blanche, elle balançait le corps, ouvrait les bras un moment, puis les fermait en joignant les paumes, et sa voix s'élevait et emplissait l'église, puis se réduisait à un murmure qu'on pouvait à peine entendre. Odessa vous faisait non seulement voir la pièce où les bas étaient suspendus, mais aussi entendre les rennes sur le toit et le père Noël avant que vous ne le voyiez descendre la cheminée pour remplir les bas. Vous l'entendiez appeler chaque renne par son nom après être remonté, et vous voyiez vraiment les rennes gagner la maison voisine dans les quartiers. C'était si réel que Bok l'a senti aussi et il a montré du doigt, et Miss Rita a hoché la tête pour montrer qu'elle comprenait son sentiment, puis elle a ramené sa main sur son genou et laissé la sienne dessus pour le réconforter.

Après le poème, ce fut le tour d'un récit écrit et lu par Albert H. Martin III, *Le Petit Pin*. Il parlait de tous les autres arbres de Noël au fil des années – des chênes, des cyprès, de curieux buissons qui n'avaient pas de nom. Il racontait comment les arbres avaient été coupés dans le pré et traînés jusqu'aux quartiers, et comment les filles avaient lavé les feuilles pour rendre l'arbre présentable. Puis il en est arrivé au petit pin : pas un grand arbre – il n'était pas haut, ni pourvu de longues branches – mais c'était un pin, et le plus beau de tous les arbres de Noël. Le petit arbre prenait même une personnalité à lui, il était si heureux d'être ici. En parlant, Albert Martin III faisait des gestes en direction du pin, et tout le monde regardait l'arbre et l'unique cadeau posé dessous.

Oyez le chant des anges de l'Annonciation a suivi, pour introduire la scène de la Nativité. A la fin du cantique, deux bergers dans leurs robes en sacs de jute apparaissaient sur la scène derrière le chœur. Ils surveillaient leur troupeau, quand soudain une lumière apparaissait sur le mur du fond sous les portraits du Christ et du révérend Ambrose. La lumière provenait d'une torche électrique tenue par un élève côté cour.

BERGER n° 1 *(Montrant du doigt)* : Une étoile à l'est.

BERGER n° 2 : Et si brillante.

BERGER n° 1 : Que veut-elle dire ?

BERGER n° 2 : Si j'pouvais l'savoir !

(Le berger n° 1 a regardé le berger n° 2 comme s'il allait corriger son langage, mais il a changé d'avis. Personne dans le public ne paraissait avoir rien remarqué.)

Les trois Rois mages entrent côté cour, vêtus de robes de papier crépon rouge, vert et jaune. (Plusieurs personnes de l'assistance ont pouffé de rire et échangé des commentaires.)

BERGER n° 1 : Les Rois mages. Ils peuvent nous le dire.

BERGER n° 2 : Dites-nous, oh, Rois mages ! Que veut dire cette étoile là-haut ?

ROI MAGE n° 1 : Elle brille sur Bethléem.

ROI MAGE n° 2 : La petite ville de Bethléem.

ROI MAGE n° 3 : Nous devons aller à Bethléem.

Ils regardent tous l'étoile. (Elle a un peu bougé, comme si la personne qui tenait la torche commençait à se fatiguer.)

BERGER n° 1 : Mais elle veut dire quoi ?

ROI MAGE n° 1 : Tu le sauras à temps.

BERGER n° 2 : Comment qu'on le saura ?

ROI MAGE n° 1 : Il nous le fera savoir.

BERGER n° 1 : Dieu dans le ciel ?

ROI MAGE n° 1 : Ses voies sont mystérieuses.

(La lumière a bougé de nouveau, comme si la personne changeait de main ou donnait la torche à tenir à un autre.)

ROI MAGE n° 2 : Il accomplira des miracles.

BERGER n° 2 : Mais on est que de pauv'petits bergers.

ROI MAGE n° 1 : A ses yeux les plus pauvres seront les plus riches.

ROI MAGE n° 2 : Mettons-nous en chemin.

ROI MAGE n° 3 : Vers Bethléem là-bas.

Les rois mages sortent de scène côté cour.

BERGER n° 1 : J'ai jamais vu d'étoile aussi brillante.

BERGER n° 2 : Elle doit bien vouloir dire quelque chose.

(L'étoile est descendue et remontée. Le berger n° 1 a regardé celui qui tenait la lumière et s'est retourné vers moi pour s'assurer que je l'avais vu aussi.)

BERGER n° 1 : Mettons-nous à genoux. Rien ne troublera le troupeau ce soir.

Les bergers s'agenouillent tandis que le rideau se ferme. Il se rouvre aussitôt. Nous voyons Marie assise sur un banc, l'Enfant Jésus dans les bras. Joseph est debout à côté d'elle, il regarde le bébé. Un marteau pend à la boucle de sa salopette. Dans les coulisses, côté cour, on entend des voix approcher.

PREMIÈRE VOIX : L'étoile indique par là.

DEUXIÈME VOIX : On est plus loin maintenant.

TROISIÈME VOIX : Là-bas. Là-bas. L'étable.

Les trois Rois mages entrent côté cour et aussitôt s'agenouillent devant Marie et l'Enfant Jésus.

ROI MAGE n° 1 : En vérité, Il est venu.

ROI MAGE n° 2 *(hochant la tête)* : C'est bien Lui.

ROI MAGE n° 3 : Notre Sauveur.

TOUS LES TROIS : Nous T'apportons des cadeaux, oh, Seigneur. *(Chacun pose un sou sur le banc à côté de Marie.)*

MARIE *(étonnée)* : Mon petit enfant ? le Sauveur ?

ROI MAGE n° 1 *(hochant la tête)* : Oui, ton petit enfant.

Marie *(heureuse)* : Mon petit enfant. *(Elle le tend à Joseph.)* Regarde, Joseph. Mon petit enfant, le Sauveur.

Joseph hoche la tête mais ne dit rien.

Marie, berçant l'Enfant Jésus dans ses bras, commence à chanter : *Réjouissez-vous, le Seigneur est venu.* Les Rois mages se relèvent et se joignent à elle, ainsi que Joseph, les bergers, le chœur et tous les autres, y compris le garçon qui tenait la torche électrique. A la fin du cantique, ils saluent tous le public.

Pendant que les enfants restaient en scène, j'ai demandé au révérend Ambrose s'il avait des remarques pour terminer. De nouveau il a remercié Dieu d'avoir permis à tant de personnes de venir ce soir. De nouveau il nous a rappelé que nous n'étions pas tous sauvés du péché. Même si nous avions étudié dans les livres, nous demeurerions ignorants si Dieu n'était pas dans notre cœur. De nouveau il a demandé à Dieu d'accompagner ceux qui étaient enfermés dans les cellules des prisons. Il a remercié Dieu de tous ses bienfaits. Et la congrégation répondait :

– Amen, Amen, Amen.

J'ai remercié le pasteur et déclaré aux assistants que c'était la fin de notre spectacle pour cette année, en leur rappelant que des rafraîchissements les attendaient au fond.

Les enfants restaient sur la scène pour savoir ce que j'avais pensé du spectacle. Je leur ai dit que c'était bien, très bien. Ils ont quitté la scène pour faire la queue au buffet.

– Vous voulez que je vous apporte quelque chose, monsieur Wiggins ? m'a demandé Irene.

– Non merci, ai-je répondu.

– Quelque chose ne va pas, monsieur Wiggins ?

– Non. Pourquoi ?

– Vous n'avez pas l'air très heureux.

– Je vais bien. Va te chercher quelque chose à manger.

Irene est partie rejoindre la file, mais elle me regardait par-dessus son épaule.

Elle avait raison ; je n'étais pas heureux. J'avais entendu les mêmes cantiques de Noël toute ma vie, assisté à la même petite pièce, les mêmes fautes de grammaire m'avaient écorché les oreilles. Le pasteur avait récité la même prière que d'habitude, Noël ou dimanche. Les mêmes personnes portaient les mêmes vieux habits et s'asseyaient aux mêmes places. L'année prochaine ce serait pareil, et l'année suivante aussi. Vivian disait que les choses changeaient. Mais en quoi changeaient-elles ?

Je me suis retourné pour regarder les gens autour des tables, qui parlaient, mangeaient, buvaient leur café ou leur limonade. Mais je n'étais pas avec eux. J'étais seul.

J'ai vu l'une des petites Hebert remonter l'allée centrale vers moi, portant des deux mains des victuailles posées sur une serviette. Elle a dû passer près de l'arbre pour atteindre la chaire. Elle surveillait son fardeau tout le temps pour être sûre de ne rien laisser tomber.

– Miss Lou elle a dit de vous apporter ça.

– Merci, Gloria.

Je me suis assis sur une chaise derrière la chaire, et j'ai mangé le poulet frit et le pain. Les gens riaient et parlaient encore. Juste devant la chaire s'élevait le petit arbre de Noël, avec ses bandes de papier crépon vert et rouge en guise de lumières, ses bouts de coton pour représenter la neige, et les minces guirlandes argentées pour figurer les glaçons. Et le cadeau solitaire était toujours contre le baquet de terre.

20

C'était la fin de février, et le semestre de printemps était commencé depuis un mois. J'étais assis à la table, corrigeant des devoirs d'arithmétique du cours élémentaire pendant que les enfants étaient en récréation. On entendait les plus grands jouer au *softball** derrière l'église. Devant, un groupe de plus petits jouaient aux billes, et plusieurs filles sautaient à la corde sur le côté. J'entendais la corde frapper le sol et les fillettes taper des mains et chanter en cadence. Le jeu de billes ne faisait presque pas de bruit, mais les joueurs derrière le bâtiment criaient à tue-tête, et il me fallait toute ma concentration pour continuer mon travail. Les enfants étaient dehors depuis une dizaine de minutes, quand j'ai senti que l'un d'eux était rentré et se tenait dans l'allée centrale devant moi. J'ai fini de corriger mon devoir avant de lever les yeux.

Farrell Jarreau était debout devant la table, son chapeau à la main.

– Monsieur Farrell? ai-je demandé, me levant vivement.

Il paraissait très petit et très triste. Il était venu me dire quelque chose, mais il ne savait pas comment s'y prendre.

---

* Forme de base-ball à l'usage des enfants. *(N. d. T.)*

– Je voulais pas vous déranger, a-t-il commencé.

– Je n'avais rien de spécial à faire, l'ai-je assuré pour essayer de le mettre à l'aise.

Il m'a regardé en battant des paupières deux ou trois fois.

– Il se passe quelque chose, monsieur Farrell ?

– Ils veulent que vous alliez là-bas, m'a-t-il dit.

Il aurait aimé que je le comprenne à demi-mot.

– A la grande maison ? ai-je demandé.

Il a hoché la tête. Il voulait que j'interprète ce signe. J'ai attendu qu'il poursuive.

– Ce garçon, a-t-il fait en tripotant son chapeau.

Il ne voulait rien ajouter.

J'attendais.

– Ils ont fixé la date, a-t-il enfin dit, mais contre son gré. Ils veulent que vous et Mose vous y alliez. Ils veulent que vous le disiez à sa nan-nan.

– Quand ?

– Là même, j'crois bien.

– J'ai encore une heure de classe.

– J'vous apporte leur message, c'est tout, professeur.

Il a baissé les yeux et s'est remis à tripoter son chapeau.

– Merci, monsieur Farell.

Il m'a salué de la tête et il est reparti entre les tables, les épaules voûtées, un très petit homme. Je l'ai vu remettre son chapeau en descendant les marches de la cour. Quand il est sorti sur la route, il a regardé vers la grande maison en haut des quartiers, mais au lieu de retourner au travail, il a tourné à gauche et il est rentré chez lui.

Je l'avais suivi jusqu'à la porte, et je suis sorti pour annoncer aux enfants que la récréation était terminée. Ils se sont mis en rang par deux, les garçons d'un côté et les filles de l'autre, par ordre de classe et de taille. Une fois tous les enfants rentrés et assis à leurs places, je leur ai donné des exercices et je leur ai dit que je devais aller à la grande maison, et que je les laissais sous la surveillance d'Irene. Si l'un d'eux faisait des bêtises, je m'occuperais de lui le lendemain. J'ai demandé à Irene de m'accompagner à la porte, et je lui ai dit de libérer les enfants à trois heures. Je ne lui ai pas dit pourquoi je devais aller à la grande maison.

Le ciel était couvert, et il faisait un peu froid. Le broyage était fini, et les gens avaient commencé à labourer pour les nouvelles plantations. Des volées de corbeaux suivaient les tracteurs, cherchant dans la terre fraîchement retournée des insectes et des vers. Le prunier dans le jardin devant la maison des Cole et le cerisier à côté de celle des Freeman étaient couverts de fleurs, blanches et bleu lavande. Les pacaniers étaient encore nus et gris, mais les chênes verts et les magnolias avaient déjà leurs feuilles. La route était relativement sèche, mais les fossés des deux côtés étaient encore pleins d'eau à cause des fortes pluies que nous avions eues les mois précédents.

Quand je suis arrivé à la maison d'Henri Pichot, j'ai vu la Ford noire du révérend Ambrose garée sous l'arbre dans la cour de derrière. Inez a ouvert la porte de la cuisine quand j'ai frappé. Le pasteur était assis à la table, il buvait du café. Inez m'en a proposé une tasse, mais j'ai refusé. Elle est sortie de la cuisine. Le révérend Ambrose m'a demandé des nouvelles de ma tante. Il l'avait vue à l'église quelques jours auparavant à peine, mais il ne savait pas quel autre sujet aborder. Je lui ai répondu qu'elle allait bien. Il a voulu savoir comment ça se passait à l'école, et j'ai dit que tout allait bien de ce côté-là aussi. Puis nous nous sommes tus, parce qu'il ne trouvait plus rien à me dire, et moi non plus. Inez est revenue dans la cuisine nous apprendre qu'Henri Pichot avait téléphoné au shérif, qui serait là dans un quart d'heure vingt minutes.

– J'espère que ce ne sera pas comme les autres fois, ai-je remarqué. Je croyais qu'il était déjà là.

– Tu es sûr que je ne peux pas te servir une tasse de café ? m'a de nouveau proposé Inez.

– Non, merci. J'ai beaucoup de travail à l'école. J'espère que je ne vais pas devoir attendre ici toute la journée.

– Je suis sûre qu'il est déjà en route, a répondu Inez.

Le révérend Ambrose, qui était assis tout près de la table, a levé la tasse à ses lèvres, puis l'a doucement reposée sur la soucoupe.

Comme promis, le shérif a frappé à la porte d'entrée environ un quart d'heure plus tard. Le coup qu'il avait frappé ne demandait pas la permission d'entrer; il annonçait qu'il entrait déjà. Inez a soupiré profondément, en remerciant Dieu, et elle est passée dans le vestibule. J'ai entendu le shérif lui demander si nous étions là, et un instant plus tard elle est revenue dans la cuisine.

– Ils veulent vous voir dans la bibliothèque, a-t-elle dit.

C'était la première fois que j'allais dans une autre partie de la maison de Pichot que la cuisine, et j'étais sûr que c'était pareil pour le pasteur. J'ai attendu qu'il passe devant, mais lui préférait que ce soit moi. J'ai fait un geste respectueux pour qu'il me précède, mais il ne voulait pas bouger, il avait peur. Il a fallu qu'Inez passe la première.

Henri Pichot et le shérif parlaient debout près de la cheminée. Henri Pichot portait une veste à carreaux marron et beige, un gilet brun-roux, une chemise à col ouvert et un pantalon foncé. Le shérif Guidry portait un costume gris, une cravate lacet et des bottes de cow-boy noires. Il tenait son chapeau de cow-boy contre sa jambe. Henri Pichot et lui nous ont regardés quand nous sommes entrés dans la pièce. Je n'avais jamais vu Pichot paraître aussi soucieux.

– Prenez un siège, a-t-il dit. Le shérif a quelque chose à vous communiquer.

Tout le mobilier de la pièce était ancien. Les fauteuils fanés, la vieille causeuse, le canapé étaient trop rembourrés, le siège à bascule en rotin était garni de coussins. Les tables étaient vieilles, les lampes et les abat-jour ne paraissaient pas plus récents que le reste. Le révérend Ambrose et moi avons pris place au bord du canapé.

Le shérif s'est assis dans l'un des fauteuils en gardant son chapeau à la main, alors je me suis dit que ce qu'il avait à nous déclarer ne prendrait pas très longtemps. Henri Pichot est resté debout près de la cheminée, le dos contre le manteau. Derrière lui deux ou trois bûches brûlaient lentement en exhalant un mince filet de fumée grise, et en envoyant de temps en temps une étincelle vers le haut.

– L'ordre est arrivé de chez le gouverneur aujourd'hui, a dit Guidry d'un ton hésitant. C'est pour le deuxième vendredi après Pâques.

Inez est entrée dans la pièce avec deux tasses de café sur un plateau d'argent. Pichot a ajouté du sucre et du lait dans une des tasses. Le shérif a posé son chapeau sur un genou en prenant l'autre. Il a mis du sucre, en remuant lentement.

– Je veux que les choses continuent comme avant. N'allez pas lui causer des ennuis. (Le shérif m'a regardé.) Quand je l'ai quitté il était calme, il paraissait comprendre. Je ne veux pas que ça change. Vous avez des questions ?

Le révérend Ambrose et moi avons échangé un regard, mais ni lui ni moi n'avions de questions pour le moment.

– Et elle ? a demandé Guidry. Ma femme pense qu'elle pourrait avoir besoin d'un docteur.

– C'est très aimable à elle, a dit le révérend Ambrose. Tous mes remerciements à Miss Edna.

– J'enverrai le docteur Gillory quand je retournerai en ville, a dit le shérif. D'autres questions ? Je veux que nous nous mettions d'accord.

– Pourquoi cette date ? ai-je demandé.

Guidry a bu et m'a regardé par-dessus le bord de sa tasse. Il ne m'aimait pas ; je faisais partie des nègres trop malins. Pichot et lui ont échangé un regard. J'ai compris qu'ils en avaient parlé avant que le révérend Ambrose et moi entrions dans la pièce. Pichot a laissé au shérif le soin d'expliquer.

– Pâques, a-t-il dit.

Il ne voulait pas continuer, mais il a senti qu'il le fallait. Après tout, un homme allait être mis à mort.

– Il fallait que ce soit avant ou après Pâques. Ce ne pouvait pas se passer pendant le Carême.

J'apprendrais plus tard par le jeune adjoint que le gouverneur avait d'abord signé un ordre d'exécution fixant la date à deux semaines avant le mercredi des Cendres. Mais l'un de ses assistants avait fait remarquer qu'une autre exécution était prévue à la même période, et à cause de la forte proportion de catholiques dans notre population, ça ne ferait pas bonne impression d'avoir deux exécutions juste avant le début du Carême.

– Nous pouvons toujours lui rendre visite comme avant ? ai-je demandé.

– Bien sûr, a répondu le shérif. Mais rappelez-vous, allez-y mollo. Je ne veux pas que vous lui compliquiez les choses. Il n'a qu'un peu plus d'un mois. Le 8 avril.

– Le 8 avril, ai-je dit à personne en particulier. Le 8 avril.

– Vendredi, 8 avril, entre midi et trois heures, a précisé le shérif.

– Entre midi et trois heures, ai-je répété.

– Bon, s'il n'y a plus de questions, il faut que je retourne en ville, a dit Guidry.

Il a fini son café et posé la tasse et la soucoupe sur une petite table.

– Vous n'oublierez pas le docteur, shérif? a demandé le révérend Ambrose.

– Vous croyez qu'elle aura besoin de lui ?

– Elle était pas trop vaillante ces temps-ci, a répondu le révérend.

– Je vais l'appeler d'ici, a dit Guidry. Est-ce qu'il peut conduire dans les quartiers ?

– C'est praticable, a dit Pichot. J'y suis passé hier.

Le shérif s'est dirigé vers la table du téléphone pour appeler Bayonne. Je n'ai entendu qu'une partie de la conversation, parce que je ne pouvais pas me sortir la date et l'heure de l'esprit. Comment les gens peuvent-ils trouver une date et une heure pour prendre la vie d'un homme ? Qui leur confère le pouvoir de Dieu ?

– Audrey, je voudrais parler à Sid, disait Guidry au téléphone.

Douze hommes blancs décident qu'un homme noir doit mourir, et un autre homme blanc fixe la date et l'heure sans consulter un seul Noir. C'est ça, la justice ?

– La vieille dame, disait le shérif au médecin. Je crois que c'est elle qui assistait au procès. Elle a travaillé pour la famille.

– Sa nan-nan, a dit faiblement le révérend Ambrose.

Le shérif n'a pas entendu le pasteur.

– Oui, on peut passer, Sid. Tu vas pas salir tes beaux souliers marron et blanc.

Ils vous condamnent à mort parce que vous étiez au mauvais endroit au mauvais moment, sans la moindre preuve que vous ayez été mêlé au crime, en dehors du fait d'avoir été sur les lieux quand il s'était produit. Pourtant six mois plus tard ils viennent ouvrir votre cage et vous informent : nous, tous des Blancs, avons décidé qu'il est temps pour vous de mourir, parce que c'est la date et l'heure qui conviennent.

– Oh, elle va bien, et Lucy ? demandait le shérif, parlant de la femme du médecin.

Et un vendredi en plus. Toujours un vendredi. Le jour où Il est mort, entre midi et trois heures. Mais ils ne peuvent pas prendre cette vie trop tôt après la reconnaissance de Sa mort, parce que ça pourrait bouleverser les rares âmes sensibles. Ça peut se passer moins de deux semaines plus tard, toutefois, car même les âmes sensibles auront oublié la mort de leur Sauveur d'ici là.

– Mes amitiés à Lucy, a dit Guidry. C'est moi qui t'en dois une.

Le shérif a raccroché et s'est tourné vers nous.

– Il arrive. Et moi il faut que je reparte. Pas d'autres questions ?

Nous n'avions plus de questions.

– Merci à tous d'être venus, a dit Pichot.

Mais il nous remerciait moins d'avoir honoré sa maison de notre présence qu'il ne nous informait qu'il était temps de la quitter. Le révérend Ambrose et moi nous sommes levés du canapé et sommes retournés dans la cuisine. Inez nous a regardés en pleurant.

– Nous devons tous montrer du courage, par égard pour sœur Emma, lui a dit le révérend Ambrose.

Inez a soulevé le bas de son tablier pour s'essuyer les yeux.

– Tu es venu en voiture ? m'a demandé le révérend Ambrose.

– Non, à pied.

– Eh bien, tu peux redescendre les quartiers avec moi.

– Je n'y retourne pas maintenant, ai-je répondu. Je ne vais pas là-bas lui apprendre qu'il va mourir le 8 avril. Pas moi.

– Tu aurais la force si Dieu te soutenait, m'a dit le révérend Ambrose.

– C'est là que vous intervenez, révérend. Je vais faire une promenade, une longue promenade dans la direction opposée. Excusez-moi.

J'ai traversé l'arrière-cour, je suis sorti sur la route, j'ai tourné à gauche et marché jusqu'à la grand-route et à la rivière. Elle était toujours grossie par les pluies que nous avions eues les deux derniers mois et par l'eau venue des bayous et des champs. J'ai marché, dans l'herbe jusqu'aux chevilles, assez loin du bord de l'eau, jusqu'à ce que je trouve un bon endroit où m'arrêter. Je voyais les maisons et les arbres sur l'autre rive, et les voitures rouler sur la route derrière eux. J'essayais d'effacer tout ça. Je voulais ne rien voir, que de vastes étendues d'eau claire et bleue, et une île où je pourrais être seul. Ou avec Vivian, rien que nous deux, et absolument personne d'autre. Personne d'autre.

Mais la rivière restait la même, à charrier ses flots boueux, et je me suis remis à marcher. Quand je n'ai pas pu aller plus loin sans me mouiller les pieds, j'ai remonté la berge et j'ai longé la route. J'ai dû parcourir cinq ou six kilomètres avant de faire demi-tour. J'imaginais qu'à présent le pasteur et ma tante avaient dû voir Miss Emma, et que le médecin lui avait sans doute rendu visite, que d'autres femmes des quartiers étaient venues s'occuper d'elle aussi. Il faisait presque nuit lorsque j'ai atteint les quartiers, et je suis retourné à l'église chercher ma serviette. Irene avait ramassé tous les devoirs et les avait soigneusement empilés sur la table, et m'avait laissé un mot pour me faire savoir que les enfants avaient été sages. Je l'ai fourré avec les devoirs dans ma serviette et je suis sorti.

21

Deux voitures étaient garées devant la maison de Miss Emma, et en approchant j'ai vu que l'une était celle du révérend Ambrose. La lumière de la galerie était allumée, et même si je n'avais pas envie d'entrer dans la maison, j'ai pensé que je devais le faire par déférence envers Miss Emma. La porte était fermée à cause du froid, mais quelqu'un l'a ouverte tout de suite lorsque j'ai frappé. La pièce était pleine de monde et il y régnait une douce chaleur venue d'un bon feu dans la cheminée. Les visiteurs parlaient doucement, mais il y avait tout de même du bruit. Inez était là, et je lui ai demandé comment allait Miss Emma. D'un signe de tête elle a désigné le lit.

Miss Emma était couchée sous une courtepointe, la tête posée sur deux oreillers. La barre de la moustiquaire pendait sur le lit derrière elle. Je lui ai demandé comment elle se sentait. Elle n'a pas répondu ; seul un léger mouvement du coin des lèvres m'a montré qu'elle m'avait entendu. Ses yeux regardaient quelque chose qui n'était pas dans la pièce. J'ai quitté le lit et je suis passé dans la cuisine, où se déroulaient la plupart des conversations. Ma tante, la meilleure amie de Miss Emma, avait tout pris en main à présent que celle-ci était couchée. Elle était au fourneau où elle faisait du café. On sentait la bonne odeur du café de Louisiane dans toute la cuisine.

Le révérend Ambrose était assis à la table, il parlait à deux personnes qui n'habitaient pas dans les quartiers. Il m'a lancé un long regard sévère pour me faire comprendre ce qu'il pensait de moi, mais comme je le savais déjà, je me suis détourné de lui. Irene, qui aidait ma tante à la cuisine, m'a demandé si je voulais une tasse de café. Je lui ai dit que non, et l'ai remerciée de s'être occupée de la classe cet après-midi-là. Elle m'a répondu qu'elle aimait s'exercer; je savais qu'elle voulait devenir institutrice. Ma tante nous a entendus parler et m'a jeté un coup d'œil du fourneau. J'ai lu sur son visage que le révérend Ambrose et elle avaient eu une conversation à mon sujet, et qu'il avait sans doute dit des choses que je n'aurais pas aimé entendre. Mon dîner était à l'arrière de la cuisinière à la maison, m'a-t-elle dit, mais il faudrait que je le réchauffe si je voulais manger. Elle n'avait rien de plus à me dire, et s'est adressée à quelqu'un d'autre. Au bout de dix minutes, j'ai quitté la maison.

Chez nous, j'ai allumé un feu pour réchauffer mon repas – du porc salé au chou et aux pommes de terre. Je n'avais pas besoin de réchauffer le pain de maïs. J'ai fait un feu dans la chambre de ma tante pour qu'il fasse chaud à son retour, et je suis passé de mon côté où j'ai aussi allumé le feu. Mon repas était prêt à présent, et je suis retourné dans la cuisine pour manger, assis près du fourneau, l'assiette en équilibre dans la main gauche. Je venais de finir et je lavais l'assiette dans la bassine d'eau savonneuse quand j'ai entendu des pas monter les marches de la galerie. Vivian était à la porte. Nous sommes restés à nous regarder un moment, puis elle est entrée et a ôté son manteau et ses caoutchoucs. Nous sommes allés nous asseoir près du feu dans ma chambre. Je lui ai dit que je n'avais que du café à lui offrir. Nous sommes passés dans la cuisine pour le faire chauffer, puis nous sommes retournés dans ma chambre nous rasseoir devant le feu.

– Quand j'ai appris la nouvelle, j'ai senti qu'il fallait que je te voie, a-t-elle dit.

– J'allais venir ce soir.

– Je ne le savais pas.

– Je suis content que tu sois là.

Nous avons fini notre café, et j'ai emporté les tasses vides dans la cuisine où je les ai lavées. Quand je suis revenu dans la chambre, j'ai demandé à Vivian de s'allonger sur le lit près de moi. Nous sommes restés un moment sur le côté, puis sur le dos, les yeux au plafond. La seule lumière de la pièce provenait de la cheminée.

– Tu y retournes quand? m'a demandé Vivian.

– Je ne sais pas. Il faudra que je parle à Miss Emma.

– Tu l'as vue?

– Elle est couchée.

Vivian s'est tue un instant.

– La maison où il y a toutes ces voitures, c'est la sienne?

– Oui.

– J'ai voulu m'arrêter, mais je ne savais pas si je devais.

– Tu pourras y passer avant de partir.

– Tu crois que je devrais? a-t-elle demandé.

– J'aimerais que tu y ailles.

– C'est le bon moment, tu penses?

– Oui, je crois.

– Je ne veux pas déranger.

– Tu ne dérangeras pas.

– Je voudrais qu'elles m'acceptent.

– Elles t'accepteront. Il faudra bien.

– Je ne veux pas que ce soit une obligation.

– Je vais vivre ma propre vie, Vivian, et j'espère que tu en feras partie. Si ça leur plaît, tant mieux; sinon, tant pis.

Vivian se taisait. Nous nous tenions par la main, couchés près l'un de l'autre, tout habillés.

Au bout d'un quart d'heure, vingt minutes, nous nous sommes levés et nous avons pris nos manteaux; Vivian a remis ses caoutchoucs. Sa voiture était rangée derrière la mienne devant la maison. Je lui ai dit que nous reviendrions la chercher plus tard, et je lui ai conseillé de marcher dans mes pas pour que ses galoches ne soient pas boueuses. Nous avons entendu les gens dans la maison en montant sur la galerie. Ils étaient plus nombreux à présent, et nous avons dû jouer des coudes pour parvenir au lit.

– Je vous ai amené quelqu'un, Miss Emma, ai-je dit.

Vivian s'est rapprochée du lit, et le visage de Miss Emma a montré qu'elle se souvenait d'elle. Vivian s'est penchée et lui a murmuré quelque chose, et comme elle se redressait, les yeux de Miss Emma l'ont suivie. J'ai vu dans ses yeux qu'elle était contente de ce que Vivian lui avait dit.

J'ai présenté Vivian à d'autres personnes dans la pièce, puis nous sommes allés dans la cuisine. Tante Lou était au fourneau, elle versait de l'eau chaude sur le café moulu tout en parlant avec madame Sarah James. Madame Sarah m'a salué, et ma tante s'est retournée et a vu Vivian.

– Miss Louise, a dit Vivian.

– Miss, a répondu Tante Lou, très poliment.

Elle savait vraiment être polie avec ceux qui, selon elle, représentaient un danger pour son petit monde. Elle ne voulait pas me regarder.

Irene Cole est entrée dans la cuisine, et elle a jeté le même regard à Vivian – poli mais froid. Je lui ai présenté Vivian. Vivian lui a fait un signe de tête et souri. Irene a aussi hoché la tête, mais sans lui sourire.

– Je peux vous servir une tasse de café? a-t-elle demandé.

– Oui, merci, a répondu Vivian.

Je savais que Vivian n'avait pas envie de café, mais il aurait paru impoli de refuser.

Avec sa tasse de café, Vivian est retournée avec moi dans la pièce de devant. Inez m'a dit que Miss Emma voulait me parler avant que je parte. Je me suis rapproché du lit. Miss Emma m'a fait signe de m'asseoir. Les personnes qui l'entouraient se sont écartées pour que nous puissions parler en privé. Miss Emma a levé les yeux vers moi ; j'espérais qu'elle n'allait pas recommencer à pleurer. Je me sentais déjà très mal à l'aise d'être là.

– Je ne sais pas quand je pourrai retourner là-bas, a-t-elle dit.

Elle parlait lentement, doucement, à peine plus haut qu'un murmure. Ce n'était pas pour empêcher les autres de l'entendre, mais elle avait tant pleuré qu'elle ne pouvait pas parler plus fort.

– C'est entre tes mains, disait-elle. Et celles du révérend Mose. J'espère – oh, j'espère – que vous travaillerez ensemble.

J'ai détourné mon attention d'elle un moment, mais quand je l'ai regardée de nouveau, j'ai vu que ses yeux n'avaient pas changé. Je lui ai promis d'essayer, et je me suis levé pour chercher Vivian. Elle était debout avec un de mes élèves près de la porte de la cuisine. Vivian hochait la tête et souriait.

– C'est votre bonne amie, monsieur Wiggins ? a demandé le garçon quand je les ai rejoints.

– Oui, ai-je répondu. Tu n'essaies pas de me la voler, hein ?

– Monsieur ? a-t-il fait, étonné. Non, monsieur. Elle est trop vieille pour moi.

Vivian a ri.

– Tu es bientôt prête ? lui ai-je demandé.

Elle a emporté sa tasse vide dans la cuisine, et quand elle est revenue dans la pièce de devant, elle est allée vers le lit pour prendre congé de Miss Emma. J'ai vu Miss Emma la suivre des yeux tandis qu'elle me rejoignait.

– J'ai besoin de boire un coup, ai-je dit, quand nous nous sommes retrouvés dehors. Tu n'as rien dans ta voiture, par hasard ?

– Non.

– Quelle heure est-il ? ai-je demandé.

– Sept heures et demie, huit heures moins le quart, a répondu Vivian sans regarder sa montre.

– Il est encore tôt. Je vais te suivre en ville.

– Il n'y a rien de plus près ?

– Non, à moins d'aller dans la salle de derrière à l'épicerie. Tu sais que je ne peux pas.

Il faisait sombre après avoir quitté la cour, et on a marché l'un derrière l'autre, près du fossé, jusqu'aux voitures. J'ai ouvert la portière, Vivian est montée et elle a baissé la vitre.

– A tout à l'heure au Rainbow, ai-je dit en l'embrassant.

Je lui ai montré un bon endroit où tourner, puis j'ai pris ma voiture et j'ai suivi ses feux arrière jusqu'à la sortie des quartiers.

Vingt minutes plus tard, nous étions assis à une table au Rainbow Club à Bayonne. J'ai commandé du brandy, le grand jeu, et Shirley nous a apporté une petite bouteille de Christian Brothers, une carafe d'eau, un bol de glace, et quatre verres. Nous buvions le brandy sec dans les deux premiers, puis nous prenions de l'eau glacée dans les autres.

– Je crois qu'Irene est amoureuse de toi, a brusquement sorti Vivian, comme si elle avait gardé ça pour elle un moment.

– Ma tante aussi.

– D'une autre manière.

– Je peux te citer une douzaine de filles plus jeunes qu'Irene, et à peu près autant de l'âge de ma tante, qui sont amoureuses de moi. Mais je n'aime qu'une femme.

– Tu ne crois pas qu'elle t'aime ? a demandé Vivian d'un ton grave.

– Oh si, sûrement !

– Je parle sérieusement, je ne plaisante pas.

– Moi aussi je parle sérieusement.

J'avais bu une bonne dose de brandy, et je commençais à me sentir beaucoup mieux.

– Irene m'aime. Ma tante m'aime. Les autres m'aiment aussi, et elles ne veulent pas qu'une étrangère vienne m'arracher à elles. Elles me veulent pour elles toutes seules. Ce n'est pas comme ça partout ?

– J'ignore comment c'est partout.

– Mais si, tu sais. C'est toujours la même histoire. Les gens veulent garder le garçon de chez eux, ils sont si démunis.

– Je ne parle pas des gens, a dit Vivian. Je parle d'Irene, avec ses grands yeux bruns énamourés.

– Ses grands yeux bruns énamourés ?

– Tu sais de quoi je parle, a dit Vivian.

– Ne me dis pas que tu es jalouse de cette gamine.

– Alors ?

– Alors quoi ?

– Est-ce qu'elle est amoureuse de toi ?

– Eh bien, que le diable m'emporte ! ai-je fait.

J'avais repris un bon coup de brandy.

– Alors ?

– Tu ne comprends toujours pas, hein ?

– Je comprends très bien les jeunes filles, a dit Vivian. Pas toi ?

– Je comprends les jeunes filles, et les vieilles dames aussi. Et à propos, qu'est-ce que tu as dit à Miss Emma pour qu'elle te regarde comme elle l'a fait ?

– Que je priais pour elle et pour lui, a répondu Vivian.

– Tu ne pouvais pas trouver mieux.

– Revenons à Irene, a dit Vivian. C'est d'elle qu'on parle.

– Irene et ma tante veulent de moi ce que Miss Emma veut de Jefferson. Je ne sais pas si Miss Emma a jamais eu dans son passé quelqu'un dont elle ait pu être fière. C'est possible – mais peut-être pas. Mais elle veut ça maintenant, et elle le veut de lui. Irene et ma tante le veulent de moi. Miss Emma sait que l'État de Louisiane est sur le point de lui ôter la vie, mais avant que ça se produise, elle veut de lui une chose dont elle pourra se souvenir plus tard. Irene et ma tante savent toutes les deux qu'un jour je les quitterai, mais elles ne vont pas me laisser partir sans se battre. C'est la même chose, exactement la même chose. Miss Emma a besoin d'un souvenir. Tu sais ce qu'elle m'a dit quand je me suis assis sur le lit ? Que le révérend Ambrose et moi nous devrions nous entendre, et ensemble – ensemble – essayer de toucher Jefferson. Pourquoi pas le révérend Ambrose tout seul ? Pourquoi ne pas s'occuper seulement de son âme ? Non, elle veut des souvenirs, des souvenirs de lui se comportant en homme. Oh, elle va bientôt rencontrer son créateur, et elle le sait. Mais elle veut des souvenirs, ne serait-ce que pour un jour, une heure, ici sur la terre. Tu comprends ?

– Non, a répondu Vivian.

Elle ne buvait plus.

– Laisse-moi t'expliquer, laisse-moi voir si je peux t'expliquer.

Le brandy faisait vraiment son effet à présent.

– Nous, les hommes noirs, nous avons échoué à protéger nos femmes depuis l'époque de l'esclavage. Nous restons ici dans le Sud et nous sommes brisés, ou nous nous sauvons en les laissant seules pour s'occuper d'elles-mêmes et des enfants. Aussi, chaque fois qu'un garçon naît, ils espèrent que ce sera lui qui brisera le cercle vicieux – mais il ne le fait jamais. Parce que même s'il veut le briser, s'il tente de le faire, le fardeau est trop lourd, à cause de tous ceux qui se sont enfuis en laissant le leur. Alors lui aussi doit s'enfuir s'il veut conserver sa raison et mener sa propre vie. Je vois à ton visage que tu n'es pas d'accord, alors j'essaie encore une fois. Ce qu'elle veut, c'est que lui, Jefferson, et moi, nous changions tout ce qui s'est passé depuis trois cents ans. Elle veut que ça se produise, parce que si jamais elle sort de son lit, elle pourra aller dans la petite église des quartiers déclarer fièrement : « Vous voyez, je vous l'avais dit. Je vous avais dit que c'était un homme. » Et si elle meurt une heure après, très bien ; mais ce qu'elle veut entendre d'abord, c'est qu'il n'a pas rampé devant ce Blanc, qu'il s'est tenu debout au dernier moment et qu'il a marché. Parce que s'il ne le fait pas, elle sait qu'elle n'aura plus jamais l'occasion de voir un homme noir marcher la tête haute pour elle.

« Et pour ma tante et Irene, c'est pareil. Elle a qui d'autre que moi, ma tante ? Elle ne s'est jamais mariée. Elle a élevé ma mère parce que ma grand-mère, sa sœur, lui a donné ma mère quand elle était encore bébé pour suivre un homme que le Sud avait fait fuir. Exactement comme ma mère et mon père m'ont laissé avec elle pour de plus verts pâturages. Et pour Irene et d'autres dans ces quartiers, c'est la même chose. Ils regardent leurs pères, leurs grands-pères, leurs oncles, leurs frères – ce sont tous des hommes brisés. Ils me voient ; et moi, qui ai grandi sur cette plantation, je peux leur apprendre à lire, à écrire et à compter. Je peux leur donner quelque chose que ni un mari, ni un père, ni un grand-père ne leur a jamais donné, alors ils veulent me retenir aussi longtemps que possible. Sans se rendre compte qu'en s'accrochant à moi, ils vont me briser aussi. Que pour que je sois ce qu'ils croient, ce qu'ils veulent, je dois m'enfuir comme les autres l'ont fait dans le passé. (J'ai bu une gorgée.) Tu vois maintenant ? Tu vois ?

– Ce cercle ne sera jamais rompu ?

J'ai bu un peu d'eau glacée pour chasser le brandy.

– Ça dépend de Jefferson, mon amour.

22

Quand je suis entré dans le bureau, Paul m'a regardé bien en face. Il savait qu'il n'était pas nécessaire de me fouiller et d'examiner les provisions que j'apportais, mais il savait qu'il devait le faire. Il savait aussi qu'il n'aurait même pas dû songer à y déroger. C'était son devoir comme de porter l'uniforme ou de garder les clefs des cellules. Mais on voyait dans ses yeux qu'il se demandait pourquoi. Même pendant qu'il me fouillait sans me regarder, je sentais à la façon légère dont il touchait mes poches qu'il n'en avait pas envie. Et avec les provisions, pareil. L'adjoint-chef, assis derrière le bureau, surveillait la scène. Pour lui, c'était comme ça que les choses étaient censées se passer, et c'est ainsi qu'elles se passeraient.

Paul et moi avons quitté le bureau et marché le long du couloir sombre et étroit.

– Où aimerais-tu le rencontrer ? a-t-il demandé.

– Dans sa cellule. Ça m'est égal.

– Tu veux que je reste dans les parages ?

– Non, je ne crois pas.

– Ça pourrait être différent maintenant, a dit Paul.

– Ça ira. Comment va-t-il ?

– Il le prend plutôt bien.

– Aucun changement ?

– Je n'ai rien remarqué.

Nous arrivions à la porte d'acier du quartier cellulaire.

– Tu es sûr de vouloir être seul? a redemandé Paul. Tu es le premier visiteur depuis qu'il a appris la nouvelle.

– Je suis sûr que je vais me débrouiller.

– Si tu le dis.

Il a ouvert la porte d'acier. Pour la première fois, les prisonniers ne m'ont pas appelé et n'ont pas sorti les mains à travers les barreaux à mon passage. Certains m'ont parlé doucement, d'autres se sont contentés de me saluer de la tête, mais tous étaient attentifs. Paul et moi avons gagné la dernière cellule. Jefferson était couché sur le dos, il fixait le plafond. Paul m'a jeté un nouveau coup d'œil. Je lui ai fait un signe de tête pour lui indiquer que je n'avais pas peur et que je voulais être seul avec Jefferson. L'adjoint a ouvert la porte de la cellule et m'a fait entrer, puis il l'a fermée à clef et il est parti.

– Comment vas-tu, Jefferson ?

– Ça va.

– Je t'ai apporté à manger.

Son corps occupait toute la couchette, alors j'ai posé le sac de nourriture sur le sol près de sa tête. Je suis allé vers le mur et je suis resté sous la fenêtre.

– Tu as besoin de quelque chose, Jefferson ?

Il a secoué la tête.

– Tu veux parler de quelque chose ?

Il a encore secoué la tête. Puis il est resté allongé à fixer le plafond pendant que je l'observais.

– Quel jour on est ? a-t-il demandé sans me regarder.

– Vendredi, Jefferson, ai-je répondu.

– Vendredi, a-t-il répété pour lui-même. Vendredi.

Il a gardé le silence un moment, puis il a lentement laissé glisser ses pieds sur le sol pour s'asseoir sur la couchette.

– Ça a l'air joli dehors, a-t-il dit, en regardant par la fenêtre.

– Oui, c'est une belle journée, ai-je répondu. Pas un nuage. Le ciel est tout bleu.

– Vous croyez que ce s'ra comme ça ce jour-là ?

Je ne lui ai pas répondu. Il avait regardé par la fenêtre en parlant. A présent il se tournait vers moi.

– J'espère que c'est le genre de jour que tu veux, Jefferson.

– Le genre de jour que j'veux ? Le genre de jour que j'veux ? J'ai jamais rien eu de c'que je voulais toute ma vie. Maintenant j'aurais un jour entier ?

Je ne savais pas quoi dire. Il m'a regardé un moment, puis il s'est retourné vers la fenêtre.

– Tu aimes les fruits, Jefferson ? lui ai-je demandé. Je pourrais te cueillir des fruits – et des noix de pécan. De la glace ? Des illustrés ? Des choses comme ça.

– J'veux un grand seau de glace, a-t-il dit, toujours en regardant par la fenêtre.

J'ai vu un léger sourire apparaître sur son visage, et ce n'était pas un sourire amer. Pas du tout amer.

– Un plein seau de glace à la vanille. J'la mangerai avec une louche. Mon dernier repas. Un plein seau de glace. (De nouveau il m'a regardé.) J'ai jamais eu mon content d'glace. J'ai eu que des p'tits cornets. J'courais dans les quartiers donner mon *nickel* au glacier, et il me donnait une boule de glace. Mais maintenant j'vais en prendre un plein seau. C'est ça que j'veux – un plein seau. J'la mangerai avec une louche.

– Je peux t'apporter de la glace n'importe quand, Jefferson, ai-je dit.

– J'vais attendre, J'vais attendre. J'en veux un plein seau. J'la mangerai avec une louche. J'vais tout manger, avec une louche.

Il souriait. Il souriait à présent parce qu'il avait quelque chose d'agréable en perspective, même si c'était pour le dernier jour. Et il attendrait jusqu'au dernier moment.

– Tu veux des nouvelles des quartiers ? lui ai-je demandé. Stella a eu son bébé.

Il me regardait, mais pas comme avant, avec douleur

et haine. Il me regardait avec un calme intérieur. Était-ce à cause de la glace ?

– Il ressemble à Gable ? a-t-il demandé.

– Les petits bébés, on ne sait jamais trop à qui ils ressemblent.

– Ce vieux Gable, a-t-il dit, en souriant pour lui-même. Il a eu un bébé ! Il a eu un bébé !

Puis j'ai vu son visage changer. Il ne souriait plus, il fixait le mur.

– On d'vait aller à la chasse ce jour-là.

Il avait oublié la glace à présent. Il se rappelait le jour où il avait eu l'intention d'aller dans le marais avec Gable, mais au lieu de cela s'était retrouvé avec Brother et Bear chez le marchand de vins.

– Inez donne toujours ses fêtes en haut des quartiers, ai-je dit, essayant de le ramener à son humeur précédente. Mais pas de musique. Ni de danse. Elle appelle ça pécher. Si on veut de la musique à une fête, il faut aller chez Willie Aaron. Willie a toujours cette pile de vieux blues mélancoliques – Tampa Red, Mercy Dee – tu sais, tous ceux-là.

Il ne m'écoutait plus à présent. Il semblait penser à sa partie de chasse avec Gable.

– Je viens d'avoir une idée, lui ai-je dit. Si je t'apportais une petite radio ? Tu pourrais avoir de la musique tout le temps. Tu pourrais écouter *Randy's Record Shop* tard le soir.

– Randy est toujours là ? a-t-il demandé, en regardant le mur, pas moi.

– Oui, il est toujours là. Je l'écoutais l'autre soir. Il faut que je mette la radio très bas pour que Tante Lou ne l'entende pas. Les vieilles personnes, tu sais – toutes les musiques, à part la musique d'église, c'est du péché. Alors je le mets si bas que le l'entends à peine moi-même.

J'ai ri pour le faire rire. Mais il n'a pas ri.

– Tu veux que je t'apporte une petite radio la prochaine fois que je viens ? lui ai-je demandé.

– Ouais, a-t-il fait en hochant la tête.

– Chez Edwin il y a des petites Philco. Pas trop grosses, ai-je ajouté en lui montrant de mes mains la taille approximative de la radio. Tu en voudrais une comme ça?

Il a hoché la tête.

– Dommage que je n'aie pas l'argent sur moi, ai-je dit. J'irais la chercher tout de suite.

– Vous en faites pas.

Il n'avait pas l'air de croire que je voulais vraiment la lui acheter.

– Je l'achèterai demain. Je leur dirai de te l'apporter, comme ça tu auras de la musique pendant le week-end.

Il n'avait plus rien à dire. Il restait assis là, sans regarder par la fenêtre à présent, mais les yeux au sol, comme s'il avait oublié la radio, la glace, Gable – tout.

J'avais envie de partir tout de suite chercher l'argent à la maison pour acheter la radio, mais j'avais peur que le shérif et ses adjoints interprètent mal mes raisons de partir si tôt. J'étais sûr qu'ils accordaient encore plus d'attention à chaque détail à présent, et ils n'auraient pas compris pourquoi je partais plus tôt que d'habitude. Alors je suis simplement resté planté là jusqu'à ce que l'adjoint me fasse sortir. Paul a voulu savoir comment ça s'était passé entre Jefferson et moi, et je lui ai répondu mieux que jamais. Il m'a regardé comme s'il pensait que j'inventais, mais j'ai lu sur son visage qu'il avait envie de me croire. Je lui ai dit que j'avais promis une radio à Jefferson et que j'allais chez moi chercher de l'argent pour l'acheter. Je la prendrais aux magasins Edwin et ensuite je la laisserais à la prison pour que l'un d'eux l'apporte à Jefferson, et qu'il ait de la musique pendant le week-end. Paul a trouvé que c'était une bonne idée, il m'a promis de la donner à Jefferson lui-même.

Je ne suis pas rentré chez moi. J'ai pensé que je pouvais emprunter l'argent à Vivian, alors je suis allé dans les faubourgs au Rainbow Club, pour attendre qu'elle sorte de l'école. Le bar était plongé dans la pénombre comme d'habitude, avec les deux ou trois vieux habitués qui parlaient plus qu'ils ne buvaient, et Clairborne derrière le bar, qui bavardait avec eux. J'ai commandé une bière et j'ai parlé à Clairborne de la radio. Il m'a offert la bière, et il est allé au bout du bar voir ses clients, puis il est revenu avec deux ou trois billets d'un dollar et un peu de monnaie. Il a sorti cinq dollars d'un vieux portefeuille en cuir qui autrefois était marron clair mais qui au cours des années, à force d'entrer et de sortir de la poche arrière de Clairborne, était devenu presque noir.

– Merci, ai-je dit. Je te le rendrai ce week-end.

Le muscle de sa joue gauche a un peu bougé pour montrer qu'il avait souri. Puis il a indiqué le mur du menton pour me faire comprendre que je devrais aller voir de l'autre côté ce que je pourrais récolter. Aussi, après avoir fini ma bière, j'ai passé la porte qui donnait dans le restaurant. C'était beaucoup plus éclairé que le bar, plus chaud, et on sentait l'odeur qui venait de la cuisine. Un homme et une femme mangeaient à l'une des tables, un client assis au comptoir mangeait seul, et Thelma était derrière le comptoir, près de la caisse.

– Tiens, tiens, regardez un peu qui nous arrive ! a-t-elle fait.

J'étais allé assez souvent au Rainbow Club ces temps-ci, mais je n'avais pas mangé dans son restaurant.

J'ai parlé à Thelma de la radio, et je lui ai dit que Clairborne avait donné quelque chose. Elle a écouté patiemment, et j'ai vu l'expression de son visage passer de la patience à la tristesse et à la colère. Elle a serré les lèvres et jeté un coup d'œil à ses trois clients dans la salle, puis elle m'a de nouveau regardé. La colère avait disparu.

– T'as faim ? m'a-t-elle demandé, d'un ton ferme mais affectueux aussi.

– Non, j'ai mangé avant de venir.

Elle ne m'a pas cru.

– J'ai du bœuf à l'étouffée, a-t-elle dit. Des crevettes. Du poulet.

– Je n'ai pas faim.

– Tu veux l'acheter maintenant, cette radio ?

– Oui, cet après-midi.

– Combien elles coûtent ?

– Dans les vingt dollars.

– Mange un morceau. Je vais trouver le reste.

Elle est allée dans sa cuisine et m'a servi du bœuf avec du riz et des petits pois, et elle a ajouté un petite salade de tomate et de laitue, et deux tranches de pain blanc.

– Combien il te manque ? m'a-t-elle demandé, après avoir posé les assiettes devant moi.

– Une dizaine de dollars. Mais écoute, Thelma, je peux en emprunter un peu à Vivian.

– Vivian a ses enfants. Je peux te les passer.

– Je les rapporterai demain.

– Y a pas le feu.

J'ai mangé avec appétit parce que je n'avais pas déjeuné, et j'ai saucé le jus avec le pain. Thelma ne me quittait pas des yeux. Quand j'ai eu fini, elle a posé un billet de dix dollars tout froissé sur le comptoir à côté de mon assiette.

– Tiens.

C'était la sorte de « tiens » que votre mère, votre grande sœur, votre grand-tante ou votre grand-mère aurait dit. C'était la sorte de « tiens » qui vous disait que c'était de l'argent durement gagné mais aussi que vous en aviez plus besoin qu'elle – la sorte de « tiens » qui disait qu'elle aurait bien voulu que vous l'ayez sans devoir le lui emprunter, mais puisque vous ne l'aviez pas, et elle si, c'était « tiens », avec une sorte d'affection. Et ce « tiens » posait la question : quand tout cela va-t-il prendre fin ? Quand un homme cessera-t-il d'avoir à lutter pour obtenir l'argent dont il a besoin ? Quand un homme pourra-t-il vivre sans avoir à en tuer d'autres ?

J'ai pris l'argent sans la regarder. Je n'ai pas dit merci. Je savais qu'elle ne voulait pas l'entendre.

Je suis sorti, je suis remonté dans ma voiture et je suis retourné en ville. Edwin n'était pas le meilleur magasin de Bayonne, mais c'était l'endroit où la plupart des gens achetaient ce qu'il leur fallait. Ceux qui avaient de l'argent allaient aux magasins Morgan, ou bien à Baton Rouge ou à La Nouvelle-Orléans. Quand on entrait dans le magasin, on voyait des vêtements, à gauche pour les femmes et à droite pour les hommes, présentés avec soin.

Il n'y avait pas d'autres clients, et une seule vendeuse, qui ne me manifestait pas beaucoup d'intérêt. Je suis allé au fond du magasin, en passant le rayon des meubles, avec ses fauteuils, ses canapés, ses lits, ses armoires et ses commodes, puis les réfrigérateurs et les glacières, les cuisinières à gaz et à bois, les machines à laver. Ensuite il y avait le matériel de jardin – des binettes, des râteaux, des pelles, des manches de hache, des tondeuses, des scies mécaniques, des couteaux à canne. Et tout au fond se trouvaient les radios et les appareils ménagers, sur des étagères contre le mur. J'ai vu la petite radio que j'avais en tête, et je l'ai descendue de l'étagère pour la regarder de plus près et la soupeser. Puis je l'ai reposée sur l'étagère et j'ai tourné le bouton, et après avoir chauffé quelques secondes elle s'est mise à jouer. J'ai déplacé l'aiguille sur le cadran pour chercher une autre station. Je n'en trouvais que trois, deux à Baton Rouge et une à La Nouvelle-Orléans. Mais c'était normal à cette heure de la journée. Le soir on pouvait en capter d'autres. La plus distante à l'ouest était Del Rio, au Texas, et à l'est c'était Nashville. J'écoutais l'une des stations de Baton Rouge quand la vendeuse est arrivée derrière moi.

– Vous allez acheter ça ?

Je me suis retourné pour regarder la petite femme blanche, boulotte, le visage poudré.

– Oui, madame.

Son expression a changé, mais à peine.

– C'est combien ? ai-je demandé.

– Vingt dollars, plus la taxe.

– Vous en avez une dans un carton ?

– Celle-ci est toute neuve.

Son expression s'était durcie de nouveau.

– C'est un cadeau, ai-je dit. J'en voudrais une dans un carton.

– Je peux mettre celle-ci dans une boîte.

– Non, madame, j'en veux une flambant neuve, ai-je répondu. Si vous en avez une.

– Celle-ci je vous la compte un dollar de moins.

– J'en préfère une toute neuve, s'il vous plaît, madame.

Elle a éteint la radio d'un geste brusque et s'est éloignée. Elle est restée absente un bon quart d'heure. J'étais sûr qu'il ne lui fallait pas tout ce temps pour en trouver une autre, mais parce que j'avais refusé de prendre celle qui avait déjà servi, et qu'elle était tout à fait certaine que je n'en trouverais nulle part ailleurs à Bayonne, elle savait que je n'avais pas le choix, il fallait que j'attende son retour.

– Flambant neuve, a-t-elle dit derrière moi. Elle a même pas été déballée.

– Est-ce qu'elle a des piles ? lui ai-je demandé.

– Elle est prête à fonctionner, a-t-elle répliqué. Vous la voulez ?

– Oui, madame.

Elle a commencé à se diriger vers la caisse, mais juste à ce moment une autre Blanche est entrée dans le magasin. L'employée a posé le poste près de la caisse et elle est allée voir ce que la femme voulait. L'autre n'achetait rien ; elle voulait simplement parler. Alors elles sont restées à bavarder une dizaine de minutes avant que la vendeuse revienne me servir. Après avoir enregistré la vente, elle m'a demandé si j'avais besoin d'un sac. Mais à son ton j'ai compris qu'elle ne tenait pas à m'en donner un. Non, merci, lui ai-je dit, et après avoir payé, j'ai fourré le petit poste sous mon bras et je suis sorti.

Le tribunal était à droite, de l'autre côté de la rue. Je suis passé entre les voitures garées à côté de la statue du soldat confédéré et des drapeaux de Louisiane, de la nation et des États du Sud. Paul et le shérif Guidry étaient dans le bureau. Paul a vu le paquet sous mon bras, et j'ai compris qu'il était content que je n'aie pas oublié. Le shérif a levé les yeux vers moi de son bureau.

– Alors, professeur, c'est la radio ?

– Oui, monsieur. J'espère que ça ne vous dérange pas.

– Non, ça ne me dérange pas cette fois, a-t-il dit. Mais à partir d'aujourd'hui, demande la permission avant d'apporter quoi que ce soit ici.

– J'en ai parlé à l'adjoint.

– L'adjoint peut pas te donner la permission d'apporter des choses ici. C'est moi qui accorde les permissions.

Je me suis tu.

– Laisse-la, a dit le shérif. Je veillerai à ce qu'on lui donne. Y a des piles, j'espère.

– Oui, monsieur, y a des piles.

J'avais failli dire : « Il y a des piles. »

– Comment ça s'est passé aujourd'hui ? a-t-il demandé.

– Bien, ai-je répondu.

Le shérif a hoché la tête.

– Je vais la lui faire porter.

– Merci, monsieur.

J'ai regardé Paul. Il a hoché la tête et souri. Il aurait sans doute dit un mot encourageant si le shérif n'avait pas été là.

J'ai regagné ma voiture et je suis retourné au Rainbow, espérant que Vivian y serait et que nous prendrions un verre et resterions tranquillement dans la pénombre, seuls tous les deux.

23

Miss Emma se sentait suffisamment d'aplomb le lundi pour accompagner ma tante et le révérend Ambrose à la prison. Après la fouille habituelle, Paul les a conduits au parloir, puis il est allé chercher Jefferson dans sa cellule. Il a demandé s'il pouvait prendre la radio. L'adjoint a dit non. Jefferson a refusé de venir.

J'ai appris plus tard que Jefferson n'avait pas éteint la radio depuis que Paul la lui avait apportée le vendredi soir. Les autres prisonniers l'entendaient à toute heure du jour et de la nuit. Personne d'autre n'avait de poste, et les prisonniers auraient bien voulu qu'il la mette plus fort, mais personne n'osait rien lui demander. Ceux qui étaient le plus près de sa cellule entendaient faiblement la musique, mais les plus éloignés n'entendaient que les parasites, même s'il cherchait, jour et nuit, des stations plus puissantes.

– Tu veux que je les amène ici? a demandé Paul à Jefferson.

Il a continué à écouter la radio sans répondre.

L'adjoint est retourné au parloir informer Miss Emma de ce qui s'était passé. Elle avait déjà mis la table, et elle, ma tante et le révérend Ambrose s'étaient installés en laissant une place pour Jefferson. Le repas, du ragoût de bœuf et des pommes de terre, était encore dans la cocotte, couvert. Une cuillère à soupe et une serviette en papier étaient posées à côté de chaque écuelle, sur une nappe blanche.

– Une radio ? a demandé Miss Emma à Paul.

– Grant lui a acheté un poste.

– Quand ?

– Vendredi dernier.

– Ça veut dire qu'il vient pas ?

– C'est ce qu'il a dit, a répété l'adjoint.

Miss Emma restait assise, le regard fixé sur la place que Jefferson aurait dû occuper, puis elle a levé les yeux vers Paul.

– On peut aller le voir ? a-t-elle demandé.

– Bien sûr. Mais ça va être inconfortable d'essayer de manger dans ces écuelles sans vous asseoir.

– Ça nous est égal, a dit Miss Emma, en se relevant avec effort.

Ma tante l'a aidée à tout rassembler, puis tous les trois ils ont suivi l'adjoint jusqu'à la cellule. Jefferson était allongé sur sa couchette, il écoutait de la musique à la radio.

Trois quarts d'heure plus tard, quand Paul est revenu, il a trouvé la radio éteinte et Jefferson couché sur le côté, face au mur, le dos tourné vers les autres. L'adjoint a ouvert la porte pour les laisser sortir, et Jefferson s'est retourné pour rallumer le poste. Paul a informé Miss Emma que le shérif voulait la voir.

Le shérif était assis derrière son bureau. Il y avait deux chaises vides, mais il n'a proposé à personne de s'asseoir.

– Il vous donne du fil à retordre là-haut ? a demandé le shérif à Miss Emma.

– Non, monsieur.

– J'ai dit depuis le début que je voulais pas d'ennuis. Si cette radio cause des ennuis, je la lui prends.

– Elle cause pas d'ennuis, a dit Miss Emma.

– Il n'est pas venu au parloir.

– On est allés le voir. On s'est débrouillés.

– En restant debout ?

– Oui, monsieur. Ça nous était égal.

– Avant ça vous était pas égal. C'est pour ça que vous êtes allés embêter ma femme.

– Oui, monsieur, a répondu Miss Emma.

– Écoutez, a dit le shérif, en tendant le doigt pardessus le bureau. Il n'a pas beaucoup de temps. Je ne veux pas d'ennuis. Vous devez travailler ensemble – avec l'instituteur.

– On va travailler ensemble, a dit Miss Emma. Je parlerai à Grant à mon retour.

– Et vous, révérend ? a demandé le shérif.

– C'est mon devoir d'assister sœur Emma.

– Et Jefferson ? a demandé le shérif. Et son âme ?

Selon Paul, qui m'a raconté la conversation plus tard, le révérend Ambrose a baissé les yeux et n'a pas répondu.

– Bon, a conclu le shérif. Vous vous y prenez comme vous voulez. Au moindre problème, je confisque la radio ou j'arrête les visites.

Le révérend Ambrose est retourné dans les quartiers entre deux heures et demie et trois heures, et quand j'ai libéré mes classes, un des garçons est revenu me dire que ma tante voulait me voir chez Miss Emma avant que je rentre à la maison. Ils étaient assis tous les trois autour de la table de la cuisine quand je suis entré. Ils avaient déjà fini leur café. Les tasses étaient encore sur la table, mais vides.

– Tu sais ce que t'as fait ? m'a demandé ma tante.

Je me rendais compte à son expression et au son de sa voix qu'elle était en colère.

– Qu'est-ce que j'ai fait ?

– Pourquoi ?

– Pourquoi quoi, tante Lou ?

– Cette radio ! Cette radio !

– Qu'est-ce que vous lui reprochez, à cette radio ?

– Qu'est-ce qu'on lui reproche ? s'est écrié le révérend Ambrose. Qu'est-ce qu'on lui reproche ? Il ne fait que ça, écouter cette radio, voilà ce qu'on lui reproche.

– Et quel mal y a-t-il à ça ?

– Il n'a pas eu le temps de venir s'asseoir avec nous aujourd'hui, voilà quel mal il y a, a répondu le pasteur. Il n'a de temps pour rien d'autre, voilà quel mal il y a.

– Jefferson a besoin de quelque chose dans sa cellule, ai-je dit.

– Oui, c'est vrai, a répliqué le pasteur. A qui le dis-tu, jeune homme ? Oui, c'est vrai. Mais pas cette boîte.

– Et vous suggérez quoi, révérend Ambrose ? ai-je demandé.

– Dieu, a dit le pasteur. Il n'a plus que cinq vendredis et demi. Il a besoin de Dieu dans sa cellule, pas de cette boîte à péchés.

– Quelle boîte à péchés ?

– Comment tu appelles la sorte de musique qu'il écoute ? a demandé le pasteur. Nous, on était debout là, on essayait de lui parler, et lui il écoutait ça. A la fin elle a dû tendre la main et l'éteindre – comment tu appelles ça ?

– J'appelle ça de la compagnie, révérend Ambrose.

– Et moi j'appelle ça de la compagnie honteuse !

– Je me moque de la façon dont vous l'appellez !

– Grant ! a fait ma tante.

Je voyais qu'elle était de plus en plus en colère contre moi. Elle s'est levée de sa chaise.

– Tu ne parles pas de la sorte. Jamais !

– Louise, lui a dit Miss Emma. Louise ?

– Je t'ai pas élevé de cette façon, ma tante a dit en s'avançant vers moi.

– Seigneur, je vous en prie. Seigneur – Non !

Miss Emma s'est levée péniblement de sa chaise.

Ma tante s'est arrêtée à un ou deux pas de moi, mais il était clair qu'elle avait envie de me gifler.

– Il faut qu'on mette les choses au point ici, ai-je dit. Et tout de suite. Je ne sais rien de Dieu ni du péché. Ce que je sais c'est que…

– Seigneur Dieu ! s'est écrié le pasteur en me regardant comme si j'étais le diable en personne. Écoutez le maître de nos enfants.

– Vendredi dernier, ai-je poursuivi, a été la première fois, la toute première fois, où Jefferson m'a regardé sans haine, sans m'accuser de l'avoir mis dans cette cellule. Vendredi dernier a été le premier jour où il m'ait posé une question ou répondu sans me reprocher son tourment. Je ne sais pas si vous comprenez de quoi je parle. On dirait que non. Mais pour la première fois, j'ai trouvé une manière de le toucher. Il a besoin de cette radio, et il la veut. Il veut un seau de glace pour son dernier repas – est-ce qu'il vous l'a dit ? Vous a-t-il dit qu'il n'a jamais mangé assez de glace ? Vous a-t-il dit qu'il n'a jamais possédé de radio ? Vous a-t-il rien dit de tout ça ? Il veut ces choses avant de mourir. Il n'a plus qu'un mois à vivre. Et tout ce que j'essaie de faire, c'est de lui donner autant de réconfort que je peux.

– Et après cette radio et cette glace, qu'est-ce qu'il advient de son âme, mon petit monsieur ? m'a demandé ma tante.

– Je ne sais rien de l'âme, ai-je répondu.

– Si, tu sais.

Elle a serré les lèvres. Elle avait envie de pleurer. Et de me gifler. Pas seulement pour ce moment, mais pour toutes les années où j'avais refusé d'aller à son église.

– Si, tu sais, a-t-elle répété en secouant la tête. Parce que je t'ai mieux élevé que ça.

– Mais tu m'as envoyé à lui, Tante Lou. Et j'essaie seulement de l'atteindre du mieux que je peux.

– En le dressant contre Dieu ?

– Tante Lou, cette radio n'a rien à voir avec le fait de le dresser contre Dieu. Elle est là pour l'aider à ne pas penser à la mort. Il est enfermé dans cette cage comme un animal ; et à quoi peut-il penser, sinon à ce dernier jour, à cette dernière heure ? Cette radio rend son épreuve moins douloureuse. Maintenant, si vous n'en voulez pas, allez la lui prendre. Mais je n'y retournerai plus.

– Nous devons en passer par ta volonté, c'est ça? a alors remarqué le révérend Ambrose.

– Non, ai-je répondu. Vous pouvez agir à votre guise. Vous pouvez la lui prendre. Mais si vous le faites, vous n'aurez plus de moyen de le toucher. La seule chose qui l'empêche de se prendre pour un cochon, c'est cette radio. Prenez-la lui, et voyons ce que vous pourrez accomplir pour l'âme d'un cochon.

– Alors c'est moi qui ne suis pas nécessaire, a dit le pasteur.

– Non, a protesté Miss Emma. Vous devez y aller, révérend Ambrose. Je lui ferai comprendre.

– Vous avez vu comment c'était aujourd'hui. Il ne peut pas m'entendre à travers ce mur de péché.

– Je lui ferai comprendre, a répété Miss Emma. Il a besoin de vous. Il le sait peut-être pas encore, mais il a besoin de vous. Tu le sais peut-être pas encore non plus, Grant.

– Tout ce que je sais, Miss Emma, c'est que vendredi dernier, pour la première fois, je suis parvenu à le toucher. C'est la première fois qu'il n'a pas parlé d'être un cochon.

– Et ce plein seau de glace ? a dit le pasteur. Tu es sûr de l'avoir touché ?

Là, je suis resté sans voix.

– Alors, monsieur le maître ? a demandé le révérend Ambrose. J'attends ta réponse.

Ma tante et Miss Emma attendaient aussi.

Je suis retourné voir Jefferson le mercredi. Le mardi, j'avais demandé aux enfants de l'école d'apporter de grosses noix de pécan et des cacahuètes grillées pour lui. Certains ont apporté les noix dans des sacs en papier, d'autres dans de petits sacs de farine et de riz, d'autres encore dans leurs poches. Il y avait à peu près douze kilos de noix, six kilos de cacahuètes. J'en ai pris une partie et j'ai laissé le reste pour que les enfants se le partagent après l'école. A Bayonne j'ai acheté une demi-douzaine de pommes, des bonbons, et deux ou trois bandes dessinées.

On n'entendait pas la musique avant d'approcher de la cellule. Il était couché sur son lit, le petit poste sur le sol près de sa tête. Paul m'a fait entrer et nous a laissés.

– Comment ça va, camarade? ai-je dit. Les enfants t'envoient des noix de pécan et des cacahuètes. Je t'ai apporté des pommes et des bonbons. Et des illustrés aussi.

Il a laissé glisser ses pieds sur le sol et s'est assis sur la couchette. Je suis resté debout un moment, puis je me suis assis au pied du lit et lui ai tendu le sac. Il l'a pris sans rien dire et l'a posé par terre. La radio jouait toujours.

– Ça se passe bien? lui ai-je demandé.

Il restait assis, fixant le mur en face, ses grosses mains serrées. Il a hoché la tête.

– Comment tu trouves la radio? lui ai-je demandé.

– Ça va.

– Tu as pu avoir Randy pendant le week-end?

– Ouais, je l'ai eu.

– Je l'ai un peu écouté aussi. Tu n'as pas eu de mal à trouver la station, hein?

– Non, j'y suis arrivé.

Nous sommes restés silencieux. Il fixait le mur de béton. La radio jouait de la musique western sur une station de Baton Rouge.

– Tu veux me demander quelque chose?

Il a secoué la tête. J'ai attendu le moment propice pour parler.

– J'ai vu ta nan-nan l'autre jour quand elle est revenue d'ici, Jefferson. Elle m'a dit que tu n'as pas mangé avec eux dans le parloir. Il a fallu qu'ils viennent ici, et ils n'ont pas pu s'asseoir.

Il n'a pas répondu.

– Quand ils reviendront, tu peux les rencontrer en bas, Jefferson ? Elle en a besoin.

– D'accord.

– Tu le feras pour moi, pour elle ? ai-je demandé.

– D'accord.

– Elle serait très contente, Jefferson. Et le révérend Ambrose… tu le laisseras te parler ?

– D'accord.

Je ne savais pas quel autre sujet aborder, et il n'avait rien à dire, alors nous sommes restés assis en silence un moment.

– Jefferson, ai-je fini par dire. Je voudrais être ton ami. Je voudrais que tu me poses des questions. Que tu me dises tout ce qui te vient à l'esprit, tout ce que tu as envie de me dire. Ça m'est égal ce que ce sera, dis-le. Je le garderai pour moi si tu préfères, j'en parlerai à d'autres si tu le souhaites. Tu veux bien faire ça pour moi ?

Il a hoché la tête. Il fixait le mur.

– Je viens d'avoir une idée, ai-je poursuivi. Si tu penses à quelque chose la nuit parfois, mais ne t'en souviens pas quand je reviens, je pourrais t'apporter un petit carnet et un crayon. Tu pourrais écrire ce que tu penses, et on pourrait en parler à ma prochaine visite. Ou tu pourrais en parler au révérend Ambrose quand il viendra te voir. Ça te plairait ?

– D'accord.

– Tu veux que je te les apporte ?

– Si vous voulez.

– Et tu écrirais tes pensées ? Tout ce dont tu aimerais parler ?

Il a hoché la tête. Mais il regardait toujours le mur.

– Est-ce que tu crois que je suis ton ami, Jefferson ? lui ai-je demandé. Est-ce que tu crois que tu comptes pour moi ?

Il n'a pas répondu.

– Jefferson ?

Mais il n'écoutait pas.

J'ai jeté un coup d'œil autour de la cellule, à la cuvette des toilettes tachée de brun, dépourvue de siège, au lavabo dont le robinet n'arrêtait pas de fuir, à la petite étagère métallique au-dessus, sur laquelle était posée son écuelle, son gobelet de fer-blanc et sa cuillère. A travers la fenêtre à barreaux je voyais les branches du sycomore agitées par une légère brise. Il faisait encore un peu froid, et Jefferson portait une de mes grosses chemises de laine. Sur le sol, la petite radio avait joué des chansons de cow-boy sans arrêt.

– Tu aimes cette musique country, hein ?

– Ça ou aut'chose, c'est pareil.

– Moi, c'est Randy qui me plaît. J'aime ces blues mélancoliques.

J'ai entendu la grosse porte d'acier s'ouvrir à l'autre bout du quartier cellulaire. Comme il avançait vers nous, j'ai entendu Paul parler aux prisonniers.

– Bon, je crois que je vais y aller, ai-je dit. Tu as un message pour ta nan-nan ?

Je m'étais levé. Alors il m'a regardé. Il n'y avait pas de haine sur son visage – mais, Seigneur, quelle souffrance il exprimait ! Je voyais qu'il voulait dire quelque chose, mais c'était dur pour lui. J'ai attendu.

– Dites... dites merci aux enfants pour les n-noix, a-t-il bégayé.

Je me suis surpris à sourire comme un idiot. J'avais envie de jeter mes bras autour de lui et de le serrer contre moi. J'avais envie d'embrasser la première personne que je rencontrerais. Je me sentais comme un homme qui vient de trouver la religion. J'avais envie de pleurer de joie. J'en avais vraiment envie.

Je lui ai tendu la main. Il a levé la sienne. Une grosse main, mais sans force. Un poids mort, sans chaleur. Je l'ai serrée dans les deux miennes. Je devais encore avoir un sourire sur le visage quand Paul a ouvert la porte pour me laisser sortir.

– Tout va bien ? a-t-il demandé.

– Oui, ai-je répondu.

24

Miss Emma trouvait que nous devrions rendre visite à Jefferson ensemble aussi souvent que nous le pourrions. Je n'étais pas emballé à l'idée d'être à la prison en même temps que le pasteur, mais ma tante m'a jeté l'un de ses regards, et j'ai décidé de les accompagner, au moins une fois. Laissant à Irene Cole et à Odessa Freeman la responsabilité des classes, je suis allé à Bayonne avec un sac de noix de pécan et de cacahuètes. Je me suis rappelé ma promesse à Jefferson, aussi je me suis arrêté en chemin pour acheter un cahier et un crayon. Il était un peu plus de deux heures quand je suis arrivé au tribunal. Le pasteur, Miss Emma et ma tante m'attendaient à l'extérieur. Ils se tenaient près de la voiture du pasteur, près de la statue du soldat confédéré et des trois drapeaux. Les drapeaux pendaient mollement sous le ciel couvert. Le pasteur et ma tante m'ont regardé, et tous les deux avaient l'air en colère, comme si j'avais fait exprès de les faire attendre. Ce qui n'était pas le cas, bien entendu. Si je ne m'étais pas arrêté pour acheter le cahier et le crayon, je serais sans doute arrivé avant eux, mais je ne me suis pas justifié. Miss Emma n'était pas en colère, et c'était tout ce qui comptait. Elle et ma tante portaient des paniers de provisions recouverts de torchons. Tandis que j'approchais, Miss Emma a quitté l'appui de la voiture, et elle est partie d'un pas lourd vers l'entrée du tribunal. Ma tante et le pasteur lui ont emboîté le pas, et j'ai suivi.

Paul n'était pas là, et l'adjoint-chef, après avoir procédé à la fouille de nos vêtements et des provisions, nous a fait sortir du bureau et prendre le couloir. Il marchait à plusieurs pas devant nous, comme si nous n'étions pas avec lui. Quand nous sommes arrivés devant les toilettes portant l'écriteau « HOMMES BLANCS », il est entré. Nous l'avons attendu le long du mur. Cinq minutes plus tard, il est ressorti avec un autre Blanc. Ils sont restés à parler quelques minutes avant qu'il poursuive son chemin. Nous avons monté les marches, nous sommes entrés dans le parloir et, sans un mot, il a ouvert la porte et nous a laissés.

Miss Emma et ma tante ont étendu une nappe sur la table, puis elles ont mis cinq couverts avec des écuelles, des cuillères et des serviettes en papier. Une fois leurs préparatifs terminés, elles se sont assises, ainsi que le pasteur, mais je suis resté debout.

La première chose qu'on a entendue, c'étaient les chaînes autour de ses chevilles. Puis Jefferson est entré par la porte du fond, suivi par l'adjoint. Jefferson portait la même chemise de laine marron que deux jours plus tôt. Il avait un jean délavé et des brodequins sans lacets. Il devait traîner les pieds pour ne pas perdre ses souliers.

– Le voilà, a dit l'adjoint. Je reviens à trois heures.

– Paul n'est pas là aujourd'hui ? ai-je demandé.

– Monsieur Paul a d'autres obligations, a rétorqué l'adjoint.

Il me regardait comme pour me rappeler que je devais employer « monsieur » avant le nom d'un Blanc. Il m'a toisé jusqu'à ce qu'il sente que j'avais compris.

– Je t'ai apporté du bon gombo, a dit Miss Emma à Jefferson.

– Comment ça va, camarade ? ai-je demandé, en prenant ma place à côté de lui.

– Ça va, a-t-il répondu.

– La radio marche toujours ?

Il a hoché la tête.

– Bien.

Miss Emma a mis du riz dans chaque écuelle, puis elle a versé du gombo par-dessus jusqu'à ce que l'écuelle soit presque pleine. En plus des crevettes, elle avait mis de la saucisse fumée et du poulet dans le gombo, et elle l'avait bien assaisonné avec des oignons verts, de la poudre de feuilles de sassafras et du poivre gris. Le gombo était un plat qu'on pouvait toujours manger, même si on n'avait pas faim. J'ai attaqué. Mais j'étais le seul. Et j'ai bientôt compris pourquoi.

– Pouvons-nous incliner la tête, a dit le pasteur quand j'ai posé ma cuillère.

Celle de Jefferson avait été inclinée depuis qu'il s'était assis. J'ai baissé les yeux.

« Notre Père qui êtes aux cieux », a commencé le révérend Ambrose. Il a récité la prière du Seigneur, mais c'était seulement pour se mettre en train. Puis il s'est vraiment mis à prier. Il a demandé à Dieu de descendre à Bayonne, dans le tribunal, dans la prison ; de parcourir le quartier cellulaire, d'entrer dans chaque cellule, de toucher tous les cœurs ; d'entrer dans cette pièce et de toucher le cœur de ceux qui ne savaient pas qu'Il pouvait leur accorder le pardon de leurs péchés. Tout en priant, le pasteur se penchait de plus en plus sur la table. Puis il redressait brusquement la tête et levait les yeux vers le plafond. Miss Emma et ma tante répondaient : « Amen, Amen, Amen. » Mais Jefferson se taisait, et moi aussi. Je ne sais pas s'il écoutait ou non ; mais moi je ne pensais qu'au gombo en train de refroidir.

Finalement, le révérend Ambrose a terminé sa prière en forme de sermon, en implorant Dieu de bénir le don sur la table, qui était là pour nourrir nos corps afin que nous puissions suivre ses commandements. Tout le monde a répondu « Amen », sauf Jefferson.

J'ai commencé à manger. Le gombo était tiède, mais pas chaud.

– Tu vas pas manger, Jefferson ? a demandé Miss Emma.

– J'ai pas faim.

Miss Emma ne mangeait pas non plus. Mais ma tante et le pasteur, si. J'ai pris un morceau de l'un des pains que Miss Emma avait fait cuire. Je ne l'ai pas regardée ; je ne voulais pas voir son visage.

– Les enfants t'ont encore envoyé des noix de pécan et des cacahuètes, ai-je dit à Jefferson. Tu as mangé les autres ?

– Un peu.

– Les cacahuètes aussi ?

– Quelques-unes, a-t-il répondu, la tête basse.

– Je t'ai apporté le cahier et le crayon. Tu te souviens de quoi nous avons parlé ?

Il a fait un bref signe de tête.

– Tu as trouvé des questions à me poser ?

Il a encore hoché la tête.

– Tu veux me les poser maintenant ?

Il n'a rien dit. J'ai terminé mon écuelle de gombo.

– Il en reste, Grant, a dit Miss Emma.

– Non, madame. C'était bon, ai-je ajouté, en lui jetant un coup d'œil.

Je ne voulais pas la regarder très longtemps. Je savais ce que je trouverais sur son visage, et je ne tenais pas à le voir.

– Tu veux marcher ? ai-je proposé à Jefferson.

Il a glissé sur le banc sans répondre. On a entendu tinter les chaînes de ses chevilles quand il a passé ses jambes par-dessus le banc, puis il a appuyé ses mains cerclées de menottes sur la table pour se relever. Nous nous sommes mis à marcher autour de la pièce. Miss Emma nous observait. Ma tante et le pasteur ont continué à manger, mais ils ne paraissaient pas y prendre plaisir.

– Je veux que nous soyons amis, Jefferson, ai-je dit. Pas seulement toi et moi, mais je veux que tu sois l'ami de ta nan-nan aussi. Je veux que tu sois plus qu'un filleul pour elle. Un filleul obéit, mais un ami – eh bien, un ami ferait tout pour faire plaisir à l'autre.

Nous passions près de la table, et j'ai baissé la voix. Jefferson traînait les pieds à côté de moi, ses mains enchaînées plus bas que sa taille, les épaules trop rapprochées, la tête inclinée.

– Un ami fait beaucoup de petits gestes, ai-je poursuivi. Ça signifierait tant pour elle que tu manges un peu de son gombo.

Je me suis arrêté quand nous sommes arrivés au coin de la pièce. Il s'est arrêté aussi, la tête toujours baissée.

– Regarde-moi, Jefferson, s'il te plaît, ai-je dit.

Je lui ai souri.

– Tu seras son ami ? Tu mangeras un peu de son gombo ? Rien qu'un peu ? Une cuillerée ?

Il a fait un léger signe de tête. Je lui ai encore souri.

– Jefferson, ai-je dit alors que nous nous remettions à marcher. Tu sais ce que c'est qu'un héros, Jefferson ? Un héros est quelqu'un qui fait quelque chose pour les autres. Il fait quelque chose que les autres ne font pas, ne peuvent pas faire. Il est différent des autres. Il est au-dessus des autres. Dans tous les cas, le héros, quel qu'il soit, est au-dessus d'eux.

J'ai de nouveau baissé la voix jusqu'à ce que nous ayons dépassé la table.

– Je ne pourrai jamais être un héros. Je fais la classe, mais je n'aime pas ça. Je fais la classe parce que c'est la seule chose qu'un Noir instruit puisse faire dans le Sud actuellement. Je n'aime pas ça ; je déteste ça. Je n'aime même pas vivre ici. Je veux m'échapper. Je veux vivre pour moi-même et ma femme, et personne d'autre.

« Ce n'est pas ça, être un héros. Un héros agit pour les autres. Il ferait n'importe quoi pour les gens qu'il aime, parce qu'il sait que ça rendrait leurs vies meilleures. Je ne suis pas ce genre de personne, mais je veux que tu le soies. Tu pourrais nous donner quelque chose, à elle, à moi, à ces enfants dans les quartiers. Tu pourrais leur donner quelque chose que je n'ai jamais pu leur donner. Ils l'attendent de moi, pas de toi. Les Blancs de par ici disent que tu n'as pas ce qu'il faut – que tu es un cochon, pas un homme. Mais je sais qu'ils ont tort. Tu as la capacité. Nous l'avons tous, qui que nous soyons.

« Ces gens-là ne sont pas meilleurs que nous, Jefferson. Ils sont pires. C'est pour ça qu'ils cherchent toujours un bouc émissaire, quelqu'un d'autre à blâmer. Je veux que tu leur montres la différence entre ce qu'ils pensent de toi et ce que tu peux être. Pour eux, tu n'es qu'un nègre parmi les autres : pas de dignité, pas de cœur, pas d'amour pour ton peuple. Tu peux prouver qu'ils ont tort. Tu peux faire plus que je ne pourrai jamais. J'ai toujours fait ce qu'ils voulaient que je fasse, apprendre aux enfants à lire, à écrire et à compter. Rien d'autre ; rien sur la dignité, rien sur l'identité, rien sur l'amour et le respect mutuels. Ils n'ont jamais cru que nous étions capables d'apprendre ces choses. « Apprends à ces nègres à écrire leur nom et à compter sur leurs doigts. » Et j'ai obéi, mais en me haïssant tout ce temps de le faire.

Nous revenions vers la table. Ceux qui y étaient assis se taisaient, l'oreille tendue pour saisir nos paroles. Je n'ai pas recommencé à parler avant que nous les ayons dépassés.

– Tu sais ce que c'est qu'un mythe, Jefferson ? lui ai-je demandé. Un mythe est un vieux mensonge auquel les gens croient. Les Blancs se croient meilleurs que tous les autres sur la terre ; et ça, c'est un mythe. La dernière chose qu'ils veulent voir, c'est un Noir faire front, et penser, et montrer cette humanité qui est en chacun de nous. Ça détruirait leur mythe. Ils n'auraient plus de justification pour avoir fait de nous des esclaves et nous avoir maintenus dans la condition dans laquelle nous sommes. Tant qu'aucun de nous ne relèvera la tête, ils seront à l'abri. Ils sont à l'abri avec moi. Ils sont à l'abri avec le révérend Ambrose. Je ne veux plus qu'ils se sentent à l'abri avec toi.

«Je veux que tu ébrèches leur mythe en faisant front. Je veux que toi – oui, toi – tu les traites de menteurs. Je veux que tu leur montres que tu es autant un homme, davantage un homme qu'ils ne le seront jamais. Ces jurés ? Tu appelles ça des hommes? Ce juge? C'est un homme? Et le gouverneur ne vaut pas plus cher. Ils appliquent les règles de leurs ancêtres, créées il y a des centaines d'années. Leurs ancêtres disaient que nous n'étions qu'aux trois quarts humains; et ils le croient jusqu'à ce jour. Le shérif Guidry le croit aussi. Il m'appelle professeur, mais il ne parle pas sérieusement. Il appelle le pasteur révérend, mais il ne le respecte pas. Quand je lui ai montré le cahier et le crayon que je t'ai apporté, il a ricané. Tu sais pourquoi? Il pense que c'est une perte de temps et d'argent. Qu'est-ce qu'un cochon peut faire d'un crayon et de papier?

Nous nous sommes arrêtés. Il baissait la tête.

– Regarde-moi, Jefferson, s'il te plaît, ai-je dit.

Il a levé la tête. Il avait pleuré. Il a soulevé ses mains encombrées de menottes et s'est essuyé un œil, puis l'autre.

– J'ai besoin de toi, ai-je poursuivi. J'ai besoin de toi bien plus que tu ne pourras jamais avoir besoin de moi. J'ai besoin de savoir que faire de ma vie. Je veux m'échapper, mais pour aller où, et faire quoi? On a besoin de moi ici et je le sais, mais je ne parviens qu'à étouffer. J'ai besoin que quelqu'un me dise quoi faire. J'ai besoin que tu me le dises, que tu me montres. Je ne suis pas un héros; je ne peux donner que des choses sans importance. C'est tout ce que j'ai à offrir. C'est la seule façon que nous ayons d'ébrécher ce mythe. Toi, tu peux être plus grand que n'importe quel homme que tu aies jamais rencontré.

« Écoute-moi, je t'en prie, parce que je ne te mentirais pas à un pareil moment. Je te parle du fond du cœur. Tu as l'occasion d'être plus grand que n'importe quel homme ayant vécu sur cette plantation ou dans cette petite ville. Tu le peux si tu essaies. Tu as vu comment monsieur Farrell fabrique un manche de fronde. Il commence simplement par un petit morceau de bois brut – n'importe quel petit bout – et puis il se met à tailler. A tailler, tailler, tailler, puis à polir. Il le polit jusqu'à ce qu'il soit lisse et propre, plus du tout comme avant, mais un objet neuf et joli. Tu sais de quoi je parle, parce que tu l'as vu faire. Tu avais une fronde qu'il avait taillée dans un bout de bois. Oui, oui – je t'ai vu avec elle. Et elle venait d'un vieux morceau de bois qu'il avait trouvé quelque part dans la cour. Et c'est tout ce que nous sommes, Jefferson, tous sur cette terre, un morceau de bois abandonné, jusqu'au jour où – chacun de nous, individuellement – décidons de devenir autre chose. Je suis encore ce morceau de bois abandonné, et les autres ne valent pas mieux. Mais toi tu peux être meilleur. Parce que nous en avons besoin, nous voulons que tu le sois. Moi, ta marraine, les enfants, et tous les gens des quartiers. Tu comprends ce que je te dis, Jefferson ? Tu comprends ?

Il me regardait avec une expression de profonde souffrance. Il n'avait peut-être pas compris, mais j'avais touché quelque chose au fond de lui, parce qu'il pleurait encore.

Je pleure, non en arrivant à une conclusion par le raisonnement, mais parce que, si humble que je sois, je fais tout de même partie de l'ensemble. Était-ce ce qu'il avait en tête en me regardant les yeux pleins de larmes ?

– Viens, ai-je dit. Allons manger du gombo.

Et nous sommes retournés à la table.

25

Le révérend Ambrose, ma tante et Miss Emma sont retournés dans les quartiers, et je suis allé dans les faubourgs au Rainbow Club. L'endroit était à demi éclairé comme d'habitude, avec les trois vieux clients au bar, qui parlaient plus qu'ils ne buvaient, et deux autres personnes seulement, deux maçons mulâtres, assis à une table. J'étais venu ici pour dire à Vivian que tout s'était bien passé, qu'une communication s'était établie entre Jefferson et moi, et que lui et sa nan-nan se parlaient aussi. Je me sentais très bien, et je voulais le lui dire avant de l'annoncer à qui que ce soit. Lui expliquer comment lui et moi étions revenus à la table, comment nous avions mangé le gombo bien qu'il ait été froid, et combien sa nan-nan avait été fière. Je ne voulais pas lui parler de l'envie que j'avais lue sur les traits du pasteur. Non, je ne dirais pas ça, que le pasteur avait l'impression que je dirigeais la vie de Jefferson, et que lui, le pasteur, trouvait que puisque Jefferson n'avait que peu de temps à vivre, ça devrait être son rôle, pas le mien. Non, je ne voulais pas lui dire ça. J'avais seulement envie de lui parler de ce qui me rendait heureux. L'expression de sa nan-nan, celle de ma tante, la façon dont Jefferson portait des deux mains la cuillère de gombo à sa bouche, et plongeait de nouveau la cuillère dans l'écuelle, et la reportait à ses lèvres, parce que je le lui avais demandé – c'est de ça que je voulais parler. La façon dont il avait pris le sac de noix de pécan et de cacahuètes et le cahier et le crayon quand l'adjoint était venu à la table pour le ramener à sa cellule. Et même s'il ne marchait pas aussi droit que je l'aurais voulu, c'était compensé par le fait qu'il emportait le cahier et le crayon. Je voulais parler de ça à Vivian. Pas du pasteur, de son dépit, de son air quand Jefferson et moi étions revenus à la table. Bien sûr, il était content de voir que sœur Emma était contente, mais ce n'était pas lui qui en était cause, et il n'aimait pas ça. C'était le péché (ou le pécheur) qui avaient accompli le prodige, pas lui. Je voulais aussi parler de la façon dont sa nannan l'avait regardé quand il mangeait le gombo qu'elle avait préparé spécialement pour lui, et dont il leur avait dit au revoir au moment de partir – c'est de tout ça que je voulais parler.

Il était près de trois heures et demie quand je suis entré au Rainbow Club, et j'avais cru que Vivian serait déjà arrivée avec certains de ses collègues. Comme elle n'était pas là, je me suis dit que j'allais prendre un verre ou deux en l'attendant.

J'entendais les deux maçons mulâtres parler dans le coin. J'étais de très bonne humeur – du moins je croyais l'être – et au début je ne prêtais pas beaucoup d'attention à leurs propos. Je les entendais clairement, mais je ne me rendais pas compte qu'ils parlaient pour se faire remarquer de moi. J'avais commandé un bourbon à l'eau à Clairborne, et je le buvais lentement en pensant à Vivian et à Jefferson. Ça ne s'était pas trop bien passé au lit entre Vivian et moi récemment, et je savais que c'était à cause de Jefferson, du souci que je me faisais pour lui. Entre lui et l'école, j'étais vidé de mon énergie. Vivian le savait également, et elle était prête à l'accepter. Beaucoup plus que moi. Elle savait comment ça s'était passé avant, comment ça se passerait de nouveau, et elle m'avait dit de ne pas m'inquiéter. Mais pour moi ce n'était pas suffisant. Je m'inquiétais tout de même. Je pensais que rien au monde ne valait la peine de gâcher notre plaisir. Et c'était pour cette raison, entre autres, que j'étais venu ici, pour lui dire que j'avais fini par toucher la sensibilité de Jefferson, et que je serais plus détendu à présent, que dorénavant ça allait marcher entre nous.

Les deux poseurs de brique à la peau couleur brique parlaient toujours dans le coin, et pendant longtemps je n'ai pas vraiment prêté attention à leur conversation. J'ai entendu le mot « nègre » plusieurs fois, et j'ai entendu les mots « ça aurait dû être fait depuis longtemps », mais je n'ai pas établi de rapport. Après avoir fini mon premier verre, j'ai fait signe à Clairborne de venir de mon côté. Alors Clairborne les a entendus aussi. Ils voulaient peut-être qu'il les entende. Ils voulaient peut-être qu'il entende et me dise quelque chose. Peut-être. Mais Clairborne s'est contenté de me servir un autre verre, de leur jeter un ou deux coups d'œil, et de retourner là où les trois vieux types parlaient plus qu'ils ne buvaient.

J'ai continué à boire lentement mon second verre, et à penser à Vivian et à Jefferson. Je me demandais ce que Vivian aurait mis aujourd'hui, comment elle serait coiffée et quelle allure elle aurait en entrant dans le bar. Je pensais à ça. Et à Jefferson et à ce qu'il écrirait dans son cahier – des questions ou des remarques ? Je me demandais à quoi ressemblerait son écriture, et si j'aurais le courage de lui poser des questions s'il y avait des passages que je ne comprenais pas. Voilà les pensées qui m'occupaient pendant que les deux maçons continuaient à parler dans leur coin. J'ai vu Clairborne jeter un nouveau coup d'œil dans leur direction de l'extrémité du bar. Il ne pouvait plus les entendre à présent, mais il les avait entendus en me servant, et il savait que je pouvais écouter.

L'un d'eux était grand et l'autre petit et gros. C'était le grand qui parlait surtout, et je sentais qu'il était en colère. C'était peut-être à cause de son travail. Je les avais déjà vus tous les deux, sans bien les connaître, et je savais que, comme beaucoup de mulâtres de cette partie de l'État, ils étaient maçons ou charpentiers, ou parfois peintres en bâtiment. Ils étaient toujours à leur compte. Et tout ça pour éviter de travailler dans les champs au côté des nègres. Depuis l'émancipation, il y a cent ans, ils faisaient tous les boulots qu'ils pouvaient trouver pour éviter d'avoir à travailler dans les champs avec les nègres. Ils avaient la mainmise sur presque toute la maçonnerie dans cette partie de l'État. Ils prenaient même le travail des Blancs, parce qu'ils étaient beaucoup moins chers qu'eux. Tout pour ne pas travailler avec les nègres. A l'école c'était pareil. Beaucoup d'entre eux quittaient l'école, prenaient un métier – maçon ou charpentier – plutôt que de rester en classe avec les nègres. Leurs sœurs allaient au lycée et à l'université, mais pas eux. Plutôt prendre un métier que côtoyer les nègres. Et les deux qui discutaient à présent avaient ce genre de mentalité. Bêtes comme leurs pieds, mais bourrés de préjugés. Ils ne pouvaient pas aller ailleurs prendre un verre – ils n'osaient pas aller dans les clubs réservés aux Blancs – alors ils venaient ici avec leur mentalité et leurs préjugés. Quand il y avait plusieurs Noirs dans la salle, ils se contenaient, mais comme ce jour-là il n'y avait que moi et les trois vieux bonshommes, ils se sentaient relativement en sécurité.

– Ils auraient dû le griller depuis des mois, a dit l'un.

J'ai pensé que c'était le grand, parce que du coin de l'œil j'avais vu que c'était lui surtout qui tenait le crachoir.

– Ce genre de salopard complique l'existence de tout le monde, a-t-il poursuivi. J'appuierais sur le bouton moi-même, si on me demandait.

Maintenant je savais de quoi ils parlaient, et de qui, mais je me suis dit de rester calme. Qu'ils parlent. Ils étaient sans doute sans travail, et c'était sûrement par pure frustration qu'ils déblatéraient de la sorte. Calme-toi, me suis-je dit. Tu te calmes maintenant.

Mais quand j'ai regardé vers le bout du bar, j'ai vu que Clairborne les écoutait aussi. Et même les vieux types s'étaient retournés une ou deux fois. Si bien qu'à présent nous les entendions tous, mais moi je les entendais mieux parce que j'étais plus près de leur table.

Et l'Old Forester ne faisait rien pour m'empêcher d'écouter. Au contraire. C'est le problème avec la gnôle, c'est souvent à double tranchant. Ça vous empêche de bien vous comporter au lit, et à d'autres moments ça vous pousse à écouter des choses qu'il vaudrait mieux ne pas entendre. Comme ce soir-là.

Qu'ils parlent, me suis-je dit une nouvelle fois. Si tu ne peux pas le supporter, alors monte dans ta voiture et va-t'en. Va boire un verre ailleurs. Il n'a plus que quelques semaines, et tu dois faire tout ce que tu peux pour lui, pour tous les autres. Tu es venu ici de bonne humeur parce que c'est une des meilleures journées que tu aies eues avec lui, et tu ne peux pas laisser cette racaille détruire cette bonne impression. Alors ne la laisse pas. D'accord ?

J'ai fini mon verre et sucé un glaçon en faisant rouler le verre entre mes mains. J'ai levé le verre pour vider la dernière goutte avant de le poser sur le bar. Je me suis retourné lentement et je les ai regardés, le grand coiffé d'un chapeau de cow-boy, et le petit gros, une casquette de base-ball posée devant derrière sur la tête. Tout ce que j'allais faire, c'était m'adosser contre le bar un moment, et quitter le Rainbow. Ils savaient que je les regardais, et ils se sont tus un instant. Puis le grand a prononcé quelques mots, et le gros a ricané ; j'ai pensé que j'en avais assez entendu. Je me suis dirigé vers leur table.

– Fermez-la.

– Quoi ? a fait le grand.

– Vous m'avez compris. Écrasez !

Il m'a souri d'un air mauvais.

– Tu rigoles !

– Vous la fermez, ou alors levez-vous, ai-je répondu. J'ai l'air de rigoler ?

Il a regardé son copain, puis moi. Une haine à couper au couteau chargeait ses yeux brun clair.

Il a encore souri.

– Comme tu voudras, mon pote.

Il a pris appui sur la table pour se mettre debout. Mais il se levait avec trop de confiance, et je l'ai frappé avant qu'il ait le temps de se protéger ; il a basculé par-dessus le dossier de sa chaise. Exactement comme je m'y attendais, le petit gros a bondi à son tour, et je l'ai cueilli en pleine face par le tranchant du poing. Je l'ai vu tomber en arrière et porter la main à sa bouche. J'ai aussitôt pivoté, le dos au mur pour les avoir tous les deux de face.

Je ne sais si Clairborne était passé par-dessus le bar, en dessous, ou s'il en avait fait le tour, mais à présent il était là, et il s'était emparé du gros en nous criant, à moi et à l'autre, d'arrêter tout de suite.

– Pas ici, hurlait-il. Pas ici, nom de Dieu !

Le grand s'était relevé, il tâchait d'avancer sur moi, et quand j'ai vu Gros Lard saisi par Clairborne, je me suis écarté du mur en montant ma garde. Clairborne se colletait avec le gros tout en hurlant contre nous. Le grand se rapprochait encore de moi. Puis il m'a balancé une beigne, mais comme je l'ai esquivée, il a cogné le mur. Il me tournait alors le dos, mais je ne l'ai pas frappé. Pas parce que je me bats en gentleman ; je ne l'ai pas frappé pour la bonne raison qu'il était entre le mur et la table, et si je m'étais approché d'assez près pour cogner, je risquais d'être coincé. Il s'est écarté du mur, et s'est jeté de nouveau sur moi, pas les poings en avant, mais les deux bras en l'air, comme Frankenstein dans les films. Il m'a encore manqué. Mais j'ai senti la puissance de sa charge, et même la chaleur de son corps, et j'ai alors compris que si personne ne nous arrêtait, j'étais bon pour une vraie bagarre. Il était plus grand, plus lourd et plus fort que moi, et en plus il avait trois ou quatre générations de gènes de maçon dans les veines, alors que de mon côté nous n'étions que des coupeurs de canne.

Du coin de l'œil, je voyais toujours Clairborne, aux prises avec le gros, nous crier de nous arrêter, ce grand type et moi. Mais comme celui-ci ne lui accordait pas la moindre attention, je n'allais pas baisser ma garde. Il a voulu me balancer un swing, mais je suis passé sous son bras et lui ai flanqué un coup dans les côtes de toutes mes forces. J'aurais tapé un mur, c'était pareil. Je me suis dit, l'ami, tu l'as bien cherché. Il ne sait pas se battre, d'accord, mais il est fort comme une mule. Il est revenu à la charge, et cette fois il m'a touché. Pas du poing, mais avec le bras. Et j'ai pensé que c'était dégueulasse de sa part de frapper du bras et non du poing, comme un homme. Mais ça, je le pensais du plancher. Je ne sais pas ce qui se passait dans sa tête, mais il se tenait au-dessus de moi comme s'il attendait que je me relève avant de me balancer un nouveau pain. Je lui ai décoché un coup de pied dans le tibia, il est tombé en arrière, et je me suis relevé. Aussitôt il m'a envoyé un crochet du droit. J'ai replongé, et cette fois j'ai frappé exprès au-dessous de la ceinture. Il s'est plié en deux, les deux mains jointes sur les parties. Profitant de la situation je me suis rapproché, et il s'est mis à jouer d'un seul bras pour me tenir à l'écart. Je l'ai touché deux fois, durement. Il me menaçait toujours de son poing libre, l'autre main toujours sur ses testicules. Sa figure exprimait une vive douleur, mais il ne s'arrêtait pas, il ne voulait pas aller au tapis. Ses trois ou quatre générations de gènes de maçon, ainsi que sa rage de porter en lui un sang mêlé noir et blanc, enfin le sentiment de frustration que lui inspirait la vision de sa propre vie le maintenaient debout.

Thelma Clairborne et plusieurs autres étaient dans la salle du bar à présent, Thelma armée d'un balai. Je l'ai senti sur mon dos, puis je l'ai vu passer comme l'éclair devant moi et s'abattre sur le maçon. Ensuite il a cogné autre chose – peut-être l'autre ouvrier, peut-être son mari – parce que j'ai entendu Clairborne éructer :

– Va chercher Vivian, nom de Dieu, femme ! Pose ce foutu balai et magne-toi.

J'entendais tout ça, mais je n'allais pas tourner la tête, vu que le grand maçon était toujours debout. Il était devenu fou, comme un animal blessé qui souffre, et rien ne pouvait l'arrêter. Je reculais sans cesse, en finassant, à l'affût de lui flanquer une méchante beigne dès qu'il serait à ma portée. J'ai senti quelque chose de lourd et de doux derrière moi, et comme je me retournais pour jeter un coup d'œil – c'était Thelma, avec son sacré balai – le maçon m'a assailli, écrabouillé le bras, et je me suis écroulé. Je n'avais jamais éprouvé une telle douleur, je savais qu'il n'y avait pas moyen de me relever, que j'allais mourir sur place. J'étais à genoux, et j'étais sûr que ma prochaine sensation (la dernière) serait un coup de godasse à la pointe du menton ou dans les côtes. Je l'attendais, comme un condamné doit attendre le dernier centième de seconde de vie, la chute du couperet de la guillotine. Mais ce coup fatal n'est jamais arrivé. Thelma, avec son balai, s'était interposée entre nous. Était-il trop bien élevé pour l'envoyer dinguer, ou se rendait-il compte qu'un geste de ce genre le bannirait de l'endroit pour toujours ? En tout cas, ça m'a donné le temps de me relever.

– Fini de boxer, ai-je hurlé en lui balançant une chaise à la gueule.

Il l'a saisie au vol et me l'a relancée. J'en ai attrapé une autre.

Au-delà de ce vacarme de chaises j'entendais Clairborne :

– Va chercher cette femme… l'école… les enfants jouent dans la cour…

Il disait tout ça en même temps que des coups résonnaient contre le mur – sans doute la chair et les os du type à la casquette de base-ball devant derrière. Je l'entendais, je ne le voyais pas vraiment. Le grand maçon tenait toujours une chaise, moi aussi – et Thelma, munie de son balai, frappait tour à tour ma tête, l'épaule du maçon, mes côtes ou la poitrine de l'adversaire.

Clairborne et Gros Lard se sont écroulés puis relevés, et j'ai entendu Clairborne :

– Gusta, Gilley, vous êtes sourds ou quoi ? Gusta, remue un peu ton vieux cul et va chercher cette femme. Gilley, va chercher ma carabine. Ils veulent pas écouter la raison, ils vont entendre la poudre.

Ces paroles étaient prononcées entre des bruits de chair et d'os battus contre le mur – le type à la casquette de base-ball devant derrière – des coups et des gémissements. Et Clairborne s'acharnait :

– Non, t'en as pas encore assez.

Pendant que le grand maçon et moi cherchions toujours l'occasion de nous tuer avec nos chaises, j'ai entendu un bruit net, terrifiant, et un profond gémissement suivi par quelque chose de lourd qui tombait du plafond ou qu'on poussait violemment au sol. J'ai encore entendu Clairborne nous beugler d'arrêter, et Thelma supplier :

– Fais pas ça !

C'est la dernière chose que j'ai entendue. Après ça il a fait nuit. Complètement nuit. Je me souviens que, l'instant d'avant, le maçon et moi nous nous poursuivions avec nos chaises. L'instant d'après, le noir absolu. Le noir m'a saisi au moment précis où un coup s'est abattu sur ma tempe.

J'ai d'abord eu l'impression de reconnaître une voix avant de savoir qui parlait et où je me trouvais. J'ai pensé que je connaissais cette voix, mais je n'en étais pas certain. Puis je me suis mis à penser que je savais où j'étais – mais de cela, non plus, rien de sûr. Puis j'ai commencé à identifier la voix pour de bon, même si je n'étais pas encore certain de l'endroit où je me trouvais. Enfin j'ai pu sentir et voir, et donner un nom à cette voix. La personne était par terre avec moi et tenait ma tête sur ses genoux.

– Il va bien, a dit Vivian.

– Sors-le d'ici, a ordonné Clairborne.

– Tu vas bien ? a demandé Vivian.

– Salut, chérie, ai-je répondu.

– Tu vas bien ? a-t-elle redemandé.

– Oui, ça va.

– Tu peux te lever ?

J'ai essayé de hocher la tête.

– Sors-le d'ici, répétait Clairborne.

– Tu vas bien, chéri ? a dit Vivian.

– Je vais bien.

– Sors-le d'ici, insistait Clairborne. Je me fous qu'il aille bien ou mal. La police va arriver avant qu'on ait le temps de dire ouf. Sors-le d'ici.

– Tu peux te lever, chéri? m'a encore demandé Vivian.

– Je peux me lever.

– Vas-y. Lève-toi pour me faire plaisir, chéri.

– Je peux me lever. Je peux me lever, nom d'un chien !

– Il peut se lever, a dit Vivian. Vous voyez? Il se lève maintenant. Viens, chéri.

26

– Que s'est-il passé ?
– Clairborne t'a assommé.
– Pourquoi Clairborne m'a assommé ?
– Tu ne voulais pas cesser de te battre.
– Il l'a assommé aussi ?
– Non.
– Mais pourquoi ?
– Il a abandonné. Clairborne lui a dit qu'il allait lui faire sauter la cervelle s'il continuait, alors il a abandonné. Mais toi tu ne voulais pas.
– Je n'ai pas entendu Clairborne me dire ça.
– C'est ce qu'il m'a raconté. Il a d'abord assommé Griffin. Tu étais le suivant. Il t'a crié d'arrêter, il criait, il criait, et tu continuais à balancer ta chaise. Alors il est simplement arrivé par-derrière, et il t'a assommé.
– Avec sa carabine ?
– C'est tout ce qu'il avait à la main quand je suis arrivée. Le pauvre monsieur Gusta courait partout dans la rue en m'appelant : Venez l'arrêter ! Venez l'arrêter !
– Je suis désolé, chérie.
– Non, tu n'es pas désolé.
– Je n'ai pas pu faire autrement.
– Si, tu aurais pu.
– Non.
– Tu aurais pu t'en aller.
– Est-ce que Jefferson peut s'en aller de la prison ?

Nous étions assis sur son lit. Des lampes et des abat-jour assortis étaient placés de chaque côté. Les abat-jour étaient roses à petits pompons blancs. Dans la chambre, il y avait aussi une penderie, un fauteuil capitonné et une coiffeuse. Je nous voyais, elle et moi, dans le miroir au-dessus de la coiffeuse. J'avais une serviette mouillée au sommet du crâne, que je retenais de la main gauche. Je n'avais pas bonne mine, et je me sentais encore plus mal en point.

– Bon, je crois qu'on n'a pas le choix, a-t-elle dit en soupirant.

– Le choix de quoi, chérie ?

– Il va falloir que tu restes ici ce soir.

– Pour quelle raison ?

– Parce que tu n'es pas en état de rentrer.

– Je vais bien. J'irai bien dans une minute.

– J'appelle Dora. Elle va garder les enfants.

– Ne fais pas ça, chérie. S'il te plaît.

– Elle les a déjà gardés.

– Je ne veux pas te causer d'ennuis.

– Eh bien, tu aurais dû y penser au Rainbow Club.

– Ils parlaient de Jefferson, chérie. Qu'est-ce que tu aurais fait à ma place ?

– Je serais partie.

– Non. Tu aurais dit quelque chose.

– C'est peut-être ce que tu aurais dû faire, au lieu de brandir cette chaise.

– Et ton mariage, Vivian ? Et l'école ?

– Tout ce qu'ils peuvent faire, c'est me renvoyer. Il prendra peut-être les enfants. Mais tu n'as pas pensé à ça.

– Je vais m'en aller. Je ne veux pas te causer d'ennuis.

– J'ai déjà des ennuis. Monsieur Gusta qui courait partout dans la rue en criant mon nom. Venez vite ! Venez vite ! Et moi qui t'ai sorti en te tenant par la main d'une bagarre dans un bar. Tu appelles ça comment ?

– Je ne veux pas aggraver tes ennuis.

J'ai essayé de me lever, mais on aurait dit que ma tête allait éclater, et je me suis rassis sur le lit.

– Je pars dans quelques minutes, ai-je dit. Si je ne peux pas conduire, j'appellerai quelqu'un pour me ramener à la maison.

– Tu ne vas nulle part, a-t-elle répliqué. J'appelle Dora pour qu'elle garde les enfants. J'ai du riz et des haricots rouges. Deux côtes de porc sautées.

– Je n'ai pas faim.

– Et bien, moi oui.

– Ne sois pas en colère, chérie.

– Je ne suis pas en colère. Je suis seulement dégoûtée.

– Il fallait que je le fasse, chérie. Il le fallait. Je ne pouvais plus le supporter.

– C'est comme ça que vous vous faites tous tuer.

– Ce n'est pas moi qui ai commencé.

– Peut-être. Mais tu étais prêt.

– C'est à cause de tout le reste. La prison, le pasteur, tout ça.

Elle s'est levée du lit.

– Je vais réchauffer le repas, a-t-elle dit. Je serai dans la cuisine.

– Ne sois pas en colère, chérie, s'il te plaît.

Elle n'a pas répondu. Elle est entrée dans la salle de séjour, et je l'ai entendue parler au téléphone à Dora. Puis je l'ai entendue raccrocher et passer dans la cuisine.

Je suis resté assis sur le lit, la tête baissée, tenant la serviette de la main gauche. Je n'osais plus regarder dans le miroir. J'ai jeté un coup d'œil par-dessus mon épaule vers la fenêtre de l'autre côté du lit, et j'ai vu à travers le rideau qu'il faisait presque nuit dehors.

Je me suis levé, j'ai traversé la salle de séjour et suis entré dans la cuisine. Je sentais les haricots rouges chauffer sur la cuisinière. Le riz n'a pas d'odeur, à moins qu'il ne brûle, et je ne sentais pas les côtes de porc non plus. Vivian était devant l'évier, elle préparait une salade. Je me suis approché d'elle et j'ai passé le bras droit autour de sa taille, pendant que ma main gauche tenait toujours la serviette sur ma tête.

– Qu'est-ce que tu fais, chérie ?

Elle savait que je le voyais bien, aussi ne m'a-t-elle pas répondu.

– Tu es encore en colère, hein ?

– Mais non.

– Tu m'aimes toujours ?

Elle n'a pas répondu.

Je l'ai embrassée sur la joue. Elle a continué à préparer la salade.

– Tu veux savoir ce qui s'est passé aujourd'hui, chérie ?

– Je sais déjà ce qui s'est passé aujourd'hui, a-t-elle répliqué.

– A la prison, je veux dire.

Elle a continué à préparer sa salade. A présent elle coupait un concombre en tranches pour l'ajouter à la laitue et aux tomates.

– Ça s'est bien passé aujourd'hui, chérie. Ça s'est très bien passé. Lui et moi on a marché dans la salle, et je lui ai parlé. Ensuite on a mangé. Sa nan-nan était si fière. Et je lui ai apporté le cahier et le crayon, comme je te l'avais dit. Ça s'est vraiment bien passé aujourd'hui. Tu n'es pas fière ?

Elle a mis les tranches de concombre dans le saladier avec les quartiers de tomate et la laitue, puis elle a ajouté de l'huile et du vinaigre. Elle a porté la salade sur la table. Elle a servi le riz, l'a recouvert de haricots rouges, et posé une côte de porc dans chaque assiette. Elle a apporté les deux assiettes à table et s'est assise. Je me suis assis en face d'elle.

– Tu veux que je demande la bénédiction, chérie ?

Elle n'a pas répondu. J'ai incliné la tête et fait le signe de croix et demandé à Dieu de bénir la nourriture. J'ai levé les yeux vers elle et j'ai commencé à manger. Elle ne mangeait pas.

– Toujours en colère, hein ?

– Non, je réfléchis.

Je mangeais en la regardant.

– J'ai eu de ses nouvelles. Il ne m'accordera pas le divorce s'il ne peut pas voir ses enfants tous les week-ends.

Ma tête a recommencé à me lancer.

– Quand as-tu eu de ses nouvelles ?

– Hier. J'allais te le dire aujourd'hui en te voyant.

– Il est toujours au Texas ?

– Oui.

– Et je suppose qu'il a entendu parler de nous ?

– Sûrement.

– Le salaud ! Tout d'un coup il a besoin de voir ses enfants tous les week-ends ?

J'ai posé ma fourchette. Je n'avais plus envie de manger.

– Je vais m'en aller, ai-je dit.

– Tu n'es pas obligé.

– Je ne veux pas lui donner des armes contre nous.

– Comme tu voudras.

– Tu ne crois pas que c'est préférable ?

– Ça n'a pas d'importance, a-t-elle dit. Quoi qu'il arrive, on en souffrira.

Elle picorait dans son assiette, mais ne mangeait pas.

– J'ai besoin de toi, chérie, lui ai-je dit. J'ai besoin de ton soutien. Il n'a plus que quelques semaines devant lui. J'ai besoin de toi plus que jamais.

Elle n'a pas répondu. Elle tenait sa fourchette, mais ne la portait pas à sa bouche.

– Bon, il vaut mieux que j'y aille, ai-je dit.

Elle ne m'a pas regardé.

– Imagine qu'on dise du mal de toi, chérie. Tu voudrais que je parte sans réagir ?

Elle n'a toujours pas répondu.

– Tu as quelque chose à boire ici ? lui ai-je demandé.

– La bouteille est dans le placard.

– Tu me sers un verre, chérie ?

Elle n'a pas bougé. Je me suis levé et j'ai sorti la bouteille d'Old Forester du placard. Elle était aux trois quarts pleine.

– Tu en veux un, chérie ?

– Non.

Je me suis versé un bon verre, puis j'ai sorti le pichet du réfrigérateur et ajouté de l'eau.

– Toujours en colère, hein ? ai-je dit après m'être assis.

– Je n'ai jamais été en colère. Juste dégoûtée.

– C'est à peu près pareil. Je finis mon verre et je pars.

– C'est toi qui décides.

– Je t'aime, chérie, et j'ai besoin de toi. Mais je ne suis qu'un être humain.

– Un jour, j'apporterai des fleurs au cimetière.

– Ce n'est pas toi qui parles, chérie.

– Non ? a-t-elle fait en levant les yeux vers moi.

Elle s'était contenue longtemps, mais maintenant elle allait tout déballer. Je l'avais senti venir à l'instant où j'avais parlé.

– C'est quoi, moi ? a-t-elle demandé. Dis-moi, c'est quoi, moi ?

– Chérie…

– Non, dis-moi. Qui suis-je ? Qui es-tu ? Qui sommes-nous ? Dis-moi.

– Tout ce que je sais, c'est que je t'aime.

– Ça ne suffit pas. C'est quoi, l'amour ?

– Chérie…

– C'est quoi ? Le lit ? C'est ça, l'amour ?

– Chérie, je t'en prie.

– Non. Donne-moi des réponses. Donne-moi des réponses. Aujourd'hui. Aujourd'hui je veux des réponses.

– Je t'aime, chérie.

– Ce n'est pas une réponse. Je ne sais pas ce que tu veux dire par « amour ». Ce lit ? Le champ de canne ? Dis-moi ce que c'est, l'amour.

Je ne savais pas quoi répondre. De toute façon, rien de ce que je dirais ne changerait quoi que ce soit.

– Je vais partir.

– Bien sûr, c'est la solution la plus facile. Pars.

– Eh bien, qu'est-ce que tu veux ? Qu'est-ce que tu veux de moi, bon sang ? Qu'est-ce que vous voulez tous de moi ?

– Je ne sais pas ce que les autres veulent. Je veux simplement une chose que je n'ai pas.

– J'ai fait de mon mieux.

– Non, ce n'est pas vrai. Au lit quelques moments, ça ne suffit pas.

– C'est tout ce que je t'ai donné ? C'est tout ?

– Quoi d'autre ? De la considération ?

Je me suis levé. J'ai ôté la serviette de ma tête et l'ai flanquée sur mon assiette.

– Tu peux garder ton riz et tes haricots et ta serviette, nom d'un chien ! J'en ai marre !

Je suis allé à la porte, je l'ai ouverte brutalement, et me suis retrouvé devant la porte grillagée. Et à travers le grillage je voyais la nuit dehors, et je ne voulais pas sortir. Il n'y avait rien en dehors de cette maison qui comptât pour moi. Ni l'école, ni chez moi, ni ma tante, ni les quartiers, rien d'autre au monde.

Je ne sais combien de temps je suis resté là à regarder l'obscurité. Deux ou trois minutes, je suppose. Puis je suis retourné dans la cuisine. Je me suis agenouillé et j'ai enfoui mon visage dans sa jupe.

27

Après l'église, le pasteur est revenu à la maison avec ma tante, Miss Eloïse, Miss Emma et Inez pour prendre du café et du gâteau. J'étais allongé en travers de mon lit et je regardais par la fenêtre la pile de tuteurs à haricots dans le jardin. Aussi loin que je me souvenais, ma tante avait retiré les rangées de tuteurs à la fin de chaque saison et les avait empilés dans le même coin du jardin, jusqu'à ce qu'une autre récolte de haricots soit prête à être attachée aux tuteurs. Derrière les tuteurs, de l'autre côté de la route, je voyais la tête des pacaniers dans le jardin de Farrell Jarreau. Les arbres avaient recommencé à bourgeonner. Les bourgeons paraissaient noirs à cette distance. Au-dessus des arbres je voyais comme le ciel était gris, lourd et bas. J'avais eu l'intention d'aller me promener en voiture, mais je craignais qu'il ne pleuve pendant que je serais parti, et que la route soit trop boueuse pour pouvoir rentrer dans les quartiers. De toute façon, j'avais du travail. Mais comme d'habitude je n'ai pas beaucoup avancé, à cause des chants et des prières à l'église. Après avoir passé un moment avec ses invités, Tante Lou est entrée dans ma chambre.

– Tu dors ? a-t-elle demandé.

– Non, je suis réveillé.

– Le révérend Ambrose voudrait te parler.

– De quoi ?

J'étais couché sur le dos, le regard fixé au plafond, les mains jointes derrière la tête, mes coudes formant une croix.

– Je t'ai déjà dit que ça portait malheur, m'a rappelé ma tante.

Sans quitter le plafond des yeux, j'ai desserré les mains et les ai posées sur ma poitrine. Tante Lou me regardait.

– Il peut entrer ?

– Bien sûr. Qu'il entre.

– Tu vas mettre tes souliers et rentrer ta chemise dans ton pantalon ? a-t-elle demandé.

– Je vais mettre mes chaussures et rentrer ma chemise.

Elle est restée à me regarder un moment, puis elle a quitté la pièce. Je me suis redressé sur mon séant et me suis passé les mains sur la figure. Quand le pasteur est entré dans la chambre, j'avais remis ma chemise dans mon pantalon et enfilé mes chaussures, et, debout à la fenêtre, je regardais le jardin. Ma tante avait préparé cinq ou six rangées d'une dizaine de mètres pour ses plantations de printemps. Elle commencerait à planter la semaine après Pâques si la terre était suffisamment sèche.

Le pasteur était derrière moi, et je me suis détourné de la fenêtre pour le regarder.

– Vous voulez vous asseoir, révérend ?

Il n'y avait que deux sièges dans la pièce, la chaise de mon bureau et un fauteuil à bascule près de la cheminée.

– Tu vas t'asseoir ? a-t-il demandé.

– Je peux rester debout.

Il a regardé mon bureau.

– Je vois que tu travaillais.

– J'essayais. Mais je n'ai pas beaucoup avancé.

Il s'est assis sur la chaise et m'a regardé.

– Ils apprennent quelque chose ?

– Je fais de mon mieux, révérend.

Il a hoché sa tête chauve.

– Comme moi. De mon mieux.

Le dos à la fenêtre, j'attendais de savoir de quoi il voulait me parler. Il a regardé ses mains et les a frottées l'une contre l'autre. Pour un homme de sa taille, il avait vraiment de grandes mains. Il les a encore frottées avant de lever les yeux vers moi.

– Il reste pas beaucoup de temps.

– Pour Jefferson ?

– Oui.

– Trois semaines.

– Pas tout à fait.

– Moins deux ou trois jours, ai-je dit.

Il a hoché la tête, un petit homme, fatigué. Il avait prêché un long sermon ce jour-là, et ça se voyait sur son visage.

– Il est pas sauvé.

– Je n'y peux rien, révérend.

– C'est là que tu te trompes. Il t'écoute.

Je lui ai tourné le dos et j'ai regardé dans le jardin.

– Ça t'arrive de penser à d'autres qu'à toi ?

Je ne lui ai pas répondu.

– Je te demande : « Ça t'arrive de penser aux autres ? »

– J'ai mon travail à faire, révérend, vous avez le vôtre, ai-je dit sans le regarder. Le mien, c'est d'apprendre aux enfants à lire, à écrire et à compter, le vôtre c'est de sauver les âmes.

– Il a plus besoin d'apprendre à lire, à écrire et à compter.

– C'est là que vous intervenez, révérend.

Je regardais, au-delà du jardin, les pacaniers bourgeonnant dans l'arrière-cour de Farrell Jarreau. Le ciel était si bas que les arbres paraissaient presque le toucher.

– Tu y retournes quand ? a demandé le révérend Ambrose, derrière moi.

– Je ne sais pas. Un jour de la semaine prochaine, je pense.

– Et de quoi vous allez parler ?

– Je ne sais pas, révérend.

– J'y vais avec sœur Emma demain. Je vais lui parler de Dieu.

– Je suis sûr qu'il en a besoin, révérend.

– Tu es sûr d'être sûr ?

– Peut-être pas. Je ne suis sûr de rien, je crois.

– Moi je sais que je suis sûr, a-t-il dit. Oui, je sais que je suis sûr.

J'ai regardé par la fenêtre les rangées de terre fraîchement retournée, et j'ai eu envie de pouvoir simplement me coucher entre ces sillons et ne plus entendre parler de tout ça, ne plus y être mêlé.

– C'est un monde cruel. Mais il existe un monde meilleur. Je voudrais le préparer pour ce monde meilleur. Mais j'ai besoin de ton aide.

– Je ne crois pas en cet autre monde, révérend.

– Tu ne crois pas en Dieu ?

– Si, révérend, ai-je dit, en regardant au-delà des rangées de terre retournée les pacaniers bourgeonnant de l'autre côté de la route. Je crois en Dieu. Chaque jour de ma vie, je crois en Dieu.

– Mais pas en cet autre monde ?

Je ne lui ai pas répondu.

– Et comment feraient-ils pour continuer ? Tu y as déjà pensé ?

Je regardais les bourgeons sur les arbres et ne lui répondais pas.

– Eh bien ? a-t-il dit derrière moi.

Je me suis retourné et l'ai regardé, assis devant le bureau. Des devoirs, des cahiers, des livres de classe et des crayons étaient étalés sur la table derrière lui.

– Elle m'a demandé de l'aider à marcher à la chaise comme un homme, pas comme un cochon, et je fais de mon mieux, révérend. Le reste, ça vous regarde.

Il s'est levé et s'est avancé vers moi. Il me regardait intensément, une expression de souffrance et de perplexité sur le visage. Il s'est arrêté à quelques pas de moi, et j'ai senti sur ses habits la sueur qu'il avait dégagée en prêchant à l'église.

– Tu te crois instruit ?

– Je suis allé à l'université.

– Mais qu'est-ce que tu as appris ?

– A enseigner l'écriture, la lecture et le calcul, révérend.

– Qu'est-ce que tu as appris de ton peuple ? Qu'est-ce que tu as appris d'elle – elle, là, a-t-il dit en gesticulant dans la direction de l'autre pièce, s'efforçant de ne pas élever la voix.

Je ne lui ai pas répondu.

– Non, t'es pas instruit, mon garçon, a-t-il dit en secouant la tête. Tu es loin d'être instruit. Tu as appris à enseigner, mais tu sais rien. Tu te connais même pas toi-même. Alors ?

– C'est vous qui parlez, révérend.

– Et c'est moi qui suis instruit, mon garçon, a-t-il dit en se tapant la poitrine. Je sais que les gens comme toi regardent de haut ceux de ma sorte, mais... (de nouveau il s'est touché la poitrine) c'est moi qui suis instruit.

Il me fixait comme s'il se demandait s'il allait me frapper ou se mettre à hurler.

– Misère, oh, misère ! a-t-il finalement lâché d'une voix étouffée. Quand prendras-tu fin ? Oh, quand ?

Il a pris une profonde inspiration, puis s'est mis à parler plus vite.

– Quand ils n'avaient que le malheur, où était le répit ? Ils n'en connaissaient aucun, jusqu'à ce qu'Il se lève. Et Il a dit il y a un répit au malheur de l'autre côté de ce fleuve, et elle a cru, et il y a eu un répit au malheur. Tu comprends ce que j'essaie de te dire, mon garçon ?

– Je vous entends parler, révérend.

– Tu m'entends parler. Mais est-ce que tu m'écoutes ? Non, tu n'écoutes pas.

Ses yeux me parcouraient du sommet de la tête à la poitrine, et je voyais la rage animer son visage, je voyais sa bouche trembler. Il faisait tout ce qu'il pouvait pour contrôler sa voix afin que les autres, dans la cuisine, ne l'entendent pas.

– Je vais pas te laisser envoyer l'âme de ce garçon en enfer, a-t-il dit. Je te combattrai avec toute la force qui me reste dans le corps, et je gagnerai.

– Vous n'avez pas besoin de me combattre, révérend. Vous pouvez l'avoir pour vous tout seul. Je n'ai même pas besoin de retourner là-bas, si c'est ce que vous voulez.

– Tu y retournes, a-t-il dit, hochant sa tête chauve, s'efforçant toujours de contrôler sa voix. Tu le dois à elle autant que moi. Et si longtemps que je tiendrai sur mes jambes, je lui devrai, comme à tous les autres, chaque parcelle de mon être. Et toi aussi.

– Je ne dois rien à personne, révérend, ai-je dit en me tournant vers la fenêtre.

J'ai senti sa main me saisir l'épaule et m'obliger à lui faire face.

– Ne me tourne pas le dos, mon garçon.

– Je m'appelle Grant.

– Quand tu me montreras que t'as de l'éducation, je t'appellerai Grant. Je t'appellerai même « monsieur Grant » quand tu te conduiras comme un homme.

Il me serrait toujours l'épaule, et il m'a fallu toute ma volonté pour me retenir de me dégager. Il voyait ce que je pensais, et il a lentement relâché son emprise et baissé la main.

– Tu crois être le seul à avoir jamais eu ce sentiment ? Tu crois que je l'ai jamais eu ? Tu crois qu'elle l'a jamais eu ? Tous jusqu'au dernier par ici, une fois dans leur vie ils ont eu envie d'abandonner. Elle voudrait abandonner aujourd'hui. Tu le sais, ça ? Tu te rends compte à quel point elle est malade ? Sitôt qu'il sera parti, elle s'en ira aussi. Je lui donne pas une année de plus. Je veux qu'elle croie qu'il sera là-haut à l'attendre. Et tu peux m'aider. Et tu es le seul.

– Comment ?

– Dis-lui de tomber à genoux avant de marcher vers cette chaise. Dis-lui de tomber à genoux devant elle. Tu es le seul qu'il écoutera. Il m'écoutera pas.

– Non. Je ne vais pas lui dire de s'agenouiller. Je lui dirai de vous écouter, mais je ne lui dirai pas de s'agenouiller. Je veux l'aider à rester debout.

– Tu crois qu'un homme peut pas s'agenouiller et rester debout ?

– Ça ne m'a pas aidé.

Le pasteur s'est écarté de moi. Sa tête brillait ; sa figure aussi. Je voyais ses lèvres remuer comme s'il voulait dire quelque chose, mais ne savait pas comment.

– Tu es perdu, a-t-il fini par dire. C'est tout. Tu sais pas où tu en es.

– Oui, monsieur, je suis perdu. Comme la plupart des hommes, je suis perdu.

– Pas tous les hommes, a-t-il dit. Moi, je me suis trouvé.

– Alors vous êtes parmi les chanceux, révérend.

– Et je te laisserai pas perdre son âme en enfer.

– Je veux qu'il aille au ciel autant que vous, révérend.

– Au ciel auquel tu ne crois pas ?

– Non, je n'y crois pas, révérend.

– Alors comment pourrais-tu lui dire d'y croire ?

– Je ne lui dirai jamais d'y croire.

– Suppose qu'il te demande s'il existe, qu'est-ce que tu feras ? Suppose qu'il pose la question sur ce cahier que tu lui as donné, qu'est-ce que tu vas faire ?

– Je lui dirai que je ne sais pas.

– C'est toi l'instituteur.

– Oui. Mais on m'a appris à enseigner la lecture, l'écriture et le calcul. Pas l'Évangile. Je lui répondrais que j'ai entendu dire que ça existait, mais que je ne sais pas.

– Et s'il te demande si tu crois au paradis ? Tu feras quoi ?

– J'espère qu'il ne le fera pas, révérend.

– Mais s'il le fait ?

– J'espère que non.

– Tu ne pourrais pas dire oui ?

– Non, révérend. Je ne pourrais pas. Je ne pourrais pas lui mentir à un moment pareil. Je ne lui mentirai plus jamais, quoi qu'il arrive.

– Même par égard pour elle ?

– Non, monsieur.

Le pasteur a hoché sa tête chauve et il a grogné en lui-même. Ses yeux sombres dans ce visage fatigué, las, continuaient de me fixer en retour.

– Tu te crois éduqué, mais tu te trompes. Tu crois être le seul qui ait jamais dû mentir ? Tu crois que j'ai jamais dû mentir ?

– Je ne sais pas, révérend.

– Si, tu sais. Bien sûr que tu sais. C'est pour ça que tu me regardes de haut, parce que tu sais que je mens. Aux veillées mortuaires, aux enterrements, aux mariages – oui, je mens. Je mens aux veillées et aux enterrements pour soulager la souffrance. Parce que la lecture, l'écriture et le calcul, ça suffit pas. Tu crois que c'est seulement pour ça qu'on t'a envoyé à l'école ? On t'a envoyé à l'école pour soulager la souffrance, la douleur ; et si tu dois mentir pour y parvenir, eh bien tu mens. Tu mens, tu mens et tu mens. Quand tu te fais croire que tu te sens bien alors que tu es malade, tu mens. Quand tu dis aux autres que tu te sens bien alors que tu es malade, tu mens. Tu leur dis ça parce qu'ils ont aussi leurs souffrances, et tu veux pas ajouter la tienne – alors tu mens. Elle a menti tous les jours de sa vie, ta tante. C'est comme ça qu'elle a pu t'envoyer à l'université – en se mentant par-ci, en se mentant par-là, mais en te disant toujours qu'elle allait bien. J'ai vu ses mains saigner d'avoir cueilli le coton. J'ai vu les ampoules faites par la houe et le couteau à canne. A l'église, elle pleurait à genoux. T'as déjà regardé les croûtes sur ses genoux, mon garçon ? Bien sûr que non. Parce qu'elle a jamais voulu que tu les voies. Et c'est ça la différence entre toi et moi, mon garçon ; c'est pour ça que des deux, c'est moi l'homme instruit, et toi l'ignorant. Je connais mon peuple. Je sais ce qu'ils ont enduré. Je sais qu'ils se sont aveuglés, qu'ils se sont menti, en espérant que l'un des leurs, qu'ils aiment tous, en qui ils ont placé leur confiance, pourra revenir soulager leurs souffrances.

28

Je suis entré dans la cellule avec un sac en papier rempli de patates douces rôties. L'adjoint a refermé la lourde porte à clef derrière moi.

– Comment ça va, camarade ?

Jefferson a répondu par un signe de tête.

– Comment tu te sens ?

– Ça va.

– Je t'ai apporté un petit quelque chose.

Jefferson était assis sur la couchette, les mains jointes. J'ai posé le sac à côté de lui sur le lit et je me suis assis. La radio, posée par terre contre le mur, jouait une chanson de cow-boy, une chanson triste. J'ai vu le cahier et le crayon sur le sol, près de la radio. C'était la première fois que je venais le voir depuis que je les lui avais donnés, et j'ai vu que la mine du crayon était complètement usée, et aussi qu'il avait beaucoup utilisé la gomme. Nous sommes restés silencieux un moment.

– Tu as faim ? ai-je demandé.

– Tantôt p'têt'.

– Je vois que tu as écrit.

Il n'a pas répondu.

– C'est personnel, ou je peux regarder ?

– C'est rien.

– Ça t'ennuie ?

– Si vous voulez.

J'ai ramassé le cahier et je me suis rassis. Le type de la radio déclarait quelle belle journée il faisait à Baton Rouge.

Jefferson avait rempli les trois quarts de la première page. Les lettres étaient grosses et maladroites, comme écrites par quelqu'un qui verrait à peine. Il avait écrit à cheval sur les lignes, pas au-dessus. Il s'était tellement servi de la gomme que par endroits le papier était presque troué. Il n'y avait aucune majuscule, aucun signe de ponctuation. Les lettres étaient fines au début, mais devenaient plus épaisses à mesure que la mine s'usait. Autant que j'ai pu déchiffrer, il avait écrit : *J'ai fait le même rêve cette nuit. Ils m'emmenaient quelque part. Je pleurais pas. Je suppliais pas. Je marchais simplement, je marchais avec eux. Après je me suis réveillé. Je pouvais pas me rendormir. Je voulais pas me rendormir. Je voulais plus rêver.* Beaucoup de mots avaient été gommés, puis il avait écrit : *Si je suis qu'un porc, comment ça se fait qu'ils me donnent pas un coup sur la tête comme on fait aux porcs ? Qu'ils m'égorgent pas comme un porc*? Encore des mots gommés, puis : *L'homme marche sur ses deux pieds ; le porc à quatre pattes.*

Les derniers mots étaient à peine lisibles, parce que la mine était trop usée. J'ai tout relu avant de fermer le cahier. Je ne savais pas quoi lui dire. Il fixait le mur, les mains jointes.

– Tu veux que je t'apporte un taille-crayon ? ai-je demandé au bout d'un moment. Un petit taille-crayon ?

– Si vous pouvez en trouver un.

– Bien sûr que je peux. Paul aurait taillé ton crayon, tu sais. Ça ne l'aurait pas dérangé.

Jefferson avait desserré les mains, et à présent il grattait le bout des ongles de sa main gauche avec l'index de la droite. Ses ongles étaient durs et violacés.

– C'est quand, Pâques ? a-t-il demandé.

– Demain c'est le Vendredi saint.

– C'est quand Il est ressuscité ?

– Non, Il est ressuscité à Pâques.

– C'est quand Il est mort, a dit Jefferson pour lui-même. Il a pas soufflé une parole. C'est vrai. Pas un mot.

– Tu as parlé au révérend Ambrose quand il est venu te voir ? ai-je demandé à Jefferson.

– Un peu.

– Tu devrais lui parler. Ta nan-nan serait contente. Elle veut que tu lui parles.

– Il m'a dit de prier.

– Et tu pries ?

– Non.

– Ce serait bien pour ta nan-nan.

Il m'a regardé. Ses yeux étaient rougis, grands et tristes.

– Vous croyez que j'irai au ciel ? a-t-il demandé.

– Je ne sais pas.

– Vous croyez que monsieur Gropé est allé au ciel ? Vous croyez que Brother et Bear y sont allés ?

– Je ne sais pas.

– Alors je dois prier pour quoi ?

– Pour ta nan-nan.

– Nan-nan a pas besoin de moi pour aller au ciel. Si y a un paradis là-haut, elle ira.

– Elle veut te retrouver à un endroit où il n'y a ni souffrance ni peine.

Il m'a souri, un bref sourire cynique.

– Vous priez, monsieur Wiggins ?

– Non, Jefferson, je ne prie pas.

Il a poussé un grognement.

– Mais moi je suis perdu, Jefferson, lui ai-je dit, en le regardant attentivement. En ce moment je ne crois en rien. Pas comme ta nan-nan, pas comme le révérend Ambrose, pas comme je voudrais que tu croies. Je veux que tu croies pour qu'un jour, peut-être, moi aussi je puisse croire.

– Au paradis, monsieur Wiggins ?

– Si ça aide les autres ici-bas sur la terre, Jefferson.

– Le révérend Ambrose dit que je dois renoncer aux biens de la terre. Y a plus rien pour moi ici-bas, il a dit.

– Il voulait dire les possessions matérielles, Jefferson. Les voitures, l'argent, les vêtements, ce genre de choses.

– Vous m'avez déjà vu avec une voiture, monsieur Wiggins ?

– Non.

– Avec plus d'un dollar dans la poche ?

– Non.

– Avec plus de deux paires de souliers, monsieur Wiggins ? Une pour le dimanche, une pour travailler ?

– Non, Jefferson.

– Alors à quoi j'peux renoncer sur la terre, monsieur Wiggins ?

– Tu n'as jamais eu de possessions à abandonner, Jefferson. Mais il y a quelque chose de plus grand que les possessions matérielles – et c'est l'amour. Je sais que tu aimes ta marraine, que tu ferais n'importe quoi pour elle. N'as-tu pas mangé le gombo, alors que tu n'avais pas faim, rien que pour lui faire plaisir ? C'est tout ce qu'on te demande pour le moment, Jefferson : tâche de lui faire plaisir.

– Et moi, monsieur Wiggins ? Qu'est-ce qu'on a fait pour me faire plaisir ?

– Elle n'a pas fait beaucoup pour te faire plaisir, Jefferson ? Préparer tes repas, laver ton linge, te soigner quand tu étais malade ? C'est elle qui est malade à présent, Jefferson, et elle ne demande qu'une chose en ce monde. Marche comme un homme. Retrouve-la là-haut.

– Vous demandez beaucoup, monsieur Wiggins, vous et tous les aut', d'un pauv'nègre qu'a jamais rien eu.

– Elle le ferait pour toi.

– Elle monterait sur la chaise pour moi, monsieur Wiggins ? Et vous ? Ou n'importe qui ?

Il a attendu ma réponse, mais je me suis tu.

– Non, monsieur Wiggins, faut que j'y aille moi-même. Moi seul, monsieur Wiggins. Le révérend Ambrose dit que Dieu sera là si j'Lui demande. Vous croyez qu'Il sera là si j'Lui demande ?

– C'est ce qu'on dit, Jefferson.

– Vous croyez en Dieu, monsieur Wiggins ?

– Oui, Jefferson, je crois en Dieu.

– Comment ?

– Je crois que c'est grâce à Dieu si les gens s'aiment, Jefferson. Je crois que c'est Dieu qui fait jouer les enfants et chanter les hommes. Je crois que c'est Dieu qui unit ceux qui s'aiment. Je crois que c'est Dieu qui fait bourgeonner les arbres et pousser les récoltes.

– Qui c'est qui fait que les hommes tuent d'autres hommes, monsieur Wiggins ?

– Ils ont tué Son fils, Jefferson.

– Et il a pas soufflé une parole.

– D'après ce qu'on dit.

– C'est comme ça que je veux partir, monsieur Wiggins. Sans souffler une parole.

Une autre chanson de cow-boy passait à la radio, mais doucement, sans troubler le calme. J'entendais les prisonniers s'appeler d'une cellule à l'autre. Jefferson était assis penché en avant sur sa couchette, ses grosses mains serrées de nouveau. Je tenais toujours le cahier. J'ai fait le geste de l'ouvrir, mais j'ai changé d'avis.

– Tu as besoin de quelque chose, Jefferson ?

– Non, j'ai besoin de rien, monsieur Wiggins. Le révérend Ambrose il dit que j'ai plus besoin de rien ici-bas.

– Je vais t'apporter ce taille-crayon.

– J'ai plus rien à écrire, monsieur Wiggins.

– Je suis sûr que si.

– Pourvu que le temps passe vite. J'en peux plus d'attendre.

– Si seulement je savais quoi faire, Jefferson.

– C'est à moi de tout faire, monsieur Wiggins. A moi.

Il s'est levé du lit et s'est approché de la fenêtre ; il a levé les yeux vers les bourgeons sur les plus hautes branches du sycomore. A travers les branches je voyais le ciel, bleu, clair, radieux. La radio jouait *You are my Sunshine.* Jefferson s'est retourné et m'a regardé.

– C'est à moi, monsieur Wiggins. C'est à moi. C'est à moi de prendre la croix. La vôtre de croix, celle de ma nan-nan, la mienne. A moi, monsieur Wiggins. Ce pauvre pécheur de nègre. Vous demandez beaucoup, tous tant que vous êtes.

Il est allé vers la porte de la cellule et s'y est accroché des deux mains. Il s'est mis à la secouer, mais il a changé d'avis et de nouveau s'est retourné vers moi.

– Qui c'est qu'a jamais porté ma croix, monsieur Wiggins ? Ma maman ? Mon papa ? Ils m'ont laissé quand j'étais tout p'tit. J'sais toujours pas où ils sont à c't heure. J'suis allé dans l'champ quand j'avais six ans, j'menais la charrette pour porter l'eau. J'ai tiré le sac de coton, j'ai coupé et chargé la canne, fendu le bois, taillé le bord des fossés depuis l'âge de six ans.

Il était debout devant moi à présent, me dominant de sa taille.

– Oui, j'suis 'umain, monsieur Wiggins. Mais personne le savait avant. J'me faisais insulter pour rien. Battre pour rien. J'travaillais pour rien. Et avec le sourire. Tout le monde pensait que ça devait être de la sorte. Vous aussi, monsieur Wiggins. Vous avez jamais pensé que j'étais bon à aut'chose. Moi non plus. J'croyais que le Seigneur m'avait mis sur la terre pour faire ce que j'faisais.

Il s'est dirigé vers la fenêtre et s'est retourné pour me regarder.

– Présentement vous voulez tous que j'sois meilleur que tout le monde. Comment, monsieur Wiggins ? Dites-moi.

– Je ne sais pas, Jefferson.

– Combien y me reste, monsieur Wiggins, deux semaines ?

– Oui, à peu près, si rien ne se produit.

– Y va rien se produire, monsieur Wiggins. Et c'est pas « à peu près ». C'est tout ce que j'ai sur cette terre. J'peux pas reculer, monsieur Wiggins. C'est facile pour vous tous de dire « à peu près ». Pour moi, c'est deux semaines – deux semaines, et c'est tout. Et comme dit le révérend Ambrose, alors faudra que je renonce à cette vieille terre. Mais c'est pas là que j'vais, monsieur Wiggins, dans la terre ?

La tête basse, je ne lui ai pas répondu.

– Vous pouvez me regarder, monsieur Wiggins ; ça m'est égal.

J'ai levé la tête, et je l'ai vu planté sous la fenêtre, grand et fort, pas voûté comme lorsqu'il avait été enchaîné.

– J'vais faire de mon mieux, monsieur Wiggins. C'est tout ce que je peux promettre. De mon mieux.

– Tu es un homme, Jefferson, bien plus que moi.

– Parce que j'vais mourir bientôt ? Ça fait de moi un homme, monsieur Wiggins ?

– J'avais les yeux fermés jusqu'à cet instant, Jefferson. Ils ont été fermés toute ma vie. Oui, on a tous besoin de toi. Tous jusqu'au dernier.

Il m'a étudié un moment, puis il a tourné le dos et levé les yeux vers la fenêtre.

– C'est si joli dehors, a-t-il dit. Si joli. J'avais jamais vu que c'était si joli.

Je l'ai regardé planté là, grand et fort, son large dos tourné vers moi.

– Comment ça fera, monsieur Wiggins ?

Je croyais savoir de quoi il parlait, mais je ne lui ai pas répondu. Il s'est retourné vers moi.

– J'vais sentir quoi, monsieur Wiggins ?

J'ai secoué la tête. Mes yeux étaient brûlants.

– C'est pas long, j'espère.
– Non, Jefferson.
– Comment vous savez, monsieur Wiggins ?
– Je l'ai lu.

Je ne le regardais pas. Je regardais le mur. C'était paru dans le journal. La première décharge, si tout se passait bien, rendait tout de suite le condamné inconscient.

Il est revenu s'asseoir sur la couchette.
– Ça ira, monsieur Wiggins.

J'ai hoché la tête sans le regarder.
– Vous voulez une patate, monsieur Wiggins ? a-t-il proposé en ouvrant le sac en papier.
– Volontiers, ai-je répondu.

29

JOURNAL DE JEFFERSON

meusieu wigin vous mavé di décrir mai je sé pa quoi écrir et vous avé dit je doi pensé à dé chose que jé raconté a persone é je devré lé mètre sur le papié mai je sai pas quoi mètre sur le papié vu que jai jamé écri sof à lécole jé jamé écri une lètre de ma vi pasque nanan demandé o zotr enfan décrir sé lètre é de lire sé lètre, pa moi, alor je voi pa tro quoi écrir mai peutèt la prochène foi.

cé le soir é jé mangé mé arico é mon ri é jé bu ma tace de lé é le soleil arive a la fenètr vu que je le voi éclèré par tère et jantan ned et lé zotr parlé é cé a peu pré tou pour le moman

jé pa pu dormir la nuit passé pasque jarété pa dan révé et je veu pas révé sa pasque je vé quèque par et je sé pa ou cé é avan darivé a la porte je me réveil é je voulé écrire dan le cayé mé y a pa de lumièr issi a par la lune alor jécri ce matin sito que le soleil é levé mé la tanto jé oublié ce que je voulé dire.

nanan ma aporté dé zeu de pac é jan é manjé un é nanan an a manjé un é le révéran ambros il an a manjé un é il ma demandé si je sé pourquoi le ségneur il é mor é il a di quil é mor pour moi pour que je le retrouve dans le siel é tou ce quil veu que je fas cé dire que je veu alé la o avec lui é lé zanje é si je le veu de tou mon queur é de toute mon ame jiré o siel é nanan sé remi za pleuré é mis lou a du la séré dan sé bra é nanan a di tou se que jé a fèr pour que sa vi vail la pène sé de demandé o ségneur de pardoné mé péché é elle é le révéran ambros été a jenou é mis lou été toujour sur la chèse a la séré é jé été contan quan paul é venu me cherché

je sé pa quel jour on é mé la nui passé je pouvé pa dormir é jentendé ned ronflé é jété couché la é je pansé a samson qui disé si le ségneur mème coman sa se fé quil a léssé ma fam mourir é ma léssé avec lé zenfan é coman sa se fé quil vien pa issi prandr dé jan com lé frère martin sur la rivière sin charl o lieu de tourmanté dé pov jan quon jamé rien fé quéssayé de le servir du mieu quil pouvé

on diré que le ségneur il travail que pour lé blan vu que depui que je sui tou peti jé été tou seul a aporté lo dan le chan sur cet vieille charète avec toute cé gamel é la puisète, je tapé é la vieille doroté elle troté, elle troté, et moi la o je la tapé avec la corde é toute cé gamel é la puisète qui tapé sur le tono do pour que je porte leur o é leur mangé a tan é lé jan me voyé é léssé tombé leur hou é il vené cherché leur gamel vu quil reconéssé leur ficelle ou la marque quil zavé fé dessu é boo assi sou un buisson avec sé arico blan é son ri é quan ton panse ou il é a cteur é coman sa se fé quil done pa a un omme une petite brise sil é si misricordieu é mis rachel avec son ri é sé légume qui lui disé continu continu é tu vera si un cou de tonère va pa te tapé sur le ciboulo é boo lui répon quil vienne sa mé tégal vu quun nègre mor sé mieu quun nègre vivan un jour de semène é samdi je me soule é il le répète é samdi debou o milieu de la route il cri o ciel vien me chérché jan é rien a fère é il tonbe dan le fossé é il ressor sur la route an montran la bouteil pour que le ségneur il peu la voir é il roule dan le fossé é il sor sur la route et il tien la bouteil pour que le ségneur il la voi é il di je sé que tème persone que lé blan vu que té leur dieu é vien lancé ton éclère si tu veu pasque le nègre il a pa de dieu é lé jan qui von à léglise il ferme leur porte é leur feunètre pour pa antandre boo blasfémé le ségneur mé moi é lé zotr enfan dan lé quartié on èmè boo pasquil nou achetè toujour dé bonbon é dé gato

je peu plu dormir pasque sito que je ferme lé zieu je voi cet porte é avan di arrivé je me réveil é je me randor pa pasque je veu plu marché ver cet porte pasque je sé pa ce qui ya derière si cé la qui von mètre cet chèse ou si sa veu dire la mor ou la tonbe ou le paradi je sé pa je me demande si boo il é allé o ciel vu que je sé quil avé pa trouvé la relijion avan

meusieu wigin vou avé di que vou zémé se que jé écri mé vou pouvé pa me mètre un 10 rien quun 9 pasque vou disé je sui pa allé assé profon en moi encor é vou savé que je peu si jessaye vrémen é quan je vou é demandé se que vou voulé dire profon en moi vou avé di écri seuleman ce que ta dan la tète comme sa un jour tu sera sové é tu poura sové lé zenfan é jé di je sé pa se que vou voulé dire é vou avé ler si fatigué dé foi meusieu wigin jé anvi de vou dire que je vou zème bien mé je sé pa dire sa vu que je lé jamé di a persone é persone me la jamé di

je sé que ma nanan elle conte bocou pour moi mé je sé pa si cé de lamour vu que coupé du boi é tiré de lo é dé chose de la sorte je sé pa si cé dlamour ou seulman du travail a faire é vou disé que cé dlamour é que vou savé que jé plu que sa a dire é quan je sui couché issi la nui é je peu pa dormir jéssai de pansé quesque vou voulé dire jé plu a dire vu que jé jamé autan pensé é écri toute ma vi

cé lundi é y me reste plu que quèque jour é jespèr voir ma nanan une dernière foi vu que le révéran ambros é mis lou dise quelle va pa tro bien é elle a pa pu venir avec eu cet foi mé dieu sé meusieu wigin jespère pouvoir la voir une dernière foi sur cet terre avan de partir esque cé dlamour meusieu wigin merssi davoir di que je mérite neuf é demi et vous savé que le disse é pa loin

le shérife é meusieu picho é meusieu morgan il son venu dan la celule ojourdui é meusieu picho il ma demandé coman je vé é je lui é di bien é il a di oui il voi que je vé bien é il me demande sil peu fer quelque chose pour moi é je lui di non meusieu sa va é il me demande si je veu un créyon tou neuf avec une petite gome mé je lui di que je prendré le créyon mé jé pa besoin de la gome vu que vou mavé di décrire tou ce qui me passe par la tète é si sé pa bien de rayé é de continué é il di oui il voi é il me demande si je veu quil taille mon crayon é je di oui meusieu é il taille le crayon avèque un tou peti canife qui a un manche de nac é je regarde le canife é jé vu meusieu picho regardé le shérife guidry é meusieu morgan é le shérife il la regardé ossi mé meusieu morgan a continué a me regardé come sil voulé savoir ce que je pensé é meusieu picho me demande si je veu le petit couto é je lui di oui meusieu je veu bien é il détache la petite chène dor de sa cinture é il me tan le couto é la chène é il me di que cé a moi é je di pour quèque jour é vou pourré lé reprendre é je tené le couto dan une min é la chène dan lotre é je lé regardé é jentan meusieu picho dire bon et jentan meusieu morgan dire cé pa encor vandredi é meusieu picho di tu veu doublé le pari é ajouté ce troteur é meusieu morgan di cé pa encor vandredi le vieu clark il é venu ossi pour esseillé dagir come un ètre umin mé je voi sur sa figure quil é pa bon é je le regarde mème pa quan il me demande si je vé bien é sil peu maporté quèque chose non je continu a écrire dan mon caillé é sa mé tégal sil le voi quan je seré mor é anterré

paul o contrère il essé de fère come sil voulé plu maproché de tro prè é tou le tan il é le seul par issi a savoir parlé comme un ètre umin o jan je te coné paul é je te coné clark et je vou coné ossi shérife guidry et meusieu picho é meusieu morgan é tou lé zotre é jé jamé di sa avan mé je vou coné tous tan que vou zète

ségneur ayé pitié dou jésu meusieu wigin dou il son venu tou cé jan quan vou mavé demandé si dé zenfan pouvé venir issi me parlé je savé pa que vou voulié dire tou lé zenfan de votre écol é il zété tous assi par tère bien sage dan leur zabi tou propre é je voyé que yen avé quavé peur de moi mé la plupar été brave é il mon parlé é ma petite cousine estelle elle é mème venu menbrassé sur la jou et jé pa pu me retenir

é pui aprè lé zenfan cé lé vieu qui son venu é on oré di que tou lé jan dé quartié été la mis julia é joe é mis harret é tante agnes é meusieu norman é mis sara é mis lilia é meusieu harry é mis lena é dieu sé qui é meusieu ofal é mis felia avec son chaplé qui prié é tou lé jan disé que javé bone mine é ségneur ayé pitié dou jésu meusieu wigin coman vou zavé fé pour fer venir bok dan ce costume ce costume qua lair deu foi trop peti pour lui vu que je me rapèle que mis rita lui a acheté y a dis ou onze an é bok qui bafouillé come sil me connessé é mis rita disé quil voulé dire quil été contan de me voir é il veu me donné une de sé zagate é moi je regardé bok é je secoué la tète é je secoué la tète é jarété pa de dire mon vieu bok mon vieu bok tu veu me doné une de té zagate mé bok voulé pa la laché mis rita a du lui dire pluzieur foi de la laché mé bok voulé toujour pa la laché é mis rita a du lui araché de la min é me la doné é bok sé mi a bafouillé alor mis rita a du me tandre la min pour que je la lui rande é elle la redoné a bok é bok la remi dan sa poche é sé mi a la remué avec toute lé zotre é mis rita a di quelle été sure quil voulé me doné quèque chose cé pour sa quil avé voulu venir é je lui é di que sa fesé rien javé besoin de rien mé elle a di que bok pourré pa dormir cet nui sil me donné pa quèque chose é elle lui a di de man doné une otre sil voulé pa me doné lagate é bok lé zieu vide il continué a remué lé bille dan sa poche jusqua ce quil trouve la plu petite é il me la doné

cété la première foi que jé pleuré quan il zon fermé la porte derière moi, la toute première foi é je sui resté assi sur mon li a pleuré mé san lé laissé voir ou entandre pasque je voulé pa quil conprène de traver mé je pleuré a cose de bok é de la bille quil ma doné é a cose dé jan qui son venu me voir vu quil zavé jamé fé une chose pareil pour moi avan

je veu pa dormi la nui je fé juste dé peti somme dan la journé quan y a de la lumière pasque je veu pa révé de cette porte chaque foi que je ferme lé zieu

quan il mon amené dan le parloir é que jé vu nanan a la table jé vu comme elle avé lair vieille et fatigué é je lui é di que je lémé é je lui é di que jété for é elle lair vieu et fatigué elle ma atiré contre elle é elle ma anbrassé é cété la première foi quelle le fesé é cété bon é je lé lessé me tenir lontan pasque vou zavé di que cété bon pour elle é je lui é di que jété for é quelle avé plu besoin de revenir pasque jété for é elle elle été assise lé zieu casiman fermé comme si elle avé anvi de dormir mé elle me regardé tou le tan é aprè le révéran é mis lou on du lédé a se levé é lon ramené a la méson.

meusieu wigin quan jé vu votre bonne ami é lé zotre jé vu comme elle é joli é je regrette la fasson que jé parlé ce jour que jété colère aprè vou é jé di cette vilène chose sur elle vu quelle é si joli é elle a un si joli sourire quan elle regarde lé jan é on voi bien quelle se done pa dé zair que ché zelle y a que dla qualité é elle parle si gentiman o jan é je voulé la regardé tou le tan mé javé peur vu quelle é si joli é moi je sui lai é elle avé une joli robe avec dé joli fleur é mé zabi sente pa bon é javé pa pri de bin depui samdi mé javé quan même anvi de la regardé é elle a di quelle trouvé que javé bonne mine que javé lair for é quan elle a posé la min sur mon épole je me sui mi a tremblé é elle sé penché tou prè é elle ma ambrassé é jé u cho é jé senti lodeur de sa poudre é je me senté bien mé javé peur é cho vu que cé la première dame si joli qui mambrasse é quan vou zète parti je sui allé a la porte é je lé regardé si lontan que jé pu é je senté l'odeur de sa poudre et sa bouche sur ma figure.

je regrette si jé pleuré meusieu wigin je regrette si jé pleuré quan vou zavé di que vou revené pa demin je suis for é le révéran ambrose sera issi avec moi é meusieu harry vien ossi é la réson que je pleure cé que vou zavé été si bon pour moi meusieu wigin é persone a jamé été ossi bon persone ma jamé fé sentir que je sui quelquun

le shérife guidry ma demandé ce que je voulé pour mon diné é je lui é di que je veu que nanan me fasse dé zokra é du ri é dé cote de por é du pin de maïs é du lé caillé é il a di quil allé voir ce quil pouvé fer é quesque je voulé comme desser é je lui é di juste un peu de glasse dan un bol é une tarte

il mon emmené é il mon lessé sou la douche avec un nouvo savon é il mon donné une grande serviette prop é il mon ramené é jé mi dé zabi prop é je me sui assi pasque mon diné été la é jé tou mangé é cété le meilleur repa que ma nanan ma jamé fé

le soleil se couche é je sé que cé le dernié que je voi se couché mé je vé voir encor un levé de soleil vu que je vé pa dormir cet nui

je vé dormir lontan aprè demin

le shérife guidry é venu apré mon diné é il ma demandé comen sa va é jé di je vé bien é il ma demandé il ma di jé jamé pri ton caillé pour regardé dedan é il ma demandé ce que javé écri é je lui ai répondu o dé chose é il a di esquil ma pa bien traité é je lui ai di si meusieu é il a di é sé zajoin esquil mon pa bien traité é je lui ai di si meusieu é il a di esquil a pa lessé lé jan me visité quan il voulé é jé di si meusieu é il a di esquil a pa lessé lé zenfan é tou lé jan dé quartié venir me voir y a deu jour é jé di si meusieu é il a di tu va mettre tou sa dan ton caillé é jé di oui meusieu é il a di bon écri sa dan ton caillé que je té bien traité tou le tan que tu a été la é il a di quil devé rentré ché lui vu quil avé pa soupé encor mé que japelle un ajoin si javé besoin de quèque chose é il ma demandé si je voulé que la lumière elle reste allumé toute la nui o ca que je voudré écrire encor é je lui é di oui meusieu é il a di dacor je pouvé avoir toute la lumière que je voulé

ma lumière é alumé mé y a pa de lumière ailleur é y a pa de brui mé persone dor

y a une lune dehor é je voi lé feuille sur larbre mé je vé plu voir lé feuille apré demin

je sé pa si il zon un paradi vu que samson disé cé pa possib é boo disé quy en a pa pour lé nègre mé réveran ambros il di quy en a un pour tou lé zomme é bok il sé pa

je trembe je trembe mé je vé resté for

javé pa besoin dallé laba avec brother é bear pasque cété dé vorien é je vé lé revoir biento

cé tranquille tranquille é jentan mé dan claqué é mon cœur cogné

quan jété peti jété le porteur do é je mené la charette mé la tanto fo que je soi un omme é que jmassoi sur la chèse

je sé pa si vou pouré lire sa meusieu wigin ma min trembe é jentan mon cœur

jentan randy mé jécoute plu vu quil é pour lé vivan é pa pour moi

il é tar é je sé pa quel eure il é mé je sé quil é tar é je vien dallé o cabiné é de me lavé la figure

il comance a fer jour

le soleil ce lève

loiseau qui chante dan larbre on diré un dobleu

le ciel é bleu bleu meusieu wigin

adieu meusieu wigin dite leur que je sui for dite leur que je sui un omme adieu meusieu wigin je vé demandé a paul sil peu vou zaporté mon caillé

sincerman jefferson

30

Sidney de Rogers était en chemin vers la maison de George Jarreau pour tondre la pelouse quand le camion l'a dépassé. Il n'a pas prêté beaucoup d'attention au camion noir recouvert d'une bâche grise, mais il racontait plus tard aux clients du Rainbow Club qu'il avait bel et bien senti un frisson quand le camion était passé. Le camion a tourné à gauche deux rues plus loin, mais il a pensé que c'était simplement un camion qui livrait des marchandises à l'un des principaux magasins. Vers onze heures, la femme de George Jarreau, Lucy, est sortie dans le jardin où Sidney ratissait l'herbe et les feuilles et lui a demandé d'aller en ville lui acheter une grosse bobine de fil blanc aux magasins Edwin. Sidney a pris la voiture de Lucy pour aller dans le centre à six rues de là, et comme il approchait du magasin il a vu une foule groupée sur le trottoir en face du tribunal. Le camion que Sidney avait vu à huit heures ce matin-là était garé à côté du bâtiment. La bâche avait été roulée, et deux hommes assis à l'arrière du camion parlaient en fumant des cigarettes. Sidney a arrêté la voiture un peu plus loin et il est revenu à pied. Il a vu beaucoup de visages de connaissance, des Blancs et des gens de couleur, mais personne n'a fait attention à lui; ils s'intéressaient trop au camion garé à côté du tribunal. Quand Sidney est entré dans le magasin, il a trouvé tous les employés sur le devant, s'efforçant de voir ce qui se passait dans le camion. Il a attendu, mais personne ne faisait attention à lui. Finalement, il a dit à l'une des vendeuses que Miss Lucy l'avait envoyé chercher une bobine de gros fil blanc. Sans tourner la tête, la femme lui a dit d'aller la chercher lui-même. Lorsqu'il est revenu pour payer, elle lui a dit que Lucy pouvait envoyer l'argent une autre fois.

Ma tante n'avait pas dormi à la maison la veille. Comme beaucoup de vieilles personnes des quartiers, elle avait passé la nuit avec Miss Emma. D'autres se sont relayées, mais ma tante est restée toute la nuit. Le révérend Ambrose est resté jusqu'à minuit, puis il est rentré chez lui pour dormir un peu parce que le shérif avait dit qu'il voulait voir tous les témoins à onze heures et demie tapantes le lendemain matin.

Vivian et moi étions assis dans un coin au Rainbow Club ce soir-là. Il y avait une bonne douzaine de clients, mais je n'avais jamais vu l'endroit aussi calme. Vivian a couvé le même verre tout le temps qu'elle était là, et quand elle est partie, elle ne l'avait pas fini. Elle était allée à l'église après ses cours l'après-midi, et elle m'a dit qu'elle y retournerait le lendemain matin. Elle m'a dit aussi qu'à partir de midi, et jusqu'à ce qu'elle « sache », elle ferait agenouiller ses élèves à côté de leurs bureaux. Elle a quitté le Rainbow Club à neuf heures. Après l'avoir raccompagnée à sa voiture, l'avoir embrassée et lui avoir souhaité bonne nuit, je suis rentré et me suis mis au bar. Clairborne essuyait des verres et ne parlait à personne. Il vous servait si vous leviez votre verre ou votre bouteille de bière, puis il se remettait à essuyer ses verres. Thelma avait fermé le restaurant peu après neuf heures et elle était retournée chez elle. Clairborne a annoncé qu'il fermerait à onze heures ce soir-là. Je lui ai dit que je voulais emporter un quart de whisky. Clairborne l'a enveloppé dans un sac en papier Kraft et je l'ai payé, mais nous ne nous sommes pas regardés en face. A dix heures et demie je suis parti, mais je ne voulais pas encore rentrer, aussi j'ai roulé jusqu'à Port Allen pour aller dans un autre bar. Là je suis tombé sur un type qui me connaissait et qui voulait en parler, mais je n'en avais pas envie, et après avoir pris un verre je suis reparti pour les quartiers. J'y suis arrivé après minuit. Les lieux étaient plongés dans le noir, à part la lumière sur la galerie de Miss Emma. Deux ou trois voitures que je n'ai pas reconnues étaient garées devant la maison. J'ai pensé qu'elles appartenaient à des parents ou à des amis venus lui tenir compagnie cette nuit. Je ne me suis pas arrêté. Il n'y avait rien de plus à dire. J'ai continué jusqu'à la maison. J'ai sorti la bouteille du sac en papier et j'en ai bu environ la moitié. J'avais acheté l'alcool pour pouvoir dormir, mais Dieu sait que je ne voulais pas dormir. Je ne voulais pas rêver – pas ce soir.

Le pasteur n'a pas fermé l'œil de la nuit, et à l'aube il s'est levé et s'est agenouillé à côté de son lit pour réciter ses prières, puis il est allé à la cuisine chauffer l'eau pour son bain. Sa femme, madame Becky, est entrée dans la cuisine lui préparer un bol de flocons d'avoine pour son déjeuner. Sa toilette achevée, le pasteur s'est assis à table pour manger. Il a d'abord bu une tasse de café. Il mangeait très lentement, pensant à ce qu'il avait à faire ce jour-là. Son déjeuner fini, il est allé dans la chambre à coucher prendre sa Bible, puis il est revenu dans la cuisine se rasseoir à la table. Il avait choisi le psaume 23 pour le lire à la prison ; il avait fait ce choix peu de temps après avoir été autorisé par le shérif à faire partie des témoins. A présent il lisait sa Bible et priait que Dieu lui donne la force qui, il le savait, lui serait nécessaire. Il n'avait jamais assisté à rien de tel auparavant, et il savait qu'il aurait besoin de Dieu à chaque instant qu'il passerait là-bas. Il savait que Harry Williams serait présent également, et il s'est dit qu'il se placerait aussi près de lui que possible. Il s'est aussi rappelé qu'il devait rencontrer LaCox aussitôt que ce serait fini. LaCox était l'entrepreneur des pompes funèbres pour les gens de couleur de Bayonne : il tiendrait le cercueil prêt.

A six heures et demie, le shérif s'est assis à la table de la salle à manger pour prendre son petit déjeuner, deux sandwiches dans des petits pains cuits à la maison. L'un contenait de la saucisse et l'autre des figues. Lillian, leur bonne, une femme de couleur, avait mis des figues en conserve l'été précédent. Le shérif a également bu un verre de lait et une tasse de café noir et fort. D'habitude il prenait son petit déjeuner à huit heures pour être à la prison à neuf heures, mais ce jour-là il voulait y aller à sept heures et demie au plus tard, la chaise devant arriver avant huit heures. La femme du shérif était assise en face de lui, elle buvait du café; pour elle il était trop tôt pour avaler autre chose. Tout en déjeunant, le shérif parlait à sa femme, mais la plupart du temps il évitait de la regarder en face. Il lui disait qu'il aurait préféré que ce jour n'arrive jamais, mais maintenant qu'il était là, il fallait qu'il fasse son devoir. C'était la première fois qu'il était responsable d'une exécution, et il priait pour que tout se passe bien. Il a raconté à sa femme qu'il avait demandé à l'instituteur s'il voulait être présent, mais l'instituteur avait secoué la tête. Il comprenait, avait-il dit à l'instituteur. Le révérend avait demandé à être là, et il lui avait demandé si une autre personne des quartiers voulait venir aussi. Le révérend avait répondu qu'il se renseignerait, et le lendemain il était revenu l'informer qu'Harry Williams avait accepté. Le shérif connaissait Harry Williams et savait que ce n'était pas un agitateur. Le shérif, en mangeant, citait les noms d'autres témoins, le regard posé derrière sa femme. Il avait aussi engagé deux autres adjoints, au cas où il aurait besoin d'eux. Deux membres de la famille de monsieur Gropé seraient présents – et il remerciait Dieu que la famille l'ait laissé mener toute cette affaire de façon civilisée. Il a dit à sa femme sans la regarder directement que ça aurait lieu dans la réserve au rez-de-chaussée à l'arrière du tribunal. Que la pièce avait été vidée pour faire de la place pour la chaise et les témoins.

Melvina Jack était en train de balayer le trottoir devant les magasins Edwin quand le camion est passé devant elle. Elle avait fini et cognait le balai pour le débarrasser de la poussière quand elle a vu le camion s'engager dans la ruelle à côté du tribunal. Juanita de Jean, l'une des employées blanches du magasin, est sortie demander à Melvina si elle avait une idée de ce que ce camion pouvait transporter. Melvina l'ignorait, mais Juanita l'a assurée qu'elle le saurait avant la fin de la journée. Une automobile est arrivée et s'est garée devant le tribunal sur un emplacement marqué OFFICIEL. La voiture du shérif était déjà à sa place habituelle. Deux hommes sont descendus de la voiture officielle et sont entrés dans le tribunal. Ils étaient en costume, le plus âgé et le plus costaud coiffé d'un chapeau de cow-boy. Melvina et Juanita continuaient à observer le camion garé à côté du tribunal. Soudain le cœur de Melvina s'est mis à battre à tout rompre, et Juanita l'a entendue dire :

– Non, non.

– Si, si, a répondu Juanita.

Pendant qu'elles restaient là à surveiller le camion, le shérif Guidry est sorti du tribunal avec les deux hommes, et tous les trois ont contourné le bâtiment pour s'approcher du véhicule. Le shérif Guidry a dit quelques mots au chauffeur, et le camion a reculé vers l'arrière du tribunal, tout contre une fenêtre. Deux hommes sont sortis de la cabine, sont montés sur le plateau et se sont mis à rouler la bâche. Alors Melvina l'a vue, une chaise en bois à haut dossier munie de courroies en cuir, et il lui a fallu toute sa force, a-t-elle raconté plus tard, pour rester sur ses jambes. Les deux hommes, un de chaque côté, ont déplacé la chaise vers l'arrière du camion, et deux autres, qui étaient sortis par la porte de derrière du tribunal, ont tendu les bras tandis qu'on leur passait la chaise. Quand les hommes au sol l'ont tenue bien en mains, ceux du camion ont sauté à terre, et tous les quatre ont fait entrer la chaise dans le tribunal par la porte. Il y avait autre chose dans le camion, une sorte de machine, disait Melvina. Juanita l'a assurée que rien ne se passerait avant midi, et qu'elle pouvait rentrer chez elle à onze heures et demie si elle voulait. Melvina l'a remerciée, mais elle ne pouvait toujours pas détacher les yeux du camion. Elle a entendu Juanita dire qu'elle préfèrerait qu'une horreur pareille puisse se faire ailleurs. Et les pauvres enfants à l'école ? Elle espérait qu'ils n'entendraient pas. Melvina savait qu'elle parlait des enfants blancs de l'école blanche, mais elle n'avait aucune idée de ce qu'ils pouvaient entendre d'aussi loin.

Pendant le mois qu'il passait en prison, la tâche de Fee Jinkins consistait à nettoyer le bureau du shérif et les toilettes des Blancs, celles pour les hommes et celles pour les femmes. Il commençait tous les matins entre six heures et six heures et demie et finissait vers huit heures ou un peu plus tard. Il s'apprêtait justement à ranger le balai à franges et le seau quand il les a vus faire entrer cette chaise par la porte de derrière. Quatre personnes la portaient, deux inconnus et les deux adjoints spéciaux, Oscar et Claude Guerin. Le shérif marchait devant, et un homme coiffé d'un chapeau de cow-boy suivait la chaise. Le type au chapeau de cow-boy n'arrêtait pas de recommander de faire attention, surtout ; il ne voulait pas qu'on cogne la chaise. Le shérif a ouvert la porte de l'ancienne réserve, les deux inconnus l'ont portée à l'intérieur, et tous ont suivi. Ils n'ont pas fermé la porte, et Fee les entendait parler là-dedans, même si de l'endroit où il se trouvait dans le couloir il ne les voyait pas. Il a entendu le shérif demander où on allait poser la chaise, et l'homme au chapeau de cow-boy a indiqué qu'il la voulait contre le mur pas loin de la fenêtre, parce que les fils du générateur resté dans le camion devaient passer par là. D'autres personnes qui étaient venues travailler étaient également dans le couloir. Une femme a dit qu'elle l'avait vue, et qu'elle était horrible. Un homme a répondu qu'en effet elle était horrible, c'était pour ça qu'on l'appelait l'Horrible Harriet. Il a ajouté que quiconque s'asseyait sur les genoux de l'Horrible Harriet quand elle était en chaleur ne s'asseyait plus jamais. La femme a répliqué :

– Eh bien ça, c'est horrible !

Fee a entendu l'homme au chapeau de cow-boy ordonner à quelqu'un d'aller au camion chercher les instruments. Un Blanc debout derrière Fee lui a demandé s'il l'avait vue. Fee a répondu bien sûr, il l'avait vue, et elle avait l'air méchant. Le Blanc a dit à Fee de faire attention, sinon on serait peut-être obligé de ramener Harriet pour l'asseoir sur ses genoux. Un autre a ri nerveusement. Une femme dans le couloir lui a dit qu'il devrait avoir honte de rire, quelle honte ! Fee a entendu l'homme au chapeau de cow-boy parler à un autre à travers la fenêtre. Il lui demandait si les fils étaient assez longs, et l'homme du camion lui répondait par l'affirmative. Dans le couloir, d'autres employés arrivaient au travail. Ils voulaient tous savoir si les premiers arrivés l'avaient vue. Certains qui ne l'avaient pas vue prétendaient que si. Quelqu'un a fait remarquer que si on ne l'avait pas vue, on était certain de l'entendre. Et une femme a déclaré qu'elle aurait dû se faire porter malade et rester chez elle ce jour-là. Un homme lui a dit que tous ceux qui voulaient partir étaient libres de ne pas revenir entre midi et trois heures. La femme a répondu qu'elle ne serait pas sûrement dans les parages. Quelqu'un a demandé si c'était toujours entre midi et trois heures, et un autre a répondu que oui, toujours. Un troisième a ajouté que le Seigneur était mort entre midi et trois heures un vendredi. Oui, a renchéri une femme, en même temps que deux voleurs, un de chaque côté de Lui. Fee a entendu la femme répéter qu'elle ne serait certainement pas là à ce moment. Elle se sentait déjà mal.

Clay Lemon, qui travaillait au café-bar et magasin de pêche Weber et qui faisait des courses pour Felix Weber, venait de descendre de voiture pour entrer à la banque quand il a entendu le bruit pour la première fois. Il provenait de la direction du tribunal, à une centaine de mètres de là. Clay a raconté plus tard qu'il ne savait pas ce que c'était, ni d'où ça venait. Un Blanc et une Blanche qui marchaient devant lui étaient sur le point d'entrer dans la banque quand la femme s'est brusquement arrêtée et a regardé en arrière. Elle s'est exclamée :

– Oh, mon Dieu, ne me dis pas qu'ils ont commencé...

Et l'homme a répondu :

– Viens, ma chérie, viens; n'écoute pas ça.

L'homme tenait la porte ouverte pour elle, mais elle n'entrait pas, et Clay n'osait pas passer la porte avant les Blancs. L'homme a affirmé à la femme que rien ne se produirait avant midi passé, ils seraient partis depuis longtemps d'ici là; ils étaient simplement en train de mettre la machine en route, de tester les intruments pour s'assurer que tout était en état de marche.

– Mais, mon Dieu, toute la ville peut entendre ! s'est écriée la femme.

– Viens, viens donc, chérie, a répondu l'homme en passant le bras autour d'elle.

Ils sont entrés, et Clay les a suivis. La femme a demandé à l'employée derrière le comptoir si elle avait entendu.

– Entendu quoi ? a fait l'employée.

La femme lui a parlé du bruit qui venait du tribunal. L'employée a dit qu'à l'intérieur, ils n'entendaient presque rien de cette distance. La femme a secoué la tête :

– C'était tout simplement horrible. Vraiment trop horrible !

L'employée a raconté à la femme que son petit garçon lui avait demandé la veille au soir ce qui allait se passer à la prison ce jour-là; elle lui avait répondu que le shérif devait seulement se débarrasser d'un mauvais nègre, elle ne voulait pas qu'il s'inquiète. Elle avait été voir son petit garçon juste avant d'aller se coucher, et il dormait profondément. Et aujourd'hui quand il était parti pour l'école avec son petit cartable, il n'avait pas dit un seul mot; il avait tout oublié. L'employée racontait son histoire tout en servant les deux Blancs. Puis Clay s'est avancé vers le comptoir – mais il avait oublié pourquoi il était là. L'employée, une femme très mince, avec des cheveux blonds et des yeux gris-bleu, l'a regardé et lui a dit :

– Eh bien, eh bien, je n'ai pas toute la journée – tu ne l'as pas apporté ?

Mais Clay ne savait pas de quoi elle parlait.

– Felix ne t'a pas envoyé chercher l'argent, imbécile ? lui a-t-elle demandé.

Il a dû lui donner le sac avec le mot et le chèque, parce qu'un instant plus tard il s'est retrouvé avec le poids des quarters, des nickels, des dimes et des pièces d'un cent dans le sac, puis à l'extérieur dans la vive lumière du soleil, et il entendait toujours le bruit du générateur à une centaine de mètres de là.

Paul était dans le bureau quand le shérif et l'exécuteur des hautes œuvres sont entrés, suivis des deux adjoints spéciaux, Claude et Oscar Guerin. Le shérif s'est assis à son bureau et a fait signe au bourreau, qui s'appelait Henry Vincent, de prendre un siège. Vincent a enlevé son chapeau de cow-boy et l'a accroché au portemanteau à côté de celui du shérif. Paul a remarqué que les cheveux au sommet du crâne de Vincent étaient moins gris que ses favoris. Le shérif a proposé du café à Vincent, qui a accepté. Le shérif a dit à Oscar d'aller au bout du couloir chercher le pot de café et de rapporter quelques tasses. Vincent a demandé au shérif si on avait rasé le prisonnier. Le shérif a répondu que non. Vincent lui a demandé s'il ne trouvait pas qu'il était temps. Le shérif a regardé Paul, debout près de la fenêtre. Il lui a indiqué où était le nécessaire ; il devrait faire sortir Murphy de sa cellule et lui confier le travail. Vincent a donné des instructions à Paul. Il devait s'assurer que Murphy le fasse correctement, qu'il le rase de près. Il a montré des emplacements précis à la jambe et au poignet. Il a expliqué qu'on y attacherait des électrodes, ainsi qu'à la tête, et qu'il fallait raser soigneusement ces endroits. Le shérif a dit au bourreau que le prisonnier n'avait pratiquement aucun poil sur le corps. Vincent a répété à Paul que Murphy devait raser le prisonnier partout où il l'avait précisé ; l'électricité rencontrait parfois des poils qu'on ne verrait jamais à l'œil nu. C'était une exécution, a-t-il ajouté, pas une séance de torture, il en avait assez vu comme ça pour le reste de ses jours. Paul a demandé au shérif s'il ne pouvait pas confier cette mission à un autre. Le shérif lui a répondu que Clark ne viendrait que plus tard, il fallait qu'il le fasse. Paul a fait signe à Claude Guerin de venir avec lui et ils sont passés dans la pièce voisine. Il a entendu Vincent demander au shérif s'il pensait que Paul tiendrait le coup, et le shérif répondre que oui, mais que c'était la première fois pour lui. Ils avaient bien besoin de ça, qu'un de leurs hommes flanche, disait Vincent au shérif. Celui-ci l'a assuré que Paul était digne de confiance, mais que c'était la première fois pour lui, c'est tout. Il espérait qu'il connaissait ses hommes, a dit Vincent au shérif. Paul et Claude sont sortis par une autre porte ; Claude portait une cuvette, une tondeuse, des ciseaux, et un rasoir de sûreté. Des gens sortaient de leurs bureaux pour demander à Paul si c'était déjà l'heure. L'adjoint spécial leur a dit que c'était seulement l'heure de la coupe de cheveux. Un homme debout sur le pas d'une porte a fait oh, oui, il avait entendu dire qu'on leur coupait les cheveux d'abord. Un autre s'est écrié quelle expérience, quelle expérience ! On n'assistait pas à ça tous les jours. Paul et Claude ont gagné le quartier cellulaire, ils ont ouvert la cellule de Murphy et lui ont dit qu'ils avaient un travail pour lui. Murphy a regardé les instruments dans les mains de Claude et il a demandé pourquoi lui. Parce que le shérif l'a décidé, lui a répliqué Paul. Murphy est sorti, et tous les trois sont allés jusqu'à la dernière cellule. Jefferson était couché sur le dos, mais il s'est assis et les a regardés quand ils sont entrés. Il n'avait pas l'air effrayé ; il semblait fatigué. Paul a remarqué qu'il avait les yeux rouges et il a compris qu'il n'avait pas dormi du tout. Paul lui a demandé comment il allait, et il a répondu bien. Il portait une chemise et un pantalon en jean bleu. Ses souliers sans lacets étaient à moitié cachés sous le lit. La radio et le cahier étaient par terre à côté du mur. La radio était silencieuse. Un oiseau chantait dans le sycomore devant la fenêtre. Paul a dit à Jefferson qu'on allait lui raser la tête. Il a envoyé Murphy chercher de l'eau chaude et du savon aux douches. Pendant que Murphy était parti, Paul et l'autre adjoint sont restés près de la porte ouverte de la cellule. Jefferson était assis sur la couchette, penché en avant, le regard fixé sur le sol. Les deux adjoints le regardaient, mais personne ne parlait. L'oiseau continuait à gazouiller dans l'arbre. Jefferson s'est tourné pour regarder l'adjoint qui se tenait à côté de Paul et lui a demandé des nouvelles de Miss Bernice. Claude ne savait pas s'il devait répondre, mais Paul a hoché la tête, et Claude a dit que sa femme allait bien. Et le petit Roy? a voulu savoir Jefferson. Claude a regardé Paul, qui a encore hoché la tête. Le petit Roy allait bien aussi; il était à l'école. Jefferson a baissé les yeux vers le sol. Murphy est revenu avec une cuvette d'eau chaude et un savon à raser. Il a posé la cuvette par terre au pied du lit et il a pris la tondeuse que tenait Claude Guerin. Claude a essayé d'éviter le regard de Jefferson quand celui-ci a levé les yeux vers lui. Les deux adjoints sont restés plantés près de la porte, à regarder les touffes de cheveux tomber sur le sol. Quand Murphy en a eu fini avec la tondeuse, il a trempé la main dans la cuvette d'eau chaude et a commencé à frotter la tête de Jefferson avec le savon. Claude lui a tendu le rasoir de sûreté. Une fois rasée, la tête était noire et luisante. Paul a ordonné à Murphy de prendre les ciseaux et de couper les jambes de pantalon et les manches de Jefferson. Debout au-dessus de Murphy, il lui a montré les endroits qu'il fallait raser autour des chevilles et des poignets. Pendant tout ce temps, Jefferson s'est laissé faire comme s'il était en transe, comme s'il ne sentait rien. Quand Murphy a terminé, il a reculé et examiné son travail, mais Jefferson regardait le sol. Paul lui a demandé s'il avait besoin de quoi que ce soit, et comme il n'a pas répondu, l'adjoint a fait signe à Claude et à Murphy de sortir. Il les a suivis et fermé à clef la porte de la cellule. Alors qu'il allait s'éloigner, Jefferson a levé la tête et l'a regardé. Il a dit à Paul qu'il voulait qu'il m'apporte le cahier et qu'il garde la radio. Paul lui a répondu qu'il ne pouvait pas prendre la radio, mais qu'il la donnerait aux autres prisonniers, pour qu'ils l'écoutent au parloir si Jefferson n'y voyait pas d'inconvénient. Jefferson a demandé à Paul s'il voulait la bille que Bok lui avait donnée, et cette fois Paul a accepté. Paul pouvait-il veiller à ce que monsieur Henri récupère le canif et la petite chaîne en or? Paul le lui a assuré. Jefferson a continué à fixer Paul d'un long regard intense, et l'adjoint a senti qu'il avait envie d'ajouter autre chose. Murphy et l'autre adjoint attendaient toujours.

– Bon, a dit Paul, en commençant à s'éloigner.

– Paul? a doucement fait Jefferson.

Ses yeux parlaient encore plus que sa bouche. L'adjoint lui a rendu son regard. Murphy et Claude le regardaient aussi.

– Tu seras là, Paul? a demandé Jefferson, et ses yeux posaient la même question.

– Oui, Jefferson, je serai là, a répondu Paul en hochant la tête.

31

Une fois que les enfants eurent récité leurs versets de la Bible et avant que les cours ne commencent, je leur ai appris qu'il n'y aurait pas de récréation ce jour-là, et que je les laisserais rentrer chez eux pour déjeuner à onze heures, parce que je voulais qu'ils soient tous de retour à midi moins le quart au plus tard. Je leur ai dit qu'à midi pile ils s'agenouilleraient tous jusqu'à ce que j'aie reçu des nouvelles du tribunal, que ça prenne une heure, une heure et demie ou trois heures.

Louis Washington junior a levé une petite patte sale.

– Et si y en a un qui s'faisait excuser ?

– Alors il rattraperait ce temps à genoux après trois heures, lui ai-je dit. Chaque minute que vous ne passerez pas à genoux entre midi et le moment où j'aurai des nouvelles, vous resterez deux fois plus longtemps agenouillés après trois heures. D'autres questions ?

– Non, m'sieu.

– Quelqu'un d'autre a une question ?

Personne n'en avait.

– Bon, ouvrez-moi ces livres, et je veux le silence, j'ai bien dit le silence.

J'ai confié à Odessa Freeman le cours supérieur ; Irene Cole ferait la classe au cours moyen première année ; le cours moyen deuxième année a ouvert son livre de grammaire, et les deux cours élémentaires étudieraient la géographie et l'histoire. Je leur ai dit que je les interrogerais plus tard, sinon dans l'après-midi, certainement le lendemain matin. Je savais que je ne serais pas capable de me concentrer sur mon travail ce matin, alors j'ai pris ma règle et je suis sorti.

C'était une belle journée. Le ciel était bleu. Pas un nuage. De l'autre côté de la route, dans le jardin des Freeman, je voyais une rangée de lys blancs de chaque côté de l'allée qui menait à la galerie. Un vieux pneu de voiture entourait chaque fleur. Derrière la maison s'étendait le champ de canne à sucre. Pour un homme moyen marchant entre les rangées, la canne nouvelle arrivait à hauteur de taille. Quelque part de l'autre côté du champ j'entendais le bruit d'un tracteur. Un métayer blanc devait labourer, puisque aucun Noir ne travaillait ce jour-là. Même ceux qui travaillaient à la grande maison pour Henri Pichot ou pour d'autres Blancs le long de la rivière avaient pris leur journée. Il en avait été décidé ainsi à l'église le dimanche précédent. Ceux qui n'étaient pas à l'église l'avaient appris par les autres : Jefferson aurait droit à tout leur respect ce jour-là. A présent, si l'on exceptait le bruit du tracteur au fond du champ, le calme régnait sur toute la plantation. Personne n'était assis sur la galerie, personne ne travaillait au jardin, personne ne traversait les cours ou la route.

J'ai jeté un coup d'œil vers la maison de Miss Emma plus loin dans les quartiers. Ma tante s'y trouvait, ainsi que d'autres, mais ils étaient tous à l'intérieur. La porte d'entrée était fermée, même si les vitres étaient ouvertes pour laisser entrer de l'air frais. Je voyais le rideau de tulle blanc pendre à la fenêtre.

Je suis passé derrière l'église. Comme tant d'églises de campagne, c'était une construction en bois, longue et étroite, avec un toit de tôle ondulée et un clocher. Des années auparavant, m'avait-on raconté, elle était posée à plat sur le sol. Plus tard, on l'avait placée sur des billots de bois. Pendant les années trente, quand j'étais élève ici, les billots de bois, qui avaient pourri au fil des années, avaient été remplacés par des briques. Un an ou deux avant que je commence à faire la classe, Farrell Jarreau et deux autres hommes avaient retiré les briques et les avaient remplacées par des blocs de ciment. Mais à présent, même les blocs de ciment s'étaient enfoncés si profondément dans la terre qu'un enfant qui perdait une bille ou une balle sous l'église avait peine à ramper dessous pour la récupérer.

Je me rappelais avoir joué au *softball* dans la cour de derrière avec les autres; nos poings nous servaient de battes. On essayait tous d'envoyer la balle hors de la cour pour faire le tour des bases. Je suppose que j'avais réussi aussi souvent que les autres, mais le nombre de fois n'était pas glorieux.

Où étaient tous les autres à présent? La plupart étaient partis. Vers des villes du Sud, vers des villes du Nord, d'autres dans la tombe. Jefferson avait-il jamais réussi un coup de circuit? Il était aussi grand que n'importe qui, plus fort que la plupart, mais un coup de circuit au *softball* était un exploit. La force brute ne suffisait pas. Il fallait de la chance et des réflexes. Il fallait frapper juste au bon moment, et pour ça il fallait de la chance et des réflexes. Lily Green avait réussi aussi souvent que les autres, je suppose. Mais sa chance l'avait abandonnée avant l'âge de vingt ans. Tuée accidentellement dans un bar à Baton Rouge. Quel gâchis! Une si belle fille! Tous les garçons étaient amoureux de Lily Green.

Je suis revenu vers le devant de l'église. Et demain? Que se passera-t-il après cette journée? Rien ne sera plus jamais comme avant.

A onze heures moins cinq, j'étais debout à mon bureau, face à la porte ouverte, quand j'ai vu la voiture du pasteur monter les quartiers, Harry Williams sur le siège du passager à côté de lui. Ils partaient pour Bayonne. J'ai dit à mes élèves de ranger leurs affaires en silence. Avant de les laisser partir, je leur ai rappelé que je leur interdisais de courir ou de crier, et que je les voulais de retour à l'école à midi moins le quart au plus tard. Quand la classe a été vide, je me suis assis à mon bureau, face à la porte.

Je ne voulais pas penser. Je voulais rester assis jusqu'à ce que je sache, mais sans penser d'ici là. Non, je voulais prendre ma voiture et partir. Aller quelque part et perdre tout souvenir de l'endroit d'où j'étais venu. Je voulais partir, je voulais… mon Dieu, que fait-on lorsqu'on sait qu'on n'a plus qu'une heure à vivre ?

J'avais envie de pleurer, mais je m'y refusais. Non, je ne pleurerais pas. Il y en avait trop d'autres qui finiraient comme lui. Je ne pouvais quand même pas pleurer pour tous.

J'aurais voulu téléphoner à Vivian, mais il n'y avait pas de téléphone, public ou privé, que je puisse utiliser entre ici et Bayonne. Je la verrais ce soir. De toute façon je la verrais ce soir. J'ai besoin de te voir ce soir, mon amour.

Mais qui était avec lui ? Qui est avec toi, Jefferson ? Est-Il avec toi, Jefferson ? Il est avec le révérend Ambrose, parce que le révérend Ambrose est croyant. Est-ce que tu crois, Jefferson ? Ai-je fait quoi que ce soit pour t'empêcher de croire ? Si oui, s'il te plaît pardonne-moi, je suis un idiot. Parce qu'à un moment pareil, que reste-t-il ?

Je sais maintenant que ce vieil homme est beaucoup plus courageux que moi. Je ne suis pas avec toi en ce moment parce que – parce que je n'aurais pas été capable de faire front. Je n'aurais pas été capable de parcourir avec toi ces derniers pas. Je t'aurais fait honte. Mais le vieil homme te fera honneur. Il sera fort. Il se servira de *leur* Dieu pour se donner de la force. Tu verras, Jefferson. Tu verras. Il est courageux, plus courageux que moi, plus courageux que tous les autres – sauf toi, j'espère. Ma foi est en toi, Jefferson.

Les enfants sont revenus de déjeuner comme je le leur avais demandé, et à midi moins dix je les ai fait mettre en rangs devant la porte. Quand le dernier est entré dans l'église, j'ai gagné mon bureau et me suis retourné vers eux.

– Dans deux ou trois minutes il sera midi. Je vous demanderai de vous mettre à genoux jusqu'à ce que je vous dise de vous relever. Y a-t-il des questions ?

Louis Washington junior a encore levé sa petite patte sale.

– V'zallez faire pareil, monsieur Wiggins ?

– La façon correcte de poser cette question, c'est : « Allez-vous vous agenouiller aussi, monsieur Wiggins » ?

– V'zallez vous met'à genoux ?

– Je serai dehors, ai-je dit aux élèves. Irene, tu surveilles avec Odessa et Clarence. Bon, à genoux s'il vous plaît. Je vous dirai quand vous relever.

– Faut qu'on prie ? a voulu savoir Louis Washington junior.

– Oui, lui ai-je répondu. Mais en silence, pour vous-mêmes.

Plusieurs des grandes se sont agenouillées sur des foulards ou des mouchoirs. J'ai pris ma baguette et suis sorti par la porte principale. Je n'avais aucune idée de ce que je ferais en attendant d'avoir des nouvelles de Bayonne, mais je me suis retrouvé sur la route, en train de remonter les quartiers. Il était midi et quelques minutes, et j'essayais de ne pas penser. Mais comment faire pour ne pas songer à ce qui avait dominé mes pensées depuis bientôt six mois ? On aurait dit que j'avais passé plus de temps avec lui dans sa cellule qu'avec les enfants à l'école.

Où était-il en ce moment ? A la fenêtre, à regarder le ciel ? Couché sur le lit, à fixer le plafond gris ? Debout à la porte de la cellule, à attendre. Comment se sentait-il ? Avait-il peur ? Pleurait-il ? Étaient-ils en train de venir le chercher à cet instant ? Était-il à genoux, suppliant qu'on lui accorde encore une minute de vie? Était-il debout au contraire?

Pourquoi n'étais-je pas là-bas? Pourquoi n'étais-je pas à son côté? Pourquoi mon bras n'était-il pas sur ses épaules? Pourquoi?

Pourquoi n'étais-je pas resté avec les enfants? Pourquoi n'étais-je pas à genoux, moi aussi? Pourquoi?

A l'entrée des quartiers, il y avait de l'ombre projetée par un pacanier au coin de la clôture de la cour d'Henri Pichot. Un fossé peu profond passait entre la barrière et la route. Les gens des quartiers s'étaient assis sous cet arbre aussi loin que remontaient mes souvenirs. Les hommes y jouaient aux cartes ou aux dés. D'autres, assis ou debout, s'abritaient sous l'arbre de la pluie ou des rayons du soleil. Avant d'avoir une voiture, j'avais souvent attendu le car à cet endroit. Le chauffeur cornait toujours plus d'un kilomètre avant d'arriver, et j'avais le temps de traverser la grand-route pour lui faire signe d'arrêter. Il y avait toujours quelqu'un, mais aujourd'hui j'étais seul.

Derrière moi s'élevait la maison grise et blanche d'Henri Pichot, datant d'avant la guerre de Sécession, perchée sur ses hautes fondations. Sa voiture était garée sur l'herbe dans la cour devant la maison. J'ai pensé qu'il serait le premier prévenu, il viendrait peut-être dans les quartiers. En m'asseyant j'ai jeté un coup d'œil par-dessus mon épaule, et après j'ai répété le même geste toutes les deux minutes.

Il devait être midi et quart à présent. Je ne voulais plus consulter ma montre. Est-ce que l'exécution avait déjà eu lieu? Ou était-il encore en train d'attendre, assis sur la couchette, les mains serrées? Était-il debout à la porte de la cellule, guettant le premier bruit des pas se dirigeant vers lui? Ou était-ce enfin terminé?

Ne me dites pas de croire. Ne me dites pas de croire au même Dieu, aux mêmes lois que les hommes qui commettent ces meurtres. Ne me dites pas de croire que Dieu peut bénir ce pays et que les hommes y sont jugés par leurs semblables. Qui l'avait jugé parmi ses semblables? Avais-je été présent? Et le pasteur? Et Farrell Jarreau? Ma tante? Vivian? Non, il n'avait pas été jugé par ses semblables – et je ne croirais pas.

Pourtant ils doivent croire. Ils doivent croire, ne serait-ce que pour libérer l'esprit, sinon le corps. Le corps n'a de chance d'être libre que si l'esprit l'est aussi. Oui, ils doivent croire, ils doivent croire. Parce que je sais ce que ça veut dire, être un esclave. Je suis un esclave.

J'ai regardé derrière moi. Mais rien ne bougeait chez Henri Pichot. Il devait être près de midi et demi, mais je refusais de consulter ma montre.

A quelques pas de l'endroit où j'étais assis sous l'arbre il y avait un monticule couvert d'herbe. Je ne crois pas l'avoir regardé une seule fois depuis que j'étais assis là. Je ne l'aurais sans doute pas remarqué si un papillon, un papillon jaune avec des points noirs pareils à des taches d'encre ne s'y était pas posé. Qu'est-ce qui l'avait amené là? Je ne décelais aucune odeur susceptible de l'avoir attiré. Il aurait pu se reposer à d'autres endroits – la barrière de fil de fer de chaque côté de la route, les mauvaises herbes aux fortes senteurs le long des deux fossés, des fleurs non loin de là dans le jardin de Pichot – alors pourquoi se posait-il sur un monticule d'herbe qui n'avait rien à lui offrir? Je l'ai observé attentivement, la façon dont il ouvrait et fermait les ailes, les rouvrait, voletait sur place, les refermait une ou deux secondes, puis les ouvrait de nouveau et s'envolait. Je l'ai regardé passer au-dessus du fossé et s'éloigner dans les quartiers. Je l'ai suivi des yeux jusqu'à ce que je ne le voie plus.

Oui, me suis-je dit. C'est enfin terminé.

J'ai encore attendu quelques minutes qu'Henri Pichot se montre, mais en vain. Je me suis levé et me suis étiré et j'ai regardé la rivière de l'autre côté de la route, si tranquille, ses eaux aussi bleues que le ciel. Les saules près de la berge étaient tout aussi immobiles, et aucune brise n'agitait la mousse qui pendait des cyprès. J'ai entendu l'avertisseur quand le bus en direction de Bayonne a pris le grand virage à un kilomètre. De nouveau j'ai regardé vers la maison de Pichot, et j'ai repris la route qui descendait dans les quartiers. Je savais que c'était fini, mais j'attendrais que la nouvelle arrive du tribunal. Je me suis retourné plusieurs fois, mais aucun signe d'Henri Pichot. J'étais la seule personne sur la route. Il n'y avait que moi, et ma voiture grise garée plus bas dans les quartiers devant la maison de ma tante.

Je marchais en prenant mon temps, et parfois je me tapais sur la jambe avec la règle. Quand je suis arrivé à la hauteur de l'église, je me suis arrêté sur la route pour jeter un nouveau coup d'œil à la maison de Miss Emma. La porte était toujours fermée, le rideau pendait toujours à la fenêtre. Je me suis demandé si elle savait que c'était enfin terminé.

Juste avant d'entrer sur le parvis de l'église, je me suis retourné vers l'entrée des quartiers. Et à ce moment j'ai vu une voiture se diriger vers moi. Le chauffeur conduisait lentement pour éviter de faire voler la poussière. Ça ne ressemblait pas à la voiture de Pichot, et je savais que ce n'était pas celle du révérend Ambrose. C'était Paul, qui s'est arrêté en arrivant près de moi. Je suis descendu dans le fossé. Nous nous sommes regardés, et j'ai su qu'il était venu m'apporter la nouvelle. Je ne suis pas monté vers la voiture, comme j'étais censé le faire ; j'ai attendu qu'il prenne l'initiative. Je l'ai vu tendre la main vers quelque chose sur le siège à côté de lui, puis il a ouvert la portière et il est sorti. Il tenait un cahier, semblable à celui que j'avais donné à Jefferson. J'ai attendu qu'il s'approche.

– Il a voulu que je t'apporte ça.

Paul me regardait bien en face, l'expression de ses yeux gris-bleu plus intense que je ne l'avais jamais vue.

Je lui ai pris le cahier, et il a continué à me fixer comme un homme en état de choc.

– Tu as une minute ? m'a-t-il demandé.

– Oui. Mais il faut d'abord que j'aille à l'intérieur. J'ai laissé les enfants à genoux. Je reviens tout de suite.

Ils m'ont tous regardé tandis que je passais entre les rangs pour gagner le bureau. Je leur ai fait signe de se relever. Quand ils ont tous été assis – certains se sont d'abord frotté les genoux –, je leur ai dit que je devais parler à quelqu'un et que je voulais qu'ils restent tranquilles jusqu'à mon retour. J'ai ajouté que Jefferson m'avait envoyé un cahier, que j'allais le laisser sur la table, et que tout à l'heure nous parlerions. J'ai laissé Irene Cole les surveiller et je suis ressorti.

Paul et moi avons commencé à descendre les quartiers. Nous gardions tous les deux le silence. J'attendais qu'il parle le premier.

– Ça s'est passé aussi bien qu'on pouvait l'espérer.

Il parlait lentement pendant que nous marchions côte à côte, lui regardant droit devant lui, moi les yeux baissés.

– Il n'y a pas eu de problème. Il était un peu tremblant – mais pas de problème.

Paul s'est tu un instant, puis s'est brusquement arrêté de marcher. Après avoir fait un autre pas, je me suis arrêté aussi et me suis retourné pour le regarder.

– Il a été l'homme le plus fort dans cette salle pleine de monde, Grant Wiggins, a dit Paul en me fixant et en parlant plus haut que nécessaire. C'est vrai, c'est vrai. Je ne dis pas ça pour te faire plaisir, ni pour soulager ton chagrin. Demande au pasteur, demande à Harry Williams. Il a été le plus fort. Nous nous tenions tous serrés à deux mètres, deux mètres cinquante de cette chaise. Nous avions au moins le soutien des autres. Quand Vincent lui a demandé s'il avait des dernières paroles à prononcer, il a regardé le pasteur et lui a déclaré : « Dites à nan-nan que j'ai marché. » Et il a marché droit, Grant Wiggins. Il a marché droit. Je peux en témoigner. Il a marché droit.

Paul s'est tu. Il respirait péniblement. Il me regardait, mais il voyait Jefferson sur la chaise. Nous avons repris notre marche. Nous passions devant la maison de Miss Emma, mais Paul ne le savait pas. Il n'était jamais venu dans les quartiers.

– Quand ils lui ont recouvert le visage du voile mortuaire, je n'ai plus été capable de regarder. J'ai baissé les yeux vers le sol, disait Paul, d'une voix plus calme, moins tendue à présent. J'ai entendu les deux décharges, mais je n'ai pas levé les yeux. Je n'oublierai jamais le bruit de ce générateur aussi longtemps que je vivrai.

Nous sommes arrivés au bout des quartiers et nous nous sommes arrêtés sur la voie ferrée tout en contemplant les rangées de canne nouvelle de l'autre côté du champ. Paul s'est placé en face de moi pour me regarder dans les yeux.

– Tu es un instituteur épatant, Grant Wiggins, a-t-il dit.

– Je ne suis pas épatant. Je ne suis même pas instituteur.

– Pourquoi dis-tu ça ?

– Il faut croire pour être instituteur, ai-je répondu, les yeux sur les rangées de canne.

A droite de l'endroit où nous nous tenions s'élevaient les grands pacaniers du cimetière. Une nouvelle tombe y serait creusée d'ici un jour ou deux.

– J'ai vu la transformation, Grant Wiggins, a affirmé Paul.

– Je n'y suis pour rien.

– Qui, alors ?

– Peut-être lui-même.

– Il n'aurait jamais pu faire ça. J'ai vu la transformation. Je peux en témoigner.

– C'était peut-être Dieu, alors.

Paul continuait à me regarder. Il n'aimait pas la façon dont j'avais utilisé le nom de Dieu. Il était de bonne famille. Il était croyant. Mais il n'a rien dit.

– Tu es prêt à repartir? lui ai-je demandé.

– Je n'ai pas ouvert son cahier, a poursuivi Paul. (Nous avions rebroussé chemin et remontions les quartiers à présent.) Ce n'était pas à moi de le faire, il me semble. Il m'a demandé de te l'apporter, et le voilà. Mais j'aimerais connaître ses pensées un jour – si ça ne t'ennuie pas.

– Quand je l'aurai lu.

– Ça a été dur pour tout le monde, je crois.

– Dur pour les gens d'ici.

– L'école va bientôt finir, hein? a demandé Paul au bout d'un moment.

– Oui. On commence un mois plus tard et on termine deux mois plus tôt que les Blancs.

– Que vas-tu faire quand tu n'auras plus classe? Partir en vacances?

– Je ne sais pas. Ça dépend de Vivian. Ce qu'elle voudra.

– Elle est belle. Tu as de la chance, Grant Wiggins.

– Oui, j'ai de la chance. Certains d'entre nous ont de la chance.

– Je suis désolé. Je suis vraiment, profondément désolé.

Nous nous étions arrêtés un instant. Puis nous avons repris notre marche et Paul a ajouté :

– Si jamais je peux apporter mon aide, j'aimerais que tu viennes me voir. Je te dis ça du fond du cœur.

Nous passions devant la maison de Miss Emma. La voiture du révérend Ambrose était garée devant la porte.

– Ce n'est pas la voiture du pasteur? a demandé Paul.

– C'est ici que Jefferson vivait. C'est la maison de sa nan-nan.

Paul a regardé la maison pendant que nous passions. Il lui a jeté un nouveau coup d'œil par-dessus son épaule. Arrivés à l'église nous nous sommes arrêtés à côté de sa voiture.

– Eh bien, il vaut mieux que j'aille retrouver les enfants, ai-je dit.

Paul m'a tendu la main.

– Permets-moi d'être ton ami, Grant Wiggins. Je ne veux jamais oublier ce jour. Ni Jefferson.

Je lui ai pris la main. Il a gardé la mienne entre les siennes.

– Je ne sais pas ce que tu vas leur raconter quand tu vas entrer là-dedans. Mais dis-leur qu'il a été l'homme le plus courageux de cette salle aujourd'hui. Je peux en témoigner, Grant Wiggins. Dis-le leur.

– Peut-être un jour tu reviendras le leur dire toi-même.

– Ce serait un honneur.

Je l'ai quitté et suis entré dans l'église. Irene Cole a donné l'ordre aux enfants de se lever, les épaules en arrière. Je suis allé au bureau et me suis tourné vers eux. Je pleurais.

CET OUVRAGE A ÉTÉ REPRODUIT
ET ACHEVÉ D'IMPRIMER SUR ROTO-PAGE
PAR L'IMPRIMERIE FLOCH À MAYENNE
EN JANVIER 1998

N° d'édition : 108. N° d'impression : 42894.
Dépôt légal : février 1998.
(Imprimé en France)